U0902263

生死场

萧红　著

天津出版传媒集团
天津人民出版社

图书在版编目(CIP)数据

生死场 / 萧红著. -- 天津 : 天津人民出版社, 2019.1

ISBN 978-7-201-12732-3

Ⅰ. ①生… Ⅱ. ①萧… Ⅲ. ①中篇小说-中国-现代 Ⅳ. ①I246.5

中国版本图书馆 CIP 数据核字(2017)第 300889 号

生死场

SHENGSICHANG

出　　版	天津人民出版社
出 版 人	黄　沛
地　　址	天津市和平区西康路 35 号康岳大厦
邮政编码	300051
邮购电话	(022)23332469
网　　址	http://www.tjrmcbs.com
电子信箱	tjrmcbs@126.com
责任编辑	刘子伯
印　　刷	北京欣睿虹彩印刷有限公司
经　　销	新华书店
开　　本	880×1230 毫米　1/32
印　　张	10
字　　数	176 千字
版次印次	2019 年 1 月第 1 版　2019 年 1 月第 1 次印刷
定　　价	26.80 元

目 录

contents

生死场

序　言

记得已是四年前的事了，时维二月，我和妇孺正陷在上海闸北的火线中，眼见中国人的因为逃走或死亡而绝迹。后来仗著几个朋友的帮助，这才得进平和的英租界，难民虽然满路，居人却很安闲。和闸北相距不过四五里罢，就是一个这么不同的世界，我们又怎么会想到哈尔滨。

这本稿子的到了我的桌上，已是今年的春天，我早重回闸北，周围又复熙熙攘攘的时候了，但却看见了五年以前，以及更早的哈尔滨。这自然还不过是略图，叙事和写景，胜于人物的描写，然而北方人民的对于生的坚强，对于死的挣扎，却往往已经力透纸背；女性作者的细致的观察和越轨的笔致，又增加了不少明丽和新鲜。精神是健全的，就是深恶文艺和功利有关的人，如果看起来，他不幸得很，他也难免不能毫无所得。

听说文学社曾经愿意给她付印，稿子呈到中央宣传部书报检查委员会那里去，搁了半年，结果是不许可。人常常会事后才聪明，回想起来，这正是当然的事；对于生的坚强和死的挣扎，恐怕也确是大背“训政”之道的。今年五月，只为了《略谈皇帝》这一篇文章，这一个气焰万丈的委员会就忽然烟消火灭，便是“以身作则”的实地大教训。

奴隶社以汗血换来的几文钱，想为这本书出版，却又在我们的上司“以身作则”的半年之后了，还要我写几句序。然而这几天，却又谣言蜂起，闸北的熙熙攘攘的居民，又在抱头鼠窜了，路上是络绎不绝的行李车和人，路旁是黄白两色的外人，含笑在赏鉴这礼让之邦的盛况。自以为居于安全地带的报馆的报纸，则称这些逃命者为“庸人”或“愚民”。我却以为他们也许是聪明的，至少，是已经凭著经验，知道了煌煌的官样文章之不可信。他们还有些记性。

现在是一九三五年十一月十四日的夜里，我在灯下再看完了《生死场》，周围像死一般寂静，听惯的邻人的谈话声没有了，食物的叫卖声也没有了，不过偶有远远的几声犬吠。想起来，英法租界当不是这情形，哈尔滨也不是这情形；我和那里的居人，彼此都怀著不同的心情，住在不同的世界。然而我的心现在却好象古井中水，不生微波，麻木的写了以上那些字。这正是奴隶的心！但是，如果还是扰乱了读者的心呢？那么，我们还决不是奴才。

不过与其听我还在安坐中的牢骚话，不如快看下面的《生死场》，她才会给你们以坚强和挣扎的力气。

一 麦场

一只山羊在大道边啮嚼榆树的根端。

城外一条长长的大道，被榆树荫打成荫片。走在大道中，象是走进一个动荡遮天的大伞。

山羊嘴嚼榆树皮，粘沫从山羊的胡子流延着。被刮起的这些粘沫，仿佛是胰子的泡沫，又象粗重浮游着的丝条；粘沫挂满羊腿。榆树显然是生了疮疖，榆树带着偌大的疤痕。山羊却睡在荫中，白囊一样的肚皮起起落落……

菜田里一个小孩慢慢地踱走。在草帽的盖伏下，象是一棵大形的菌类。

捕蝴蝶吗？捉蚱虫吗？小孩在正午的太阳下。

很短时间以内，跌脚的农夫也出现在菜田里。一片白菜的颜色有些相近山羊的颜色。

毗连着菜田的南端生着青穗的高粱的林。小孩钻入高粱之群里，许多穗子被撞着，在头顶打坠下来。有时也打在脸上。叶子们交结着响，有时刺痛着皮肤。那里绿色的甜味的世界，显然凉爽一些。时间不久，小孩子争斗着又走出最末的那棵植物。立刻太阳烧着他的头发，机灵的他把帽子扣起来。

高空的蓝天，遮覆住菜田上跳跃着的太阳，没有一块行云。一株柳条的短枝，小孩挟在腋下，走路时他的两腿膝盖远远的分开，两只脚尖向里勾着，勾得腿在抱着个盆样。跌脚的农夫早已看清是自己的孩子了，他远远地完全用喉音在问着："罗圈腿，唉呀！……不能找到？"

这个孩子的名字十分象征着他。他说："没有。"

菜田的边道，小小的地盘，绣着野菜。经过这条短道，前面就是二里半的房窝，他家门前种着一株杨树，杨树翻摆着自己的叶子。每日二里半走在杨树下，总是听一听杨树的叶子怎样响，看一看杨树的叶子怎样摆动；杨树每天这样……他也每天停脚。今天是他第一次破例，什么他都忘记，只见跌脚跌得更深了！每一步象在踏下一个坑去。

土屋周围，树条编做成墙，杨树一半荫影洒落到院中；麻面婆在荫影中洗濯衣裳。正午田圃间只留着寂静，惟有蝴蝶们为着花，远近的翩飞，不怕太阳烧毁它们的翅膀。一切都回藏起来，一只狗也寻着有荫的地方睡了！虫子们也回藏不鸣！

汗水在麻面婆的脸上，如珠如豆，渐渐侵着每个麻痕而下流。麻面婆不是一只蝴蝶，她生不出磷膀来，只有印就的麻痕。

两只蝴蝶飞戏着闪过麻面婆，她用湿的手把飞着的蝴蝶打下来，一个落到盆中溺死了！她的身子向前继续伏动，汗流到嘴了，她舐尝一点盐的味，汗流到眼睛的时候，那是非常辣，她急切用湿手揩拭一下，但仍不停的洗濯。

她的眼睛好象哭过一样，揉擦出脏污可笑的圈子，若远看一点，那正合乎戏台上的丑角；眼睛大得那样可怕，比起牛的眼睛来更大，而且脸上也有不定的花纹。

土房的窗子，门，望去那和洞一样。麻面婆踏进门，她去找另一件要洗的衣服，可是在炕上，她抓到了日影，但是不能拿起，她知道她的眼睛是晕

花了！好象在光明中忽然走进灭了灯的夜。她休息下来。感到非常凉爽。过了一会在席子下面她抽出一条自己的裤子。她用裤子抹着头上的汗，一面走回树荫放着盆的地方，她把裤子也浸进泥浆去。

裤子在盆中大概还没有洗完，可是挂到篱墙上了！也许已经洗完？麻面婆做事是一件跟紧一件，有必要时，她放下一件又去做别的。

邻屋的烟囱，浓烟冲出，被风吹散着，布满全院。烟迷着她的眼睛了！

她知道家人要回来吃饭，慌张着心弦，她用泥浆浸过的手去墙角拿茅草，她贴了满手的茅草，就那样，她烧饭，她的手从来不用清水洗过。她家的烟囱也走着烟了。过了一会，她又出来取柴，茅草在手中，一半拖在地面，另一半在围裙下，她是摇拥着走。头发飘了满脸，那样，麻面婆是一只母熊了！

母熊带着草类进洞。

浓烟遮住太阳，院中一霎幽暗，在空中烟和云似的。

篱墙上的衣裳在滴水滴，蒸着污浊的气。全个村庄在火

中窒息。午间的太阳权威着一切了！

“他妈的，给人家偷着走了吧？”

二里半跌脚厉害的时候，都是把屁股向后面斜着，跌出一定的角度来。

他去拍一拍山羊睡觉的草棚，可是羊在哪里？

“他妈的，谁偷了羊……混帐种子！”

麻面婆听着丈夫骂，她走出来凹着眼睛：“饭晚啦吗？看你不回来，我就洗些个衣裳。”

让麻面婆说话，就象让猪说话一样，也许她喉咙组织法和猪相同，她总是发着猪声。

“唉呀！羊丢啦！我骂你那个傻老婆干什么？”

听说羊丢了，她去扬翻柴堆，她记得有一次羊是钻过柴堆。但，那在冬天，羊为着取暖。她没有想一想，六月天气，只有和她一样傻的羊才要钻柴堆取暖。她翻着，她没有想。全头发洒着一些细草，她丈夫想止住她，问她什么理由，她始终不说。她为着要作出一点奇迹，为着从这奇迹，今后要人看重她，表明她不傻，表明她的智慧是在必要的时节出现，于是象狗在柴堆上耍得疲乏了！手在扒着发间的草秆，她坐下来。她意外的感到自己的聪明不够用，她意外的对自己失望。

过了一会，邻人们在太阳底下四面出发，四面寻羊；麻面婆的饭锅冒着气，但，她也跟在后面。

二里半走出家门不远，遇见罗圈腿，孩子说：“爸爸，我饿！”

二里半说:“回家去吃饭吧！”

可是二里半转身时老婆和一捆稻草似的跟在后面。

“你这老婆,来干什么？领他回家去吃饭。”

他说着不停地向前跌走。

黄色的,近黄色的麦地只留下短短的根苗。远看来麦地使人悲伤。在麦地尽端,井边什么人在汲水。二里半一只手遮在眉上,东西眺望,他忽然决定到那井的地方,在井沿看下去,什么也没有,用井上汲水的桶子向水底深深的探试,什么也没有。最后,绞上水桶,他伏身到井边喝水,水在喉中有声,象是马在喝。

老王婆在门前草场上休息。

“麦子打得怎么样啦？我的羊丢了！”

二里半青色的面孔为了丢羊更青色了！

“咩……咩……”羊叫？不是羊叫,寻羊的人叫。

林荫一排砖车经过,车夫们哗闹着。山羊的午睡醒转过来,它迷茫着用犄角在周身剔毛。为着树叶绿色的反映,山羊变成浅黄。卖瓜的人在道旁自己吃瓜。那一排砖车扬起浪般的灰尘,从林荫走上进城的大道。

山羊寂寞着，山羊完成了它的午睡，完成了它的树皮餐,而归家去了。

山羊没有归家,它经过每棵高树,也听遍了每张叶子的刷鸣,山羊也要进城吗？它奔向进城的大道。

“咩……咩”羊叫？不是羊叫,寻羊的人叫。二里半比别人叫出来更大声,那不象是羊叫,象是一条牛了！

最后，二里半和地邻动打，那样，他的帽子，象断了线的风筝，飘摇着下降，从他头上飘摇到远处。

“你踏碎了俺的白菜！——你……你……”

那个红脸长人，象是魔王一样，二里半被打得眼睛晕花起来，他去抽拔身边的一棵小树；小树无由的被害了，那家的女人出来，送出一只搅酱缸的耙子，耙子滴着酱。

他看见耙子来了，拔着一棵小树跑回家去，草帽是那般孤独的丢在井边，草帽他不知戴过了多少年头。

二里半骂着妻子：“混蛋，谁吃你的焦饭！”

他的面孔和马脸一样长。麻面婆惊惶着，带着愚蠢的举动，她知道山羊一定没能寻到。

过了一会，她到饭盆那里哭了！“我的……羊，我一天一天喂，喂……大的，我抚摸着长起来的！“

麻面婆的性情不会抱怨。她一遇到不快时，或是丈夫骂了她，或是邻人与她拌嘴，就连小孩子们扰烦她时，她都是象一摊蜡消融下来。她的性情不好反抗，不好争斗，她的心象永远贮藏着悲哀似的，她的心永远象一块衰弱的白棉。她哭抽着，任意走到外面把晒干的衣裳搭进来，但她绝对没有心思注意到羊。

可是会旅行的山羊在草棚不断的搔痒，弄得板房的门扇快要掉落下来，门扇摔摆的响着。

下午了，二里半仍在炕上坐着。

“妈的，羊丢了就丢了吧！留着它不是好兆相。”

但是妻子不晓得养羊会有什么不好的兆相，她说：“哼！

那么白白地丢了？我一会去找，我想一定在高粱地里。”

“你还去找？你别找啦！丢就丢了吧！”

“我能找到它呢！”

“唉呀，找羊会出别的事哩！”

他脑中回旋着挨打的时候：——草帽象断了线的风筝飘摇着下落，酱耙子滴着酱。快抓住小树，快抓住小树。……二里半心中翻着这不好的兆相。

他的妻子不知道这事。她朝向高粱地去了。蝴蝶和别的虫子热闹着，田地上有人工作了。她不和田上的妇女们搭话，经过留着根的麦地时，她象微点的爬虫在那里。阳光比正午钝了些，虫鸣渐多了，渐飞渐多了！

老王婆工作剩余的时间，尽是述说她无穷的命运。她的牙齿为着述说常常切得发响，那样她表示她的愤恨和潜怒。在星光下，她的脸纹绿了些，眼睛发青，她的眼睛是大的圆形。有时她讲到兴奋的话句，她发着嘎而没有曲折的直声。邻居的孩子们会说她是一头“猫头鹰”，她常常为着小孩子们说她“猫头鹰”而愤激：她想自己怎么会成个那样的怪物呢？象啐着一件什么东西似的，她开始吐痰。

孩子们的妈妈打了他们，孩子跑到一边去哭了！这时王婆她该终止她的讲说，她从窗洞爬进屋去过夜。但有时她并不注意孩子们哭，她不听见似地，她仍说着那一年麦子好，她多买了一条牛，牛又生了小牛，小牛后来又怎样，……她的讲话总是有起有落；关于一条牛，她能有无量的言词：牛是什么颜色，每天要吃多少水草，甚至要说到牛睡觉是怎样的姿势。

但是今夜院中一个讨厌的孩子也没有。王婆领着两个邻妇,坐在一条喂猪的槽子上,她们的故事便流水一般地在夜空里延展开。

天空一些云忙走,月亮陷进云围时,云和烟样,和煤山样,快要燃烧似地。再过一会,月亮埋进云山,四面听不见蛙鸣;只是萤虫闪闪着。

屋里,象是洞里,响起鼾声来,布遍了的声波旋走了满院。天边小的闪光不住的在闪合。王婆的故事对比着天空的云:"……一个孩子三岁了,我把她摔死了,要小孩子我会成了个废物。……那天早晨……我想一想!……是早晨,我把她坐在草堆上,我去喂牛;草堆是在房后。等我想起孩子来,我跑去抱她,我看见草堆上没有孩子;我看见草堆下有铁犁的时候,我知道,这是恶兆,偏偏孩子跌在铁犁一起,我以为她还活着呀!等我抱起来的时候……啊呀!"

一条闪光裂开来,看得清王婆是一个兴奋的幽灵。全麦田,高粱地,菜圃,都在闪光下出现。妇人们被惶惑着,象是有什么冷的东西,扑向她们的脸去。闪光一过,王婆的话声又连续下去:"……啊呀!……我把她丢到草堆上,血尽是向草堆上流呀!她的小手颤颤着,血在冒着气从鼻子流出,从嘴也流出,好象喉管被切断了。我听一听她的肚子还有响;那和一条小狗给车轮压死一样。我也亲眼看过小狗被车轮轧死,我什么都看过。这庄上的谁家养小孩,一遇到孩子不能养下来,我就去拿着钩子,也许用那个掘菜的刀子,把孩子从娘的肚里硬搅出来。孩子死，不算一回事，你们以为我会暴跳着哭吧？我会嚎叫吧？起先我心也觉得发颤，可是我一看见麦田在我眼前时，我一点都不后悔，我一滴眼泪都没淌下。以后麦子收成很好，麦子是我割倒的，在场上一粒一粒我把麦子拾起来，就是那年我整个秋天没有停脚，没讲闲活，象连口气也没得喘似的，冬天就来了！到冬天我和邻人比着麦粒，我的麦粒是那样大呀！到冬天我的背曲得有些厉害，在手里拿着大的麦粒。可是，邻人的孩子却长起来了！……到那时候，我好象忽然才想起我的小钟。"

王婆推一推邻妇，荡一荡头："我的孩子小名叫小钟呀！……我接连着熬苦了几夜没能睡，什么麦啦？从那时起，我连麦粒也不怎样看重了！就是如今，我也不把什么看重。那时我才二十几岁。"

闪光相连起来，能言的幽灵默默坐在闪光中。邻妇互望着，感到有些寒冷。

狗在麦场张狂着咬过来，多云的夜什么也不能告诉人们。忽然一道闪光，看见黄狗卷着尾巴向二里半叫去，闪光一过，黄狗又回到麦堆，草茎折动出细微的声音。

"三哥不在家里？"

"他睡着哩！"王婆又回到她的默默中，她的答话象是从一个空瓶子或是从什么空的东西发出。猪槽上她一个人化石一般地留着。

"三哥！你又和三嫂闹嘴吗？你常常和她闹嘴，那会败坏了平安的日子的。"

二里半，能宽容妻子，以他的感觉去衡量别人。

赵三点起烟火来，他红色的脸笑了笑："我没和谁闹嘴哩！"

二里半他从腰间解下烟袋，从容着说："我的羊丢了！你不知道吧？它又走了回来。要替我说出买主去，这条羊留着不是什么好兆相。"

赵三用粗嘎的声音大笑，大手和红色脸在闪光中伸现出来。

"哈……哈，倒不错，听说你的帽子飞到井边团团转呢！"

忽然二里半又看见身边长着一棵小树，快抓住小树，快抓住小树。他幻想终了，他知道被打的消息是传布出来，他捻一捻烟火，辩解着说："那家子不通人情，哪有丢了羊不许找的勾当？他硬说踏了他的白菜，你看，我不能和他动打。"

摇一摇头，受着辱一般的冷没下去，他吸烟管，切心地感到羊不是好兆相，羊会伤着自己的脸面。

来了一道闪光，大手的高大的赵三，从炕沿站起，用手掌擦着眼睛。他忽然响叫："怕是要落雨吧！——坏啦！麦子还没打完，在场上堆着！"

赵三感到养牛和种地不足，必须到城里去发展。他每日进城，他渐渐不注意麦子，他梦想着另一桩有望的事业。

"那老婆，怎不去看麦子？麦子一定要给水冲走呢！"

赵三习惯的总以为她会坐在院心。闪光更来了！雷响，风声。一切翻动着黑夜的村庄。

"我在这里呀！到草棚拿席子来，把麦子盖起吧！"

喊声在有闪光的麦场响出，声音象碰着什么似的，好象在水上响出。王婆又震动着喉咙："快些，没有用的，睡觉睡昏啦！你是摸不到门啦！"

赵三为着未来的大雨所恐吓，没有同她拌嘴。

高粱地象要倒折，地端的榆树吹啸起来，有点象金属的声音，为着闪的原故，全庄忽然裸现，忽然又沉埋下去。全庄象是海上浮着的泡沫。邻家和距离远一点的邻家有孩子的哭声，大人在嚷吵，什么酱缸没有盖啦！驱赶着鸡雏啦！种麦田的人家嚷着麦子还没有打完啦！农家好比鸡笼，向着鸡笼投下火去，鸡们会翻腾着。

黄狗在草堆开始做窝，用腿扒草，用嘴扯草。王婆一边颤动，一边手里拿着耙子。

"该死的，麦子今天就应该打完，你进城就不见回来，麦子算是可惜啦！"

二里半在电光中走近家门，有雨点打下来，在植物的叶子上稀疏的响着。

雨点打在他的头上时，他摸一下头顶而没有了草帽。关于草帽，二里半一边走路一边怨恨山羊。

早晨了，雨还没有落下。东边一道长虹悬起来，感到湿的气味的云掠过人头，东边高粱头上，太阳走在云后，那过于艳明，象红色的水晶，象红色的梦。远看高粱和小树林一般森严着；村家在早晨趁着气候的凉爽，各自在田间忙。

赵三门前，麦场上小孩子牵着马，因为是一条年青的马，它跳着荡着尾巴跟它的小主人走上场来。小马欢喜用嘴撞一撞停在场上的石磙，它的前腿在平滑的地上跺打几下，接着它必然象索求什么似的叫起不很好听的声音来。

王婆穿的宽袖的短袄，走上平场。她的头发毛乱而且绞卷着，朝晨的红光照着她，她的头发恰象田上成熟的玉米缨穗，红色并且蔫卷。

马儿把主人呼唤出来，它等待给它装置石磙，石磙装好的时候，小马摇着尾巴，不断地摇着尾巴，它十分驯顺和愉快。

王婆摸一摸席子潮湿一点，席子被拉在一边了；孩子跑过去，帮助她。

麦穗布满平场，王婆拿着耙子站到一边。小孩欢跑着立到场子中央，马儿开始转跑。小孩在中心地点也是转着。好象画圆周时用的圆规一样，无论马儿怎样跑，孩子总在圆心的位置。因为小马发疯着，飘扬着跑，它和孩子一般地贪玩，弄得麦穗溅出场外。王婆用耙子打着马，可是走了一会它游戏够了，就和斯耍着的小狗需要休息一样，休息下来。王婆着了疯一般地又挥着耙子，马暴跳起来，它跑了两个圈子，把石磙带着离开铺着麦穗的平场，并且嘴里咬嚼一些麦穗。系住马勒带的孩子挨着骂：“啊！你总偷着把它拉上场，你看这样的马能以打麦子吗？死了去吧！别烦我吧！”

小孩子拉马走出平场的门；到马槽子那里，去拉那个老马。把小马束好在杆子间。老马差不多完全脱了毛，小孩子不爱它，用勒带打着它走，可是它仍和一块石头或是一棵生了根的植物那样不容搬运。老马是小马的妈妈，它停下来，用鼻头偎着小马肚皮间破裂的流着血的伤口。小孩子看见他爱的小马流血，心中惨惨的眼泪要落出来，但是他没能晓得母子之情，因为他还没能看见妈妈，他是私生子。脱着光毛的老动物，催逼着离开小马，鼻头染着一些血，走上麦场。

村前火车经过河桥，看不见火车，听见隆隆的声响。王婆注意着旋上天空的黑烟。前村的人家，驱着白菜车去进城，走过王婆的场子时，从车上抛下几个柿子来，一面说："你们是不种柿子的，这是贱东西，不值钱的东西，麦子是发财之道呀！"驱着车子的青年结实的汉子过去了，鞭子甩响着。

老马看着墙外的马不叫一声，也不响鼻子。小孩去拿柿子吃，柿子还不十分成熟，半青色的柿子，永远被人们摘取下来。

马静静地停在那里，连尾巴也不甩摆一下。也不去用嘴触一触石磙；就连眼睛它也不远看一下，同时它也不怕什么工做，工作起来的时候，它就安心去开始；一些绳索束上身时，它就跟住主人的鞭子。主人的鞭子很少落到它的皮骨，有时它过分疲惫而不能支持，行走过分缓慢；主人打了它，用鞭子，或是用别的什么，但是它并不暴跳，因为一切过去的年代规定了它。

麦穗在场上渐渐不成形了！

"来呀！在这儿拉一会马呀！平儿！"

"我不愿意和老马在一块，老马整天象睡着。"

平儿囊中带着柿子走到一边去吃，王婆怨怒着:“好孩子呀！我管不好你,你还有爹哩！”

平儿没有理谁，走出场子，向着东边种着花的地端走去。他看着红花,吃着柿子走。

灰色的老幽灵暴怒了:“我去唤你的爹爹来管教你呀！”

她象一只灰色的大鸟走出场去。

清早的叶子们,树的叶子们,花的叶子们,闪着银珠了！太阳不着边际的圆轮在高粱棵的上端；左近的家屋在预备早饭了。

老马自己在滚压麦穗，勒带在嘴下拖着，它不偷食麦粒,它不走脱了轨,转过一个圈,再转过一个,绳子和皮条有次序的向它光皮的身子磨擦,老动物自己无声地动在那里。

种麦的人家,麦草堆得高涨起来了！福发家的草堆也涨过墙头。福发的女人吸起烟管。她是健壮而短小,烟管随意冒着烟;手中的耙子,不住地耙在平场。

侄儿打着鞭子行经在前面的林荫，静静悄悄地他唱着寂寞的歌声;她为歌声感动了！耙子快要停下来,歌声仍起在林端:“昨晨落着毛毛雨，……小姑娘，披蓑衣……小姑娘,……去打鱼。”

二　菜圃

菜圃上寂寞的大红的西红柿，红着了。小姑娘们摘取着柿子，大红大红的柿子，盛满她们的筐篮；也有的在拔青萝卜，红萝卜。

金枝听着鞭子响，听着口哨响，她猛然站起来，提好她的筐子惊惊怕怕的走出菜圃。在菜田东边，柳条墙的那个地方停下，她听一听口笛渐渐远了！

鞭子的响声与她隔离着了！她忍耐着等了一会，口笛婉转地从背后的方向透过来；她又将与他接近着了！菜田上一些女人望见她，远远的呼唤："你不来摘柿子，干什么站到那儿？"

她摇一摇她成双的辫子，她大声摆着手说："我要回家了！"

姑娘假装着回家，绕过人家的篱墙，躲避一切菜田上的眼睛，朝向河湾去了。筐子挂在腕上，摇摇搭搭。口笛不住地在远方催逼她，仿佛她是一块被引的铁跟住了磁石。

静静的河湾有水湿的气味，男人等在那里。

五分钟过后，姑娘仍和小鸡一般，被野兽压在那里。男人着了疯了！他的大手故意一般地捉紧另一块肉体，想要吞食那块肉体，想要破坏那块热的肉。尽量的充涨了血管，仿佛他是在一条白的死尸上面跳动，女人赤白的圆形的腿子，不能盘结住他。于是一切音响从两个贪婪着的怪物身上创造出来。

迷迷荡荡的一些花穗颤在那里，背后的长茎草倒折了！不远的地方打柴的老人在割野草。他们受着惊扰了，发育完强的青年的汉子，带着姑娘，像猎犬带着捕捉物似的，又走下高粱地去。他手是在姑娘的衣裳下面展开着走。

吹口哨，响着鞭子，他觉得人间是温存而愉快。他的灵魂和肉体完全充实着，婶婶远远的望见他，走近一点，婶婶说："你和那个姑娘又遇见吗？她真是个好姑娘。……唉……唉！"

婶婶象是烦躁一般紧紧靠住篱墙。侄儿向她说："婶娘你唉唉什么呢？我要娶她哩！"

"唉……唉……"

婶婶完全悲伤下去，她说："等你娶过来，她会变样，她不和原来一样，她的脸是青白色；你也再不把她放在心上，你会打骂她呀！男人们心上放着女人，也就是你这样的年纪吧！"

婶婶表示出她的伤感，用手按住胸膛，她防止着心脏起什么变化，她又说："那姑娘我想该有了孩子吧？你要娶她，就快些娶她。"

侄儿回答："她娘还不知道哩！要寻一个做媒的人。"

牵着一条牛，福发回来。婶婶望见了，她急旋着走回院中，假意收拾柴栏。叔叔到井边给牛喝水，他又拉着牛走了！婶婶好象小鼠一般又抬起头来，又和侄儿讲话："成业，我对你告诉吧！年青的时候，姑娘的时候，我也到河边去钓鱼，九月里落着毛毛雨的早晨，我披着蓑衣坐在河沿，没有想到，我也不愿意那样；我知道给男人做老婆是坏事，可是你叔叔，他从河沿把我拉到马房去，在马房里，我什么都完啦！可是我心也不害怕，我欢喜给你叔叔做老婆。这时节你看，我怕男人，男人和石块一般硬，叫我不敢触一触他。"

"你总是唱什么'落着毛毛雨，披蓑衣去打鱼……，'我再也不愿听这曲子，年青人什么也不可靠，你叔叔也唱这曲子哩！这时他再也不想从前了！

那和死过的树一样不能再活。"

年青的男人不愿意听婶婶的话，转走到屋里，去喝一点酒。他为着酒，大胆把一切告诉了叔叔。福发起初只是摇头，后来慢慢的问着：那姑娘是十七岁吗？你是二十岁。小姑娘到咱们家里，会做什么活计？"

争夺着一般的，成业说："她长得好看哩！她有一双亮油油的黑辫子。什么活计她也能做，很有气力呢！"

成业的一些话，叔叔觉得他是喝醉了，往下叔叔没有说什么，坐在那里沉思过一会，他笑着望着他的女人。

"啊呀……我们从前也是这样哩！你忘记吗？那些事情，你忘记了吧！……哈……哈，有趣的呢，回想年青真有趣的哩。"

女人过去拉着福发的臂，去抚媚他。但是没有动，她感到男人的笑脸不是从前的笑脸，她心中被他无数生气的面孔充塞住，她没有动，她笑一下赶忙又把笑脸收了回去。她怕笑得时间长，会要挨骂。男人叫把酒杯拿过去，女人听了这话，听了命令一般把杯子拿给他。于是丈夫也昏沉的睡在炕上。

女人悄悄地蹑着脚走出了，停在门边，她听着纸窗在耳边鸣，她完全无力，完全灰色下去。场院前，蜻蜓们闹着向日葵的花。但这与年青的妇人绝对隔碍着。

纸窗渐渐的发白，渐渐可以分辨出窗棂来了！进过高粱地的姑娘一边幻想着一边哭，她是那样的低声，还不如窗纸的鸣响。

她的母亲翻转身时，哼着，有时也锉响牙齿。金枝怕要挨打，连忙在黑暗中把眼泪也拭得干净。老鼠一般地整夜好象睡在猫的尾巴下。通夜都是这样，每次母亲翻动时，象爆裂一般地，向自己的女孩的枕头的地方骂了一句："该死的！"

接着她便要吐痰，通夜是这样，她吐痰，可是她并不把痰吐到地上；她愿意把痰吐到女儿的脸上。这次转身她什么也没有吐，也没骂。

可是清早，当女儿梳好头辫，要走上田的时候，她疯着一般夺下她的筐子：

"你还想摘柿子吗？金枝，你不象摘柿子吧？你把筐子都丢啦！我看你好象一点心肠也没有，打柴的人幸好是朱大爷，若是别人拾去还能找出来吗？

若是别人拾得了筐子，名声也不能好听哩！福发的媳妇，不就是在河沿坏的事吗？全村就连孩子们也是传说。唉！……那是怎样的人呀？以后婆家也找不出去。她有了孩子，没法做了福发的老婆，她娘为这事羞死了似的，在村子里见人，都不能抬起头来。”

母亲看着金枝的脸色马上苍白起来，脸色变成那样脆弱。母亲以为女儿可怜了，但是她没晓得女儿的手从她自己的衣裳里边偷偷地按着肚子，金枝感到自己有了孩子一般恐怖。母亲说：“你去吧！你可再别和小姑娘们到河沿去玩，记住，不许到河边去。”

母亲在门外看着姑娘走，她没立刻转回去，她停住在门前许多时间，眼望着姑娘加入田间的人群，母亲回到屋中一边烧饭，一边叹气，她体内象染着什么病患似的。

农家每天从田间回来才能吃早饭。金枝走回来时，母亲看见她手在按着肚子：“你肚子疼吗？”

她被惊着了，手从衣裳里边抽出来，连忙摇着头：“肚子不疼。”

“有病吗？”

“没有病。”

于是她们吃饭。金枝什么也没有吃下去，只吃过粥饭就离开饭桌了！母亲自己收拾了桌子说：“连一片白菜叶也没吃呢！你是病了吧？”

等金枝出门时，母亲呼唤着：“回来，再多穿一件夹袄，你一定是着了寒，才肚子疼。”

母亲加一件衣服给她，并且又说："你不要上地吧？我去吧！"

金枝一面摇着头走了！披在肩上的母亲的小袄没有扣钮子，被风吹飘着。

金枝家的一片柿地，和一个院宇那样大的一片。走进柿地嗅到辣的气味，刺人而说不定是什么气味。柿秧最高的有两尺高，在枝间挂着金红色的果实。

每棵，每棵挂着许多，也挂着绿色或是半绿色的一些。除了另一块柿地和金枝家的柿地接连着，左近全是菜田了！八月里人们忙着扒土豆；也有的砍着白菜，装好车子进城去卖。

二里半就是种菜田的人。麻面婆来回的搬着大头菜，送到地端的车子上。

罗圈腿也是来回向地端跑着，有时他抱了两棵大形的圆白英，走起来两臂象是架着两块石头样。

麻面婆看见身旁别人家的倭瓜红了。她看一下，近处没有人，起始把靠菜地长着的四个大倭瓜都摘落下来了。两个和小西瓜一样大的，她叫孩子抱着。罗圈腿脸累得涨红，和倭瓜一般红，他不能再抱动了！两臂象要被什么压掉一般。还没能到地端，刚走过金枝身旁，他大声求救似的："爹呀，西……西瓜快要摔啦，快要摔碎啦！"

他着忙把倭瓜叫西瓜。菜田许多人，看见这个孩子都笑了！凤姐望着金枝说："你看这个孩子，把倭瓜叫成西瓜。"

金枝看了一下，用面孔无心的笑了一下。二里半走过来，踢了孩子一脚；

两个大的果实坠地了！孩子没有哭，发愣地站到一边。二里半骂他："混蛋，狗娘养的，叫你抱白菜，谁叫你摘倭瓜啦？……"

麻面婆在后面走着，她看到儿子遇了事，她巧妙的弯下身去，把两个更大的倭瓜丢进柿秧中。谁都看见她作这种事，只是她自己感到巧妙。二里半问她："你干的吗？胡涂虫！错非你……"

麻面婆哆嗦了一下，口齿比平常更不清楚了："……我没……"

孩子站在一边尖锐地嚷着："不是你摘下来叫我抱着送上车吗？不认帐！"

麻面婆使着眼神，她急得要说出口来："我是偷的呢！该死的……别嚷叫啦，要被人抓住啦！"

平常最没有心肠看热闹的，不管田上发生了什么事，也沉埋在那里的人们，现在也来围住他们了！这里好象唱着武戏，戏台上耍着他们一家三人。

二里半骂着孩子。

"他妈的混帐，不能干活，就能败坏，谁叫你摘倭瓜？"

罗圈腿那个孩子，一点也不服气的跑过去，从柿秧中把倭瓜滚弄出来了！

大家都笑了，笑声超过人头。可是金枝好象患着传染病的小鸡一般，着眼睛蹲在柿秧下，她什么也没有理会，她逃出了眼前的世界。

二里半气愤得几乎不能呼吸，等他说出“倭瓜”是自家种的，为着留种子的时候，麻面婆站在那里才松了一口气，她以为这没有什么过错，偷摘自己的倭瓜。她仰起头来向大家表白：“你们看，我不知道，实在不知道倭瓜是自家的呢！”

麻面婆不管自己说话好笑不好笑，挤过人围，结果把倭瓜抱到车子那里。

于是车子走向进城的大道，弯腿的孩子拐拐歪歪跑在后面。马，车，人渐渐消失在道口了！

田间不断的讲着偷菜棵的事。关于金枝也起着流言：“那个丫头也算完啦！”

“我早看她起了邪心，看她摘一个柿子要半天工夫；昨天把柿筐都忘在河沿！”

“河沿不是好人去的地方。”

凤姐身后，两个中年的妇人坐在那里扒胡萝卜。可是议论着，有时也说出一些淫污的话，使凤姐不大明白。

金枝的心总是悸动着，时间象蜘蛛缕着丝线那样绵长；心境坏到极点。

金枝脸色脆弱朦胧得象罩着一块面纱。她听一听口哨还没有响。辽远的可以看到福发家的围墙，可是她心中的哥儿却永不见出来。她又继续摘柿子，无论青色的柿子她也摘下。她没能注意到柿子的颜色，并且筐子也满着了！她不把柿子送回家去，一些杂色的柿子，被她散乱的铺了满地。那边又有女人故意大声议论她：“上河沿去跟男人，没羞的，男人扯开她的裤子！……”

金枝关于眼前的一切景物和声音,她忽略过去;她把肚子按得那样紧,仿佛肚子里面跳动了! 忽然口哨传来了! 她站起来,一个柿子被踏碎,象是被踏碎的蛤蟆一样,发出水声。她跌倒了,口哨也跟着消灭了!以后无论她怎样听,口哨也不再响了。

金枝和男人接触过三次:第一次还是在两个月以前,可是那时母亲什么也不知道,直到昨天筐子落到打柴人手里,母亲算是渺渺茫茫的猜度着一些。

金枝过于痛苦了,觉得肚子变成个可怕的怪物,觉得里面有一块硬的地方,手按得紧些,硬的地方更明显。等她确信肚子有了孩子的时候,她的心立刻发呕一般颤栗起来,她被恐怖把握着了。奇怪的, 两个蝴蝶叠落着贴落在她的膝头。金枝看着这邪恶的一对虫子而不拂去它。金枝仿佛是米田上的稻草人。

母亲来了,母亲的心远远就系在女儿的身上。可是她安静地走来,远看她的身体几乎呈出一个完整的方形,渐渐可以辨得出她尖形的脚在袋口一般的衣襟下起伏的动作。在全村的老妇人中什么是她的特征呢? 她发怒和笑着一般,眼角集着愉悦的多形的纹皱。嘴角也完全愉快着,只是上唇有些差别,在她真正愉快的时候,她的上唇短了一些;在她生气的时候,上唇特别长,而且唇的中央那一小部分尖尖的,完全象鸟雀的嘴。

母亲停住了。她的嘴是显着她的特征,——全脸笑着,只是嘴和鸟雀的嘴一般。因为无数青色的柿子惹怒她了!金枝在沉想的深渊中被母亲踢打了:“你发傻了吗？啊……你失掉了魂啦？我撕掉你的辫子……”

金枝没有挣扎,倒了下来;母亲和老虎一般捕住自己的女儿。金枝的鼻子立刻流血。

她小声骂她,大怒的时候她的脸色更畅快,笑着慢慢地掀着尖唇,眼角的线条更加多的组织起来。

“小老婆,你真能败毁。摘青柿子。昨夜我骂了你,不服气吗？”

母亲一向是这样，很爱护女儿，可是当女儿败坏了菜棵,母亲便去爱护菜棵了。农家无论是菜棵,或是一株茅草也要超过人的价值。

该睡觉的时候了！火绳从门边挂手巾的铁丝上倒垂下来,屋中听不着一个蚊虫飞了！夏夜每家挂着火绳。那绳子缓慢而绵长地燃着。惯常了,那象庙堂中燃着的香火,沉沉的一切使人无所听闻,渐渐催人入睡。艾蒿的气味渐渐织入一些疲乏的梦魂去。蚊虫被艾蒿烟驱走。金枝同母亲还没有睡的时候,有人来在窗外,轻慢地咳嗽着。

母亲忙点灯火,门响开了！是二里半来了。无论怎样母亲不能把灯点着,灯心处爆着水的炸响,母亲手中举着一支火柴,把小灯列得和眉头一般高,她说:“一点点油也没有了呢！”

金枝到外房去倒油。这个时间,他们谈说一些突然的事情。

母亲关于这事惊恐似的,坚决的,感到羞辱一般的荡着头:“那是不行,我的女儿不能配到那家子人家。”

二里半听着姑娘在外房盖好油罐子的声音，他往下没有说什么。金枝站在门限向妈妈问:“豆油没有了,装一点水吧？”

金枝把小灯装好,摆在炕沿,燃着了！可是二里半到她家来的意义是为着她,她一点不知道。二里半为着烟袋向倒悬的火绳取火。

母亲,手在按住枕头,她象是想什么,两条直眉几乎相连起来。女儿在她身边向着小灯垂下头。二里半的烟火每当他吸过了一口便红了一阵。艾蒿烟混加着烟叶的气味,使小屋变做地下的窖子一样黑重！二里半作窘一般的咳嗽了几声。金枝把流血的鼻子换上另一块棉花。因为没有言语,每个人起着微小的潜意识的动作。

就这样坐着,灯火又响了。水上的浮油烧尽的时候,小灯又要灭,二里半沉闷着走了！二里半为人说媒被拒绝,羞辱一般的走了。

中秋节过去,田间变成残败的田间;太阳的光线渐渐从高空忧郁下来,阴湿的气息在田间到处撩走。南部的高粱完全睡倒下来,接接连连的望去,黄豆秧和揉乱的头发一样蓬蓬在地面,也有的地面完全拔秃似的。

早晨和晚间都是一样,田间憔悴起来。只见车子,牛车和马车轮轮滚滚地载满高粱的穗头,和大豆的秆秧。牛们流着口涎,头愚直地挂下着,发出响动的车子前进。

福发的侄子驱着一条青色的牛，向自家的场院载拖高梁。他故意绕走一条曲道,那里是金枝的家门,她的心胀裂一般地惊慌,鞭子于是响来了。

金枝放下手中红色的辣椒,向母亲说:“我去一趟茅屋。”

于是老太太自己串辣椒,她串辣椒和纺织一般快。

金枝的辫子毛毛着,脸是完全充了血。但是她患着病的现象,把她变成和纸人似的,象被风飘着似的出现在房后的围墙。

你害病吗?倒是为什么呢?但是成业是乡村长大的孩子,他什么也不懂得问。他丢下鞭子,从围墙宛如飞鸟落过墙头,用腕力掳住病的姑娘;把她压在墙角的灰堆上,那样他不是想要接吻她,也不是想要热情的讲些情话,他只是被本能支使着想要动作一切。金枝打断着一般的说:“不行啦!娘也许知道啦,怎么媒人还不见来?”

男人回答:“嗳,李大叔不是来过吗?你一点不知道!他说你娘不愿意。明天他和我叔叔一道来。”

金枝按着肚子给他看,一面摇头:“不是呀!……不是呀!你看到这个样子啦!”

男人完全不关心,他小声响起:“管他妈的,活该愿意不愿意,反正是干啦!”

他的眼光又失常了,男人仍被本能不停的要求着。

母亲的咳嗽声,轻轻地从薄墙透出来。墙外青牛的角上挂着秋空的游丝,轻轻地浮荡着……

母亲和女儿在吃晚饭,金枝呕吐起来,母亲问她:“你吃了苍蝇吗？”

她摇头。母亲又问:“是着了寒吧！怎么你总有病呢？你连饭都咽不下去。不是有痨病啦?！”

母亲说着去按女儿的腹部，手在夹衣上来回的摸了阵。手指四张着在肚子上思索了又思索:“你有了痨病吧？肚子里有一块硬呢！有痨病人的肚子才是硬一块。”

女儿的眼泪要垂流一般地挂到眼毛的边缘。最后滚动着从眼毛滴下来了！就是在夜里,金枝也起来到外边去呕吐，母亲迷蒙中听着叫娘的声音。

窗上的月光差不多和白昼一般明,看得清金枝的半身拖在炕下,另半身是弯在枕上。头发完全埋没着脸面。等母亲拉她手的时候，她抽扭着说起:“娘……把女儿嫁给福发的侄子吧！我肚里不是……病,是……”

到这样时节母亲更要打骂女儿了吧？可不是那样,母亲好象本身有了罪恶,听了这话,立刻麻木着了,很长的时间她象不存在一样。过了一刻母亲用她从不用过温和的声调说:“你要嫁过去吗？二里半那天来说媒,我是顶走他的,到如今这事怎么办呢？”

母亲似乎是平息了一下,她又想说,但是泪水塞住了她的嗓子,象是女儿窒息了她的生命似的,好象女儿把她羞辱死了！

三　老马走进屠场

老马走上进城的大道，私宰场就在城门的东边。那里的屠刀正张着，在等待这个残老的动物。

老王婆不牵着她的马儿，在后面用一条短枝驱着它前进。

大树林子里有黄叶回旋着，那是些呼叫着的黄叶。望向林子的那端，全林的树棵，仿佛是关落下来的大伞。凄沉的阳光，晒着所有的秃树。田间望遍了远近的人家。深秋的田地好象没有感觉的光了毛的皮革，远近平铺着。

夏季埋在植物里的家屋，现在明显地好象突出地面一般，好象新从地面突出。

深秋带来的黄叶，赶走了夏季的蝴蝶。一张叶子落到王婆的头上，叶子是安静地伏贴在那里。王婆驱着她的老马，头上顶着飘落的黄叶；老马，老人，配着一张老的叶子，他们走在进城的大道。

道口渐渐看见人影，渐渐看见那个人吸烟，二里半迎面来了。他长形的脸孔配起摆动的身子来，有点象一个驯顺的猿猴。他说："唉呀！起得太早啦！进城去有事吗？怎么，驱着马进城，不装车粮拉着？"

振一振袖子，把耳边的头发向后抚弄一下，王婆的手颤抖着说了："到日子了呢！下汤锅去吧！"王婆什么心情也没有，她看着马在吃道旁的叶子。

她用短枝驱着又前进了。

二里半感到非常悲痛。他痉挛着了。过了一个时刻转过身来，他赶上去说："下汤锅是下不得的，……下汤锅是下不得……"但是怎样办呢？二里半连半句语言也没有了！他扭歪着身子跨到前面，用手摸一摸马儿的鬃发。

老马立刻响着鼻子了！它的眼睛哭着一般，湿润而模糊。悲伤立刻掠过王婆的心孔。哑着嗓子，王婆说："算了吧！算了吧！不下汤锅，还不是等着饿死吗？"

深秋秃叶的树，为了惨厉的风变，脱去了灵魂一般吹啸着。马行在前面，王婆随在后面，一步一步屠场近着了；一步一步风声送着老马归去。

王婆她自己想着：一个人怎么变得这样厉害？年青的时候，不是常常为着送老马或是老牛进过屠场吗？她颤寒起来，幻想着屠刀要象穿过自己的背脊，于是，手中的短枝脱落了！她茫然晕昏地停在道旁，头发舞着好象个鬼魂样。等她重新拾起短枝来，老马不见了！它到前面小水沟的地方喝水去了！

这是它最末一次饮水吧！老马需要饮水，它也需要休息，在水沟旁倒卧下了！

它慢慢呼吸着。王婆用低音、慈和的音调呼唤着："起来吧！走进城去吧，有什么法子呢？"马仍然仰卧着。王婆看一看日午了，还要赶回去烧午饭，但，任她怎样拉缰绳，马仍是没有移动。

王婆恼怒着了！她用短枝打着它起来。虽是起来，老马仍然贪恋着小水沟。王婆因为苦痛的人生，使她易于暴怒，树枝在马儿的脊骨上断成半截。

又安然走在大道上了！经过一些荒凉的家屋，经过几座颓败的小庙。一个小庙前躺着个死了的小孩，那是用一捆谷草束扎着的。孩子小小的头顶露在外面，可怜的小脚从草梢直伸出来；他是谁家的孩子，睡在这旷野的小庙前？

屠场近着了，城门就在眼前；王婆的心更翻着不停了。

五年前它也是一匹年青的马，为了耕种，伤害得只有毛皮蒙遮着骨架。

现在它是老了！秋末了！收割完了！没有用处了！只为一张马皮，主人忍心把它送进屠场。就是一张马皮的价值，地主又要从王婆的手里夺去。

王婆的心自己感觉得好象悬起来；好象要掉落一般，当她看见板墙钉着一张牛皮的时候。那一条小街尽是一些要坍落的房屋；女人啦，孩子啦，散集在两旁。地面踏起的灰粉，污没着鞋子，冲上人的鼻孔。孩子们抬起土块，或是垃圾团打击着马儿，王婆骂道："该死的呀！你们这该死的一群。"

这是一条短短的街。就在短街的尽头，张开两张黑色的门扇。再走近一点，可以发见门扇斑斑点点的血印。被血痕所恐吓的老太婆好象自己踏在刑场了！她努力镇压着自己，不让一些年青时所见到的刑场上的回忆翻动。但，那回忆却连续的开始织张——一个小伙子倒下来了，一个老头也倒下来了！

挥刀的人又向第三个人作着势子。

仿佛是箭，又象火刺烧着王婆，她看不见那一群孩子在打马，她忘记怎样去骂那一群顽皮的孩子。走着，走着，立在院心了。四面板墙钉住无数张毛皮。靠近房檐立了两条高杆，高杆中央横着横梁；马蹄或是牛蹄折下来用麻绳把两只蹄端扎连在一起，做一个叉形挂在上面，一团一团的肠子也搅在上面；肠子因为日久了，干成黑色不动而僵直的片状的绳索。并且那些折断的腿骨，有的从折断处涔滴着血。

在南面靠墙的地方也立着高杆，杆头晒着在蒸气的肠索。这是说，那个动物是被杀死不久哩！肠子还热着呀！

满院在蒸发腥气，在这腥味的人间，王婆快要变做一块铅了！沉重而没有感觉了！

老马——棕色的马，它孤独地站在板墙下，它借助那张钉好的毛皮在搔痒。此刻它仍是马，过一会它将也是一张皮了！

一个大眼睛的恶面孔跑出来，裂着胸襟。说话时，可见它胸膛在起伏。

“牵来了吗？啊！价钱好说，我好来看一下。”

王婆说：“给几个钱我就走了！不要麻烦啦。”

那个人打一打马的尾巴，用脚踢一踢马蹄；这是怎样难忍的一刻呀！

王婆得到三张票子，这可以充纳一亩地租。看着钱比较自慰些，她低着头向大门走去，她想还余下一点钱到酒店去买一点酒带回去，她已经跨出大门，后面发着响声："不行，不行，……马走啦！"

王婆回过头来，马又走在后面；马什么也不知道，仍想回家。屠场中出来一些男人，那些恶面孔们，想要把马抬回去，终于马躺在道旁了！象树根盘结在地中。无法，王婆又走回院中，马也跟回院中。她给马搔着头顶，它渐渐卧在地面了！渐渐想睡着了！忽然王婆站起来向大门奔走。在道口听见一阵关门声。

她哪有心肠买酒？她哭着回家，两只袖子完全湿透。那好象是送葬归来一般。

家中地主的使人早等在门前，地主们就连一块铜板也从不舍弃在贫农们的身上，那个使人取了钱走去。

王婆半日的痛苦没有代价了！王婆一生的痛苦也都是没有代价。

四　荒山

冬天，女人们象松树子那样容易结聚，在王婆家里满炕坐着女人。五姑姑在编麻鞋，她为着笑，弄得一条针丢在席缝里，她寻找针的时候，做出可笑的姿势来，她象一个灵活的小鸽子站起来在炕上跳着走，她说："谁偷了我的针？小狗偷了我的针？"

"不是呀！小姑爷偷了你的针！"

新娶来菱芝嫂嫂，总是爱说这一类的话。五姑姑走过去要打她。

"莫要打，打人将要找一个麻面的姑爷。"

王婆在厨房里这样搭起声来；王婆永久是一阵幽默，一阵欢喜，与乡村中别的老妇们不同。她的声音又从厨房打来："五姑姑编成几双麻鞋了？给小丈夫要多多编几双呀！"

五姑姑坐在那里做出表情来，她说："哪里有你这样的老太婆，快五十岁了，还说这样话！"

王婆又庄严点说："你们都年青，哪里懂得什么，多多编几双吧！小丈夫才会希罕哩。"

大家哗笑着了！但五姑姑不敢笑，心里笑，垂下头去，假装在席上找针。

等菱芝嫂把针还给五姑姑的时候，屋子安然下来。厨房里王婆用刀刮着鱼鳞的声响，和窗外雪擦着窗纸的声响，混杂在一起了。

王婆用冷水洗着冻冰的鱼，两只手象个胡萝卜样。她走到炕沿，在火盆边烘手。生着斑点在鼻子上、新死去丈夫的妇人放下那张小破布，在一堆乱布里去寻更小的一块；她迅速地穿补。她的面孔有点象王婆，腮骨很高，眼睛和琉璃一般深嵌在好象小洞似的眼眶里。并且也和王婆一样，眉峰是突出的。那个女人不喜欢听一些妖艳的词句，她开始追问王婆："你的第一家那个丈夫还活着吗？"

两只在烘着的手，有点腥气；一颗鱼鳞掉下去，发出小小响声，微微上腾着烟。她用盆边的灰把烟埋住，她慢慢摇着头，没有回答那个问话。鱼鳞烧的烟有点难耐，每个人皱一下鼻头，或是用手揉一揉鼻头。生着斑点的寡妇，有点后悔，觉得不应该问这话。墙角坐着五姑姑的姐姐，她用麻绳穿着鞋底的吵音单调地起落着。

厨房的门，因为结了冰，破裂一般地鸣叫。

"呀！怎么买这些黑鱼？"

大家都知道是打鱼村的李二婶子来了。听了声音，就可以想象她梢长的身子。

"真是快过年了？真有钱买这些鱼？"

在冷空气中，音波响得很脆；刚踏进里屋，她就看见炕上坐满着人。"都在这儿聚堆呢！小老婆们！"

她生得这般瘦。腰，临风就要折断似的；她的奶子那样高，好象两个对立的小岭。斜面看她的肚子似乎有些不平起来。靠着墙给孩子吃奶的中年的妇人，观察着而后问："二婶子，不是又有了呵？"

二婶子看一看自己的腰身说："象你们呢！怀里抱着，肚子还装着……"

她故意在讲骗话，过了一会她坦白地告诉大家："那是三个月了呢！你们还看不出？"

菱芝嫂在她肚皮上摸了一下，她邪昵地浅浅地笑了："真没出息，整夜尽搂着男人睡吧？"

"谁说？你们新媳妇，才那样。"

"新媳妇……？哼！倒不见得！"

"象我们都老了！那不算一回事啦，你们年青，那才了不得哪！小丈夫才会新鲜哩！"

每个人为了言词的引诱，都在幻想着自己，每个人都有些心跳；或是每个人的脸发烧。就连没出嫁的五姑姑都感着神秘而不安了！她羞羞迷迷地经过厨房回家去了！只留下妇人们在一起，她们言调更无边际了！王婆也加入这一群妇人的队伍，她却不说什么，只是帮助着笑。

在乡村，永久不晓得，永久体验不到灵魂，只有物质来充实她们。

李二婶子小声问菱芝嫂，其实小声人们听得更清！

菱芝嫂她毕竟是新嫁娘，她猛然羞着了！不能开口。李二婶子的奶子颤动着，用手去推动菱芝嫂："说呀！你们年青，每夜要有那事吧？"

在这样的当儿二里半的婆子进来了！二婶子推撞菱芝嫂一下："你快问问她！"

那个傻婆娘一向说话是有头无尾："十多回。"

全屋人都笑得流着眼泪了！孩子从母亲的怀中起来，大声的哭号。

李二婶子静默一会，她站起来说："月英要吃咸黄瓜，我还忘了，我是来拿黄瓜。"

李二婶子拿了黄瓜走了，王婆去烧晚饭，别人也陆续着回家了。王婆自己在厨房里炸鱼。为了烟，房中也不觉得寂寞。

鱼摆在桌子上，平儿也不回来，平儿的爹爹也不回来，暗色的光中王婆自己吃饭，热气伴着她。

月英是打鱼村最美丽的女人。她家也最贫穷，和李二婶子隔壁住着。她是如此温和，从不听她高声笑过，或是高声吵嚷。生就的一对多情的眼睛，每个人接触她的眼光，好比落到绵绒中那样愉快和温暖。

可是现在那完全消失了！每夜李二婶子听到隔壁惨厉的哭声；十二月严寒的夜，隔壁的哼声愈见沉重了！

山上的雪被风吹着象要埋蔽这傍山的小房似的。大树号叫，风雪向小房遮蒙下来。一株山边斜歪着的大树，倒折下来。寒月怕被一切声音扑碎似的，退缩到天边去了！这时候隔壁透出来的声音，更哀楚。

"你……你给我一点水吧！我渴死了！"

声音弱得柔惨欲断似的："嘴干死了！……把水碗给我

呀！”

一个短时间内仍没有回应，于是那孱弱哀楚的小响不再作了！啜泣着，哼着，隔壁象是听到她流泪一般，滴滴点点地。

日间孩子们集聚在山坡，缘着树枝爬上去，顺着结冰的小道滑下来，他们有各样不同的姿势：——倒滚着下来，两腿分张着下来，也有冒险的孩子，把头向下，脚伸向空中溜下来。常常他们要跌破流血回家。冬天，对于村中

的孩子们，和对于花果同样暴虐。他们每人的耳朵春天要脓胀起来，手或是脚都裂开条口，乡村的母亲们对于孩子们永远和对敌人一般。当孩子把爹爹的棉帽偷着戴起跑出去的时候，妈妈追在后面打骂着夺回来，妈妈们摧残孩子永久疯狂着。

王婆约会五姑姑来探望月英。正走过山坡，平儿在那里。平儿偷穿着爹爹的大毡靴子；他从山坡奔逃了！靴子好象两只大熊掌样挂在那个孩子的脚上。平儿蹒跚着了！从上坡滚落着了！可怜的孩子带着那样黑大不相称的脚，球一般滚转下来，跌在山根的大树干上。王婆宛如一阵风落到平儿的身上，那样好象山间的野兽要猎食小兽一般凶暴。终于王婆提了靴子，平儿赤着脚回家，使平儿走在雪上，好象使他走在火上一般不能停留。任孩子走得怎样远，王婆仍是说着：“一双靴子要穿过三冬，踏破了哪里有钱买？你爹进城去都没穿哩！”

月英看见王婆还不及说话，她先哑了嗓子，王婆把靴子

放在炕下，手在抹擦鼻涕:“你好了一点？脸孔有一点血色了！”

月英把被子推动一下,但被子仍然伏盖在肩上,她说:“我算完了,你看我连被子都拿不动了！”

月英坐在炕的当心。那幽黑的屋子好象佛龛,月英好象佛龛中坐着的女佛。用枕头四面围住她,就这样过了一年。一年月英没能倒下睡过。她患着瘫病,起初她的丈夫替她请神,烧香,也跑到土地庙前索药。后来就连城里的庙也去烧香;但是奇怪的是月英的病并不为这些香烟和神鬼所治好。以后做丈夫的觉得责任尽到了，并且月英一个月比一个月加病,做丈夫的感着伤心！他嘴里骂:“娶了你这样老婆,真算不走运气！好象娶个小祖宗来家,供奉着你吧！”

起初因为她和他分辩,他还打她。现在不然了,绝望了！晚间他从城里卖完青菜回来,烧饭自己吃,吃完便睡下,一夜睡到天明;坐在一边那个受罪的女人一夜呼唤到天明。宛如一个人和一个鬼安放在一起,彼此不相关联。

月英说话只有舌尖在转动。王婆靠近她,同时那一种难忍的气味更强烈了！更强烈的从那一堆污浊的东西,发散出来。月英指点身后说:“你们看看，这是那死鬼给我弄来的砖,他说我快死了！用不着被子了！

用砖依住我,我全身一点肉都瘦空。那个没有天良的,他想法折磨我呀！”

五姑姑觉得男人太残忍,把砖块完全抛下炕去,月英的声音欲断一般又说:“我不行啦！我怎么能行,我快死啦！”

她的眼睛，白眼珠完全变绿，整齐的一排前齿也完全变绿，她的头发烧焦了似的，紧贴住头皮。她象一只患病的猫儿，孤独而无望。

王婆给月英围好一张被子在腰间，月英说："看看我的身下，脏污死啦！"

王婆下地用条枝笼了盆火，火盆腾着烟放在月英身后。王婆打开她的被子时，看见那一些排泄物淹浸了那座小小的骨盘。五姑姑扶住月英的腰，但是她仍然使人心楚地在呼唤！

"唉哟，我的娘！……唉哟疼呀！"

她的腿象两条白色的竹竿平行着伸在前面。她的骨架在炕上正确的做成一个直角，这完全用线条组成的人形，只有头阔大些，头在身子上仿佛是一个灯笼挂在杆头。

王婆用麦草揩着她的身子，最后用一块湿布为她擦着。五姑姑在背后把她抱起来，当擦臀下时，王婆觉得有小小白色的东西落到手上，会蠕行似的。

借着火盆边的火光去细看，知道那是一些小蛆虫，她知道月英的臀下是腐了，小虫在那里活跃。月英的身体将变成小虫们的洞穴！王婆问月英："你的腿觉得有点痛没有？"

月英摇头。王婆用冷水洗她的腿骨，但她没有感觉，整个下体在那个瘫人象是外接的，是另外的一件物体。当给她一杯水喝的时候，王婆问："牙怎么绿了？"

终于五姑姑到隔壁借一面镜子来，同时她看了镜子，悲痛沁人心魂地她大哭起来。但面孔上不见一点泪珠，仿佛是猫忽然被辗轧，她难忍的声音，没有温情的声音，开始低嘎。

她说："我是个鬼啦！快些死了吧？活埋了我吧！"

她用手来撕头发，脊骨摇扭着，一个长久的时间她忙乱不停。现在停下了，她是那样无力，头是歪斜地横在肩上；她又那样微微地睡去。

王婆提了靴子走出这个傍山的小房。荒寂的山上有行人走在天边，她晕眩了！为着强的光线，为着瘫人的气味，为着生、老、病、死的烦恼，她的思路被一些烦恼的波所遮拦。

五姑姑当走进大门时向王婆打了个招呼。留下一段更长的路途，给那个经验过多样人生的老太婆去走吧！

王婆束紧头上的蓝布巾，加快了速度，雪在脚下也相伴而狂速地呼叫。

三天以后，月英的棺材抬着横过荒山而奔着去埋葬，葬在荒山下。

死人死了！活人计算着怎样活下去。冬天女人们预备夏季的衣裳；男人们计虑着怎样开始明年的耕种。

那天赵三进城回来，他披着两张羊皮回家，王婆问他："哪里来的羊皮？——你买的吗？……哪来的钱呢？……"

赵三有什么事在心中似的，他什么也没言语。摇闪的经过炉灶，通红的火光立刻鲜明着，他走出去了。

夜深的时候他还没有回来。王婆命令平儿去找他。平儿的脚已是难于行动，于是王婆就到二里半家去，他不在二里半家，他到打鱼村去了。赵三阔大的喉咙从李青山家的窗纸透出，王婆知道他又是喝过了酒。当她推门的时候她就说：

“什么时候了？还不回家去睡？”

这样立刻全屋别的男人们也把嘴角合起来。王婆感到不能意料了。青山的女人也没在家，孩子也不见。赵三说：“你来干么？回去睡吧！我就去……去……”

王婆看一看赵三的脸神，看一看周围也没有可坐的地方，她转身出来，她的心徘徊着：——青山的媳妇怎么不在家呢？这些人是在做什么？

又是一个晚间。赵三穿好新制成的羊皮小袄出去。夜半才回来。披着月亮敲门。王婆知道他又是喝过了酒，但他睡的时候，王婆一点酒味也没嗅到。

那么出去做些什么呢？总是愤怒的归来。

李二婶子拖了她的孩子来了，她问：“是地租加了价吗？”

王婆说：“我还没听说。”

李二婶子做出一个确定的表情：“是的呀！你还不知道吗？三哥天天到我家去和他爹商量这事。我看这种情形非出事不可，他们天天夜晚计算着，就连我，他们也躲着。昨夜我站在窗外才听到他们说哩！‘打死他吧！那是一块恶祸。’你想他们是要打死谁呢？这不是要出人命吗？”

李二婶子抚着孩子的头顶，有一点哀怜的样子：“你要劝说三哥，他们若是出了事，象我们怎佯活？孩子还都小着哩！”

五姑姑和别的村妇们带着她们的小包袱，约会着来的，踏进来的时候，她们是满脸盈笑。可是立刻她们转变了，当她们看见李二婶子和王婆默无言语的时候。

也把事件告诉了她们，她们也立刻忧郁起来，一点闲情也没有！一点笑声也没有，每个人痴呆地想了想，惊恐地探问了几句。五姑姑的姐姐，她是第一个扭着大圆的肚子走出去，就这样一个连着一个寂寞的走去。她们好象群聚的鱼似的，忽然有钓竿投下来，她们四下分行去了！

李二婶子仍没有走，她为的是嘱告王婆怎样破坏这件险事。

赵三这几天常常不在家吃饭；李二婶子一天来过三四次。

“三哥还没回来？他爹爹也没回来。”

一直到第二天下午赵三回来了，当进门的时候，他打了平儿，因为平儿的脚病着，一群孩子集到家来玩。在院心放了一点米，一块长板用短条棍架着，条棍上系着根长绳，绳子从门限拉进去，雀子们去啄食谷粮，孩子们蹲在门限守望，什么时候雀子满集成堆时，那时候，孩子们就抽动绳索。许多饥饿的麻雀丧亡在长板下。厨房里充满了雀毛的气味，孩子们在灶膛里烧食过许多雀子。

赵三焦烦着，他看着一只鸡被孩子们打住。他把板子给踢翻了！他坐在炕沿上燃着小烟袋，王婆把早饭从锅里摆出来。他说：“我吃过了！”

于是平儿来吃这些残饭。

“你们的事情预备得怎样了？能下手便下手。”

他惊疑。怎么会走漏消息呢？王婆又说：“我知道的，我还能弄支枪来。”

他无从想象自己的老婆有这样的胆量。王婆真的找来一枝老洋炮。可是赵三还从没用过枪。晚上平儿睡了以后王婆教他怎样装火药，怎样上炮子。

赵三对于他的女人慢慢感着可以敬重！但是更秘密一点的事情总不向她说。

忽然从牛棚里发现五个新镰刀。王婆意度这事情是不远了！

李二婶子和别的村妇们挤上门来探听消息的时候，王婆的头沉埋一下，她说："没有那回事，他们想到一百里路外去打围，弄得几张兽皮大家分用。"

是在过年的前夜，事情终于发生了！北地端鲜红的血染着雪地；但事情做错了！赵三近些日子有些失常，一条梨木杆打折了小偷的腿骨。他去呼唤二里半，想要把那小偷丢到土坑去，用雪埋起来，二里半说："不行，开春时节，土坑发见死尸，传出风声，那是人命哩！"

村中人听着极痛的呼叫，四面出来寻找。赵三拖着独腿人转着弯跑，但

他不能把他掩藏起来。在赵三惶恐的心情下，他愿意寻到一个井把他放下去。

赵三弄了满手血。

惊动了全村的人，村长进城去报告警所。

于是赵三去坐监狱，李青山他们的"镰刀会"少了赵三也就衰弱了！消灭了！

正月末赵三受了主人的帮忙，把他从监狱提放出来。那时他头发很长，脸也灰白了些，他有点苍老。

为着给那个折腿的小偷做赔偿，他牵了那条仅有的牛上市去卖。小羊皮袄也许是卖了？再不见他穿了！

晚间李青山他们来的时候，赵三忏悔一般地说："我做错了！也许是我该招的灾祸：那是一个天将黑的时候，我正喝酒，听着平儿大喊有人偷柴。刘二爷前些日子来说要加地租，我不答应，我说我们联合起来不给他加，于是他走了！过了几天他又来，说：非加不可。再不然叫你们滚蛋！我说好啊！等着你吧！那个管事的，他说：你还要造反？不滚蛋，你们的草堆，就要着火！我只当是那个小子来点着我的柴堆呢！拿着杆子跑出去就把腿给打断了！打断了也甘心，谁想那是一个小偷！哈哈！小偷倒霉了！就是治好，那也是跛子了！"

关于"镰刀会"的事情他象忘记了一般，李青山问他："我们应该怎样铲锄刘二爷那恶棍？"

是赵三说的话："打死他吧！那个恶祸。"

这是从前他说的话，现在他又不那样说了："铲锄他又能怎样？我招灾祸，刘二爷也向东家[①]说了不少好话。从前我是错了！也许现在是受了责罚！"

他说话时不象从前那样英气了！脸上有点带着忏悔的意味，羞惭和不安了。王婆坐在一边，听了这话她后脑上的

---

① 东家，即地主。——作者原注

小发卷也象生着气:“我没见过这样的汉子，起初看来还象一块铁,后来越看越是一堆泥了！”

赵三笑了:“人不能没有良心！”

于是好良心的赵三天天进城,弄一点白菜担着给东家送去,弄一点地豆也给东家送去。为着送这一类菜,王婆同他激烈地吵打,但他绝对保持着他的良心。

有一天少东家出来，站在门阶上象训诲着他一般:“好险！若不为你说一句话,三年大狱你可怎么蹲呢？那个小偷他算没走好运吧！你看我来着手给你办,用不着给他接腿,让他死了就完啦。你把卖牛的钱也好省下,我们是‘地东’‘地户’,哪有看着过去的……”

说话的中间,间断了一会,少东家把话尾落到别处去:“不过今年地租是得加。左近地邻不都是加了价吗？地东地户年头多了,不过得……少加一点。”

过不了几天小偷从医院抬出来,可真的死了就完了！把赵三的牛钱归还一半,另一半少东家说是用做杂费了。

二月了。山上的积雪现出毁灭的色调。但荒山上却有行人来往。渐渐有送粪的人担着担子行过荒凉的山岭。农民们蛰伏的虫子样又醒过来。渐渐送粪的车子也忙着了！只有赵三的车子没有牛挽,平儿冒着汗和爹爹并架着车辕。地租就这样加成了！

五　羊群

平儿被雇做了牧羊童。他追打群羊跑遍山坡。山顶象是开着小花一般，绿了！而变红了！山顶拾野菜的孩子，平儿不断地戏弄她们，他单独地赶着一只羊去吃她们筐子里拾得的野菜。有时他选一条大身体的羊，象骑马一样地骑着来了！小的女孩们吓得哭着，她们看他象个猴子坐在羊背上。平儿从牧羊时起，他的本领渐渐得以发展。他把羊赶到荒凉的地方去，召集村中所有的孩子练习骑羊。每天那些羊和不喜欢行动的猪一样散遍在旷野。

行在归途上，前面白茫茫的一片，他在最后的一个羊背上，仿佛是大将统治着兵卒一般，他手耍着鞭子，觉得十分得意。

“你吃饱了吗？午饭。”

赵三对儿子温和了许多。从遇事以后他好象是温顺了。

那天平儿正戏耍在羊背上，在进大门的时候，羊疯狂地跑着，使他不能从羊背跳下，那样他象耍着的羊背上张狂的猴子。一个下雨的天气，在羊背上进大门的时候，他把小孩撞倒，主人用拾柴的耙子把他打下羊背来，仍是不停，象打着一块死肉一般。

夜里，平儿不能睡，辗翻着不能睡，爹爹动着他庞大的手掌拍抚他："跑了一天！还不困倦，快快睡吧！早早起来好上工！"

平儿在爹爹温顺的手下，感到委屈了！

"我挨打了！屁股疼。"

爹爹起来，在一个纸包里取出一点红色的药粉给他涂擦破口的地方。

爹爹是老了！孩子还那样小，赵三感到人活着没有什么意趣了。第二天平儿去上工被辞退回来，赵三坐在厨房用谷草正织鸡笼，他说："好啊！明天跟爹爹去卖鸡笼吧！"

天将明，他叫着孩子："起来吧！跟爹爹去卖鸡笼。"

王婆把米饭用手打成坚实的团子，进城的父子装进衣袋去，算做午餐。

第一天卖出去的鸡笼很少，晚间又都背着回来。王婆弄着米缸响："我说多留些米吃，你偏要卖出去……又吃什么呢？……又吃什么呢？"

老头子把怀中的铜板给她，她说："不是今天没有吃的，是明天呀！"

赵三说："明天，那好说，明天多卖出几个笼子就有了！"

一个上午，十个鸡笼卖出去了！只剩三个大些的，堆在那里。爹爹手心上数着票子，平儿在吃饭团。

"一百枚还多着，我们该去喝碗豆腐脑来！"

他们就到不远的那个布棚下，蹲在担子旁吃着冒气的食品。是平儿先吃，爹爹的那碗才正在上面倒醋。平儿对于这食品是怎样新鲜呀！一碗豆腐脑是怎样舒畅着平儿的小肠子呀！他的眼睛圆圆地把一碗豆腐脑吞食完了！

那个叫卖人说："孩子再来一碗吧！"

爹爹惊奇着："吃完了？"

那个叫卖人把勺子放下锅去说："再来一碗算半碗的钱吧！"

平儿的眼睛溜着爹爹把碗给过去。他喝豆腐脑作出大大的抽响来。赵三却不那样，他把眼光放在鸡笼的地方，慢慢吃，慢馒吃终于也吃完了！他说："平儿，你吃不下吧？倒给我碗点。"

平儿倒给爹爹很少很少。给过钱，爹爹去看守鸡笼。平儿仍在那里，孩子贪恋着一点点最末的汤水，头仰向天，把碗扣在脸上一般。

菜市上买菜的人经过，若注意一下鸡笼，赵三就说："买吧！仅是十个铜板。"

终于三个鸡笼没有人买，两个分给爹爹，留下的一个，在平儿的背上突起着。经过牛马市，平儿指嚷着："爹爹，咱们的青牛在那儿。"

大鸡笼在背上荡动着，孩子去看青牛。赵三笑了，向那个卖牛人说："又出卖吗？"

说着这话，赵三无缘的感到酸心。到家他向王婆说："方才看见那条青牛在市上。"

"人家的了，就别提了。"王婆整天地不耐烦。

卖鸡笼渐渐的赵三会说价了；慢慢地坐在墙根他会招

呼了！也常常给平儿买一两块红绿的糖球吃。后来连饭团也不用带。

他弄些铜板每天交给王婆，可是她总不喜欢，就象无意之中把钱放起来。

二里半又给说妥一家，叫平儿去做小伙计。孩子听了这话，就生气。

“我不去，我不能去，他们好打我呀！”平儿为了卖鸡笼所迷恋。

“我还是跟爹爹进城。”

王婆绝对主张孩子去做小伙计。她说：“你爹爹卖鸡笼，你跟着做什么？”

赵三说：“算了吧，不去就不去吧。”

铜板兴奋着赵三，半夜他也是织鸡笼，他向王婆说：“你就不好也来学学，一种营生呢！还好多织几个。”

但是王婆仍是去睡，就象对于他织鸡笼，怀着不满似的；就象反对他织鸡笼似的。

平儿同情着父亲，他愿意背鸡笼，多背一个，爹爹说：“不要背了！够了！”

他又背一个，临出门时他又找个小一点的提在手里，爹爹问：“你能拿动吗？送回两个去吧，卖不完啊！”

有一次从城里割一斤肉回来，吃了一顿象样的晚餐。

村中妇人羡慕王婆：“三哥真能干哩！把一条牛卖掉，不能再种粮食，可是这比种粮食更好，更能得钱。”

经过二里半门前，平儿把罗圈腿也领进城去。平儿向爹爹要了铜板给小朋友买两片油煎馒头。又走到敲铜锣搭着小棚的地方去挤撞，每人花一个铜板看一看“西洋景”[1]。那是从一个嵌着小玻璃镜，只容一个眼睛的地方看进去，里面有一张放大的画片活动着。打仗着，拿着枪的，很快又换上一张别样的。耍画片的人一面唱，一面讲：“这又是一片洋人打仗。你看‘老毛子’夺城，那真是哗啦啦！打死的不知多少……”

罗圈腿嚷着看不清，平儿告诉他：“你把眼睛闭起一个来！”

可是不久这就完了！从热闹的、孩子热爱着的城里把他们又赶出来。平儿又被装进这睡着一般的乡村。原因，小鸡初生卵的时节已经过去。家家把鸡笼全预备好了。

平儿不愿跟着，赵三自己进城，减价出卖。后来折本卖。最后他也不去了。厨房里鸡笼靠高墙摆起来。这些东西从前会使赵三欢喜，现在会使他生气。

平儿又骑在羊背上去牧羊。但是赵三是受了挫伤！

---

① 西洋景，即街头影戏。——作者注

六　刑罚的日子

房后的草堆上，温暖在那里蒸腾起了。全个农村跳跃着泛滥的阳光。小风开始荡漾田禾，夏天又来到人间，叶子上树了！假使树会开花，那么花也上树了！

房后草堆上，狗在那里生产。大狗四肢在颤动，全身抖擞着。经过一个长时间，小狗生出来。

暖和的季节，全村忙着生产。大猪带着成群的小猪喳喳的跑过，也有的母猪肚子那样大，走路时快要接触着地面，它多数的乳房有什么在充实起来。

那是黄昏时候，五姑姑的姐姐她不能再延迟，她到婆婆屋中去说："找个老太太来吧！觉着不好。"

回到房中放下窗帘和幔帐。她开始不能坐稳，她把席子卷起来，就在草上爬行。收生婆来时，她乍望见这房中，她就把头扭着。

她说："我没见过，象你们这样大户人家，把孩子还要养到草上。'压柴，压柴，不能发财。'"

家中的婆婆把席下的柴草又都卷起来，土炕上扬起着灰尘。

光着身子的女人，和一条鱼似的，她爬在那里。

黄昏以后，屋中起着烛光。那女人是快生产了，她小声叫号了一阵，收生婆和一个邻居的老太婆架扶着她，让她坐起来，在炕上微微的移动。可是罪恶的孩子，总不能生产，闹着夜半过去，外面鸡叫的时候，女人忽然苦痛得脸色灰白，脸色转黄，全家人不能安定。为她开始预备葬衣，在恐怖的烛光里四下翻寻衣裳，全家为了死的黑影所骚动。

赤身的女人，她一点不能爬动，她不能为生死再挣扎最后的一刻。天渐亮了。恐怖仿佛是僵尸，直伸在家屋。

五姑姑知道姐姐的消息，来了，正在探询："不喝一口水吗？她从什么时候起？"

一个男人撞进来，看形象是一个酒疯子。他的半面脸，红而肿起，走到幔帐的地方，他吼叫："快给我的靴子！"

女人没有应声，他用手撕扯幔帐，动着他厚肿的嘴唇："装死吗？我看看你还装死不装死！"

说着他拿起身边的长烟袋来投向那个死尸。母亲过来把他拖出去。每年是这样，一看见妻子生产他便反对。

日间苦痛减轻了些，使她清明了！她流着大汗坐在幔帐中，忽然那个红脸鬼，又撞进来，什么也不讲，只见他怕人的手中举起大水盆向着帐子抛来。

最后人们拖他出去。

大肚子的女人，仍胀着肚皮，带着满身冷水无言的坐在那里。她几乎一动不敢动，她仿佛是在父权下的孩子一般怕着她的男人。

她又不能再坐住，她受着折磨，产婆给换下她着水的上衣。门响了她又慌张了,要有神经病似的。一点声音不许她哼叫,受罪的女人,身边若有洞,她将跳进去!身边若有毒药,她将吞下去,她仇视着一切,窗台要被她踢翻。

她愿意把自己的腿弄断,宛如进了蒸笼,全身将被热力所撕碎一般呀!

产婆用手推她的肚子:"你再刚强一点,站起来走走,孩子马上就会下来的,到了时候啦!"

走过一个时间,她的腿颤颤得可怜。患着病的马一般,倒了下来。产婆有些失神色,她说:"媳妇子怕要闹事,再去找一个老太太来吧!"

五姑姑回家去找妈妈。

这边孩子落产了,孩子当时就死去!用人拖着产妇站起来,立刻孩子掉在炕上,象投一块什么东西在炕上响着。女人横在血光中,用肉体来浸着血。

窗外,阳光晒满窗子,屋内妇人为了生产疲乏着。

田庄上绿色的世界里,人们洒着汗滴。

四月里,鸟雀们也孵雏了!常常看见黄嘴的小雀飞下来,在檐下跳跃着啄食。小猪的队伍逐渐肥起来,只有女人在乡村夏季更贫瘦,和耕种的马一般。

刑罚,眼看降临到金枝的身上,使她短的身材,配着那样大的肚子,十分不相称。金枝还不象个妇人,仍和一个小女孩一般,但是肚子膨胀起来了!

快做妈妈了!妇人们的刑罚快擒着她。

并且她出嫁还不到四个月,就渐渐会诅咒丈夫,渐渐感到男人是炎凉的人类！那正和别的村妇一样。

坐在河边沙滩上，金枝在洗衣服。红日斜照着河水，对岸林子的倒影，随逐着红波模糊下去！

成业在后边，站在远远的地方："天黑了呀！你洗衣裳，懒老婆，白天你做什么来？"

天还不明，金枝就摸索着穿起衣裳。在厨房，这大肚子的小女人开始弄得厨房蒸着气。太阳出来，铲地的工人掮着锄头回来。堂屋挤满着黑黑的人头，吞饭、吞汤的声音，无纪律地在响。

中午又烧饭；晚间烧饭，金枝过于疲乏了！腿子痛得折断一般。天黑下来卧倒休息一刻。在迷茫中她坐起来，知道成业回来了！努力掀起在睡的眼睛，她问："才回来？"

过了几分钟，她没有得到答话。只见男人解脱衣裳，她知道又要挨骂了！

正相反，没有骂，金枝感到背后温热一些，男人努力低声向她说话："……"

金枝被男人朦胧着了！

立刻，那和灾难一般，跟着快乐而痛苦追来了。金枝不能烧饭。村中的产婆来了！她在炕角苦痛着脸色，她在那里受着刑罚，王婆来帮助她把孩子生下来。王婆摇着她多经验的头颅："危险，昨夜你们必定是不安着的。年青什么也不晓得，肚子大了，是不许那样的。容易丧掉性命！"

十几天以后金枝又行动在院中了！小金枝在屋中哭唤她。

牛或是马在不知觉中忙着栽培自己的痛苦。夜间乘凉的时候，可以听见马或是牛棚做出异样的声音来。牛也许是为了自己的妻子而角斗，从牛棚撞出来了。木杆被撞掉，狂张着，成业去拾了耙子猛打疯牛，于是又安然被赶回棚里。

在乡村，人和动物一起忙着生，忙着死……

二里半的婆子和李二婶子在地端相遇："啊呀！你还能弯下腰去？"

"你怎么样？"

"我可不行了呢！"

"你什么时候的日子？"

"就是这几天。"

外面落着毛毛雨。忽然二里半的家屋吵叫起来！傻婆娘一向生孩子是闹惯了的，她大声哭，她怨恨男人："我说再不要孩子啦！没有心肝的，这不都是你吗？我算死在你身上！"

惹得老王婆扭着身子闭住嘴笑。过了一会傻婆娘又滚转着高声嚷叫："肚子疼死了，拿刀快把我肚子给割开吧！"

吵叫声中看得见孩子的圆头顶。

在这时候，五姑姑变青脸色，走进门来，她似乎不会说话，两手不住的扭绞："没有气了！小产了，李二婶子快死了呀！"

王婆就这样丢下麻面婆赶向打鱼村去。另一个产婆来时，麻面婆的孩子已在土炕上哭着。产婆洗着刚会哭的小孩。

等王婆回来时，窗外墙根下，不知谁家的猪也正在生小猪。

七　罪恶的五月节

五月节来临，催逼着两件事情发生：王婆服毒，小金枝惨死。

弯月相同弯刀刺上林端。王婆散开头发，她走向房后柴栏，在那儿她轻开篱门。柴栏外是墨沉沉的静甜的，微风不敢惊动这黑色的夜画；黄瓜爬上架了！玉米响着雄宽的叶子，没有蛙鸣，也少虫声。

王婆披着散发，幽魂一般的，跪在柴草上，手中的杯子放到嘴边。一切涌上心头，一切诱惑她。她平身向草堆倒卧过去。被悲哀汹淘着大哭了。

赵三从睡床上起来，他什么都不清楚，柴栏里，他带点愤怒对待王婆："为什么？在发疯！"

他以为她是闷着刺到柴栏去哭。

赵三撞到草中的杯子了，使他立刻停止一切思惟。他跑到屋中，灯光下，发现黑色浓重的液体在杯底。他先用手拭一拭，再用舌尖试一试，那是苦味。

"王婆服毒了！"

次晨村中嚷着这样的新闻。村人凄静的断续的来看她。

赵三不在家，他跑出去，乱坟岗子上，给她寻个位置。

乱坟岗子上活人为死人掘着坑子了，坑子深了些，二里半先跳下去。下层的湿土，翻到坑子旁边，坑子更深了！大了！几个人都跳下去，铲子不住的翻着，坑子埋过人腰。外面的土堆涨过人头。

坟场是死的城廓，没有花香，没有虫鸣；即使有花，即使有虫，那都是唱奏着别离歌，陪伴着说不尽的死者永久的寂寞。

乱坟岗子是地主施舍给贫苦农民们死后的住宅。但活着的农民，常常被地主们驱逐，使他们提着包袱，提着小孩，从破房子再走进更破的房子去。

有时被逐着在马棚里借宿。孩子们哭闹着马棚里的妈妈。

赵三去进城，突然的事情打击着他，使他怎样柔弱呵！遇见了打鱼村进城卖菜的车子，那个驱车人麻麻烦烦的讲一些："菜价低了，钱帖毛荒。粮食也不值钱。"

那个车夫打着鞭子，他又说："只有布匹贵，盐贵。慢慢一家子连咸盐都吃不起啦！地租是增加，还叫老庄户活不活呢？"

赵三跳上车，低了头坐在车尾的辕边。两条衰乏的腿子，凄凉的挂下，并且摇荡。车轮在辙道上哐啷的摔响。

城里，大街上拥挤着了！菜市过量的纷嚷。围着肉铺，人们吵架一般。

忙乱的叫卖童，手中花色的葫芦随着空气而跳荡，他们为了"五月节"而癫狂。

赵三他什么也没看见，好象街上的人都没有了！好象街是空街。但是一个小孩跟在后面:“过节了,买回家去,给小孩玩吧!”

赵三听不见这话,那个卖葫芦的孩子,好象自己不是孩子,自己是大人了一般,他追逐。

“过节了!买回家去给小孩玩吧!”

柳条枝上各色花样的葫芦好象一些被系住的蝴蝶,跟住赵三在后面跑。

一家棺材铺,红色的,白色的,门口摆了多多少少,他停在那里。孩子也停止追随。

一切预备好!棺材停在门前,掘坑的铲子停止翻扬了!

窗子打开,使死者见一见最后的阳光。王婆跳突着胸口,微微尚有一点呼吸,明亮的光线照拂着她素静的打扮。已经为她换上一件黑色棉裤和一件浅色短单衫。除了脸是紫色,临死她没有什么怪异的现象,人们吵嚷说:“抬吧!抬她吧!”

她微微尚有一点呼吸,嘴里吐出一点点的白沫,这时候她已经被抬起来了。外面平儿急叫:“冯丫头来啦!冯丫头!”

母女们相逢太迟了!母女们永远永远不会再相逢了!那个孩子手中提了小包袱,慢慢慢慢走到妈妈面前。她细看一看,她的脸孔快要接触到妈妈脸孔的时候,一阵清脆的爆裂的声浪嘶叫开来。她的小包袱滚滚着落地。

四围的人,眼睛和鼻子感到酸楚和湿浸。谁能止住被这小女孩唤起的难忍的酸痛而不哭呢?不相关连的人混同着女孩哭她的母亲。

其中新死去丈夫的寡妇哭得最厉害,也最哀伤。她几乎完全哭着自己的丈夫,她完全幻想是坐在她丈夫的坟前。

男人们嚷叫:“抬呀! 该抬了。收拾妥当再哭! ”

那个小女孩感到不是自己家,身边没有一个亲人。她不哭了。

服毒的母亲眼睛始终是张着,但她不认识女儿,她什么也不认识了! 停在厨房板块上,口吐白沫,她心坎尚有一点跳动。

赵三坐在炕沿,点上烟袋。女人们找一条白布给女孩包在头上,平儿把白带束在腰间。

赵三不在屋的时候,女人们便开始问那个女孩:“你姓冯的那个爹爹多咱死的? ”

“死两年多。”

“你亲爹呢? ”

“早回山东了! ”

“为什么不带你们回去? ”

“他打娘,娘领着哥哥和我到了冯叔叔家。”

女人们探问王婆旧日的生活,她们为王婆感动,那个寡妇又说:“你哥怎不来? 回家去找他来看看娘吧! ”

包白头的女孩,把头转向墙壁,小脸孔又爬着眼泪了! 她努力咬住嘴唇,小嘴唇偏张开,她又张着嘴哭了! 接受女人们的温情使她大胆一点,走到娘的近边,紧紧捏住娘的冰寒的手指,又用手给妈妈抹擦唇上的泡沫。小心孔只为母亲所惊扰,她带来的包袱踏在脚下。女人们又说:“家去找哥哥来看看你娘吧！”

一听说哥哥，她就要大哭，又勉强止住。那个寡妇又问：“你哥哥不在家吗？”

她终于用白色的包头布拢络住脸孔大哭起来了。借了哭势，她才敢说到哥哥：“哥哥前天死了呀！官项捉去枪毙的。”

包头布从头上扯掉。孤独的孩子癫痫着一般用头摇着母亲的心窝哭：“娘呀……娘呀……”

她再什么也不会哭诉，她还小呢！

女人们彼此说：“哥哥多咱死的？怎么没听……”

赵三的烟袋出现在门口，他听清楚她们议论王婆的儿子。赵三晓得那小子是个“红胡子”。怎样死的，王婆服毒不是听说儿子枪毙才自杀吗？这只有赵三晓得。他不愿意叫别人知道，老婆自杀还关连着某个匪案，他觉得当土匪无论如何有些不光明。

摇起他的烟袋来，他僵直的空的声音响起，用烟袋催逼着女孩：“你走好啦！她已死啦！没有什么看的，你快走回你家去！”

小女孩被爹爹抛弃，哥哥又被枪毙了，带来包袱和妈妈同住，妈妈又死了，妈妈不在，让她和谁生活呢？

她昏迷地忘掉包袱，只顶了一块白布，离开妈妈的门庭。离开妈妈的门庭，那有点象丢开她的心让她远走一般。

赵三因为他年老，他心中裁判着年青人：“私姘妇人，有钱可以，无钱怎么也去姘？没见过。到过节，那个淫妇无法过节，使他去抢，年青人就这样丧掉性命。”

当他看到也要丧掉性命的自己的老婆的时候，他非常仇恨那个枪毙的小子。当他想起去年冬天，王婆借来老洋炮的那回事，他又佩服人了："久当胡子哩！不受欺侮哩！"

妇人们燃柴，锅渐渐冒气。赵三捻着烟袋他来回踱走。过一会他看看王婆仍少少有一点气息，气息仍不断绝。他好象为了她的死等待得不耐烦似的，他困倦了，依着墙瞌睡。

长时间死的恐怖，人们不感到恐怖！人们集聚着吃饭，喝酒，这时候王婆在地下作出声音，看起来，她紫色的脸变成淡紫。人们放下杯子，说她又要活了吧？

不是那样，忽然从她的嘴角流出一些黑血，并且她的嘴唇有点象是起动，终于她大吼两声，人们瞪住眼睛说她就要断气了吧！

许多条视线围着她的时候，她活动着想要起来了！人们惊慌了！女人跑在窗外去了！男人跑去拿挑水的扁担。说她是死尸还魂。

喝过酒的赵三勇猛着："若让她起来，她会抱住小孩死去，或是抱住树，就是大人她也有力量抱住。"

赵三用他的大红手贪婪着把扁担压过去。扎实的刀一般的切在王婆的腰间。她的肚子和胸膛突然增胀，象是鱼泡似的。她立刻眼睛圆起来，象发着电光。她的黑嘴角也动了起来，好象说话，可是没有说话，血从口腔直喷，射了赵三的满单衫。赵三命令那个人："快轻一点压吧！弄得满身是血。"

王婆就算连一点气息也没有了！她被装进等在门口的棺材里。

后村的庙前，两个村中无家可归的老头，一个打着红灯笼，一个手提水壶，领着平儿去报庙。绕庙走了三周，他们顺着毛毛的行人小道回来，老人念一套成谱调的话，红灯笼伴了孩子头上的白布，他们回家去。平儿一点也不哭，他只记住那年妈妈死的时候不也是这样报庙吗？

王婆的女儿却没能同来。

王婆的死信传遍全村，女人们坐在棺材边大大的哭起！扭着鼻涕，号啕着：哭孩子的，哭丈夫的，哭自己命苦的，总之，无管有什么冤屈都到这里来送了！村中一有年岁大的人死，她们，女人之群们，就这样做。

将送棺材上坟场！要钉棺材盖了！

王婆终于没有死，她感到寒凉，感到口渴，她轻轻说："我要喝水！"

但她不知道，她是睡在什么地方。

五月节了，家家门上挂起葫芦。二里半那个傻婆子屋里有孩子哭着，她却蹲在门口拿刷马的铁耙子给羊刷毛。

二里半跛着脚。过节，带给他的感觉非常愉快。他在白菜地看见白菜被虫子吃倒几棵。若在平日他会用短句咒骂虫子，或是生气把白菜用脚踢着。

但是现在过节了，他一切愉快着，他觉得自己是应该愉快。走在地边他看一看柿子还没有红，他想摘几个柿子给孩子吃吧！过节了！

全村表示着过节，菜田和麦地，无管什么地方都是静静的甜美的。虫子们也仿佛比平日会唱了些。

过节渲染着整个二里半的灵魂。他经过家门没有进去，把柿子扔给孩子又走了！他要趁着这样愉快的日子会一会朋友。左近邻居的门上都挂了纸葫芦，他经过王婆家，那个门上摆荡着的是绿色的葫芦。再走，就是金枝家。

金枝家，门外没有葫芦，门里没有人了！二里半张望好久：孩子的尿布在锅灶旁被风吹着，飘飘的在浮游。

小金枝来到人间才够一月，就被爹爹摔死了！婴儿为什么来到这样的人间？使她带了怨悒回去！仅仅是这样短促呀！仅仅是几天的小生命！

小小的孩子睡在许多死人中，她不觉得害怕吗？妈妈走远了！妈妈啜泣听不见了！

天黑了！月亮也不来为孩子做伴。

五月节的前些日子，成业总是进城跑来跑去，家来和妻子吵打。他说："米价落了！三月里买的米现在卖出去折本一小半。卖了还债也不足，不卖又怎么能过节？"

并且他渐渐不爱小金枝，当孩子夜里把他吵醒的时候，他说："拼命吧！闹死吧！"

过节的前一天，他家什么也没预备，连一斤面粉也没买。烧饭的时候豆油罐子什么也倒流不出。

成业带着怒气回家，看一看还没有烧菜。他厉声嚷叫："啊！象我……该饿死啦，连饭也没得吃……我进城……我进城。"

孩子在金枝怀中吃奶。他又说："我还有好的日子吗？你们累得我，使我做强盗都没有机会。"

金枝垂了头把饭摆好,孩子在旁边哭。

成业看着桌上的咸菜和粥饭，他想了一刻又不住地说起:“哭吧！败家鬼,我卖掉你去还债。”

孩子仍哭着,妈妈在厨房里,不知是扫地,还是收拾柴堆。爹爹发火了:“把你们都一块卖掉,要你们这些吵家鬼有什么用……”

厨房里的妈妈和火柴一般被燃着:“你象个什么？回来吵打,我不是你的冤家,你会卖掉,看你卖吧！”

爹爹飞着饭碗,妈妈暴跳起来。

“我卖？我摔死她吧！……我卖什么！”

就这样小生命被截止了!

王婆听说金枝的孩子死,她要来看看,可是她只扶了杖子立起又倒卧下来。她的腿骨被毒质所侵还不能行走。

年青的妈妈过了三天她到乱坟岗子去看孩子。但那能看到什么呢？被狗扯得什么也没有。

成业他看到一堆草染了血,他幻想是捆小金枝的草吧!他俩背向着流过眼泪。

乱坟岗子不知洒干多少悲惨的眼泪？永年悲惨的地带，连个乌鸦也不落下。

成业又看见一个坟窟,头骨在那里重见天日。

走出坟场,一些棺材、坟堆,死寂死寂的印象催迫着他们加快着步子。

八　蚊虫繁忙着

她的女儿来了！王婆的女儿来了！

王婆能够拿着鱼竿坐在河沿钓鱼了！她脸上的纹褶没有什么增多或减少。这证明她依然没有什么变动，她还必须活下去。

晚间河边蛙声震耳。蚊子从河边的草丛出发，嗡声喧闹的阵伍，迷漫着每个家庭。日间太阳也炎热起来！太阳烧上人们的皮肤，夏天，田庄上人们怨恨太阳和怨恨一个恶毒的暴力者一般。全个田间，一个大火球在那里滚转。

但是王婆永久欢迎夏天。因为夏天有肥绿的叶子，肥的园林，更有夏夜会唤起王婆诗意的心田，她该开始向着夏夜述说故事。今夏她什么也不说了！

她偎在窗下和睡了似的，对向幽邃的天空。

蛙鸣振碎人人的寂寞；蚊虫骚扰着不能停息。

这相同平常的六月，这又是去年割麦的时节。王婆家今年没种麦田。她更忧伤而悄默了！当举着钓竿经过作浪的麦田时，她把竿头的绳线缭绕起来，她仰了头，望着高空，就这样睬也不睬地经过麦田。

王婆的性情更恶劣了！她又酗酒起来。她每天钓鱼。全家人的衣服她不补洗，她只每夜烧鱼，吃酒，吃得醉疯疯地，满院、满屋地旋走；她渐渐要到树林里去旋走。

有时在酒杯中她想起从前的丈夫；她痛心看见来在身边孤独的女儿，总之在喝酒以后她更爱烦想。

现在她近于可笑，和石块一般沉在院心，夜里她习惯于院中睡觉。

在院中睡觉被蚊虫迷绕着，正象蚂蚁群拖着已腐的苍蝇。她是再也没有心情了吧！再也没有心情生活！

王婆被蚊虫所食，满脸起着云片，皮肤肿起来。

王婆在酒杯中也回想着女儿初来的那天，女儿横在王婆怀中："妈呀！我想你是死了！你的嘴吐着白沫，你的手指都凉了呀！……哥哥死了，妈妈也死了，让我到哪里去讨饭吃呀！……他们把我赶出时，带来的包袱都忘下啦，我哭……哭昏啦……妈妈，他们坏心肠，他们不叫我多看你一刻……"

后来孩子从妈妈怀中站起来时，她说出更有意义的话："我恨死他们了！若是哥哥活着，我一定告诉哥哥把他们打死。"

最后那个女孩，拭干眼泪说："我必定要象哥哥，……"

说完她咬一下嘴唇。

王婆思想着女孩怎么会这样烈性呢？或者是个中用的孩子？

王婆忽然停止酗酒，她每夜，开始在林中教训女儿，在静的林里，她严峻的说："要报仇。要为哥哥报仇，谁杀死你的哥哥？”

女孩子想：“官项杀死哥哥的。”她又听妈妈说：“谁杀死哥哥，你要杀死谁，……”

女孩想过十几天以后，她向妈妈踟蹰着：“是谁杀死哥哥？妈妈明天领我去进城，找到那个仇人，等后来什么时候遇见他我好杀死他。”

孩子说了孩子话，使妈妈笑了！使妈妈心痛。

王婆同赵三吵架的那天晚上，南河的河水涨出了河床。南河沿嚷着：“涨大水啦！涨大水啦！”

人们来往在河边，赵三在家里也嚷着：“你快叫她走，她不是我家的孩子，你的崽子我不招留。快第二天家家的麦子送上麦场。第一场割麦，人们要吃一顿酒来庆祝。赵三第一年不种麦，他家是静悄悄的。有人来请他，他坐到别人欢说着的酒桌前，看见别人欢说，看见别人收麦，他红色的大手在人前窘迫着了！不住地胡乱地扭搅，可是没有人注意他，种麦人和种麦人彼此谈说。

河水落了，却带来众多的蚊虫。夜里蛤蟆的叫声，好象被蚊子的嗡嗡声压住似的。日间蚊群也是忙着飞。只有赵三非常哑默。

九　传染病

乱坟岗子，死尸狼藉在那里。无人掩埋，野狗活跃在尸群里。

太阳血一般昏红；从朝至暮蚊虫混同着蒙雾充塞天空。高粱、玉米和一切菜类被人丢弃在田圃，每个家庭是病的家庭，是将要绝灭的家庭。

全村静悄了。植物也没有风摇动它们。一切沉浸在雾中。

赵三坐在南地端出卖五把新镰刀。那是组织“镰刀会”时剩下的。他正看着那伤心的遗留物，村中的老太太来问他：“我说……天象，这是什么天象？要天崩地陷了。老天爷叫人全死吗？嗳……”

老太婆离去赵三，曲背立即消失在雾中，她的语声也象隔远了似的：“天要灭人呀！……老天早该灭人啦！人世尽是强盗、打仗、杀害，这是人自己招的罪……”

渐渐远了！远处听见一个驴子在号叫，驴子号叫在山坡吗？驴子号叫在河沟吗？

什么也看不见，只能听闻：那是，二里半的女人作嘎的不愉悦的声音来近赵三。赵三为着镰刀所烦恼，他坐在雾中，他用烦恼的心思在妒恨镰刀，他想：“青牛是卖掉了！麦田没能种起来。”

那个婆子向他说话，但他没有注意到。那个婆子被脚下的土块跌倒，她起来时慌张着，在雾层中看不清她怎样张皇。她的音波织起了网状的波纹，和老大的蚊音一般：“三哥，还坐在这里？家怕是有‘鬼子’来了，就连小孩子，‘鬼子’也要给打针，你看我把孩子抱出来，就是孩子病死也甘心，打针可不甘心。”

麻面婆离开赵三去了！抱着她未死的、连哭也不会哭的孩子沉没在雾中。

太阳变成暗红的放大而无光的圆轮，当在人头。昏茫的村庄埋着天然灾难的种子，渐渐种子在滋生。

传染病和放大的太阳一般勃发起来，茂盛起来！

赵三踏着死蛤蟆走路；人们抬着棺材在他身边暂时现露而滑过去！一个歪斜面孔的小脚女人跟在后面，她小小的声音哭着。

又听到驴子叫，不一会驴子闪过去，背上驼着一个重病的老人。

西洋人，人们叫他“洋鬼子”，身穿白外套，第二天雾退时，白衣女人来到赵三的窗外，她嘴上挂着白囊，说起难懂的中国话：“你的，病人的有？我的治病好，来。快快的。”

那个老的胖一些的，动一动胡子，眼睛胖得和猪眼一般，把头探着窗子望。

赵三着慌说没有病人，可是终于给平儿打针了！

"老鬼子"向那个"小鬼子"说话,嘴上的白囊一动一动的。管子、药瓶和亮刀从提包倾出,赵三去井边提一壶冷水。那个"鬼子"开始擦他通孔的玻璃管。

平儿被停在窗前的一块板上,用白布给他蒙住眼睛。隔院的人们都来看着,因为要晓得"鬼子"怎样治病,"鬼子"治病究竟怎样可怕。

玻璃管从肚脐下一寸的地方插下,五寸长的玻璃管只有半段在肚皮外闪光。于是人们捉紧孩子,使他仰卧不得摇动。"鬼子"开始一个人提起冷水壶,另一个对准那个长长的橡皮管顶端的漏水器。看起来"鬼子"象修理一架机器。四面围观的人好象有叹气的,好象大家一起在缩肩膀。孩子只是作出"呀!呀"的短叫,很快一壶水灌完了!最后在滚胀的肚子上擦了一点黄色药水,用小剪子剪一块白棉贴住破口。就这样白衣"鬼子"提了提包轻便的走了!又到别人家去。

又是一天晴朗的日子,传染病患到绝顶的时候!女人们抱着半死的小孩子,女人们始终惧怕打针,惧怕白衣的"鬼子"用水壶向小孩肚里灌水。她们不忍看那肿胀起来奇怪的肚子。

恶劣的传闻布遍着:"李家的全家死了!""城里派人来验查,有病象的都用车子拉进城去,老太婆也拉,孩子也拉,拉去打药针。"

人死了听不见哭声,静悄地抬着草捆或是棺材向着乱坟岗子走去,接接连连的,不断……

过午,二里半的婆子把小孩送到乱坟岗子去!她看到别的几个小孩有的头发蒙住白脸,有的被野狗拖断了四肢,也有几个好好的睡在那里。

野狗在远的地方安然的嚼着碎骨发响。狗感到满足,狗不再为着追求食物而疯狂,也不再猎取活人。

平儿整夜呕着黄色的水、绿色的水,白眼珠满织着红色的丝纹。

赵三喃喃着走出家门,虽然全村的人死了不少,虽然庄稼在那里衰败,镰刀他却总想出卖,镰刀放在家里永久刺着他的心。

十　十年

十年前村中的山、山下的小河，而今依旧似十年前，河水静静的在流，山坡随着季节而更换衣裳；大片的村庄生死轮回着和十年前一样。

屋顶的麻雀仍是那样繁多。太阳也照样暖和。山下有牧童在唱童谣，那是十年前的旧调：

秋夜长，秋风凉，

谁家的孩儿没有娘，

谁家的孩儿没有娘，……

月亮满西窗。

什么都和十年前一样，王婆也似没有改变，只是平儿长大了！平儿和罗圈腿都是大人了！

王婆被凉风飞着头发，在篱墙外远听从山坡传来的童谣。

十一 年盘转动了

雪天里，村人们永没见过的旗子飘扬起，升上天空！

全村寂静下去，只有日本旗子在山岗临时军营门前，振荡的响着。

村人们在想：这是什么年月？中华国改了国号吗？

十二　黑色的舌头

宣传“王道”的旗子来了！带着尘烟和骚闹来的。

宽宏的夹树道；汽车闹嚣着了！

田间无际限的浅苗湛着青色。但这不再是静穆的村庄，人们已经失去了心的平衡。草地上汽车突起着飞尘跑过，一些红色绿色的纸片播着种子一般落下来。小茅房屋顶有花色的纸片在起落。附近大道旁的枝头挂住纸片，在飞舞嘶鸣。从城里出发的汽车又追踪着驰来。车上站着威风飘扬的日本人、高丽人，也站着扬威的中国人。车轮突飞的时候，车上每人手中的旗子摆摆有声，车上的人好象生了翅膀齐飞过去。那一些举着日本旗子作出媚笑杂样的人，消失在道口。

那一些“王道”的书篇飞到山腰去，河边去……

王婆立在门前，二里半的山羊垂下它的胡子。老羊轻轻走过正在繁茂的树下。山羊不再寻什么食物，它困倦了！它过于老，全身变成土一般的毛色。

它的眼睛模糊好象垂泪似的。山羊完全幽默和可怜起来；拂摆着长胡子走向洼地。

对着前面的洼地，对着山羊，王婆追踪过去痛苦的日子。她想把那些日子捉回,因为今日的日子还不如昨日。洼地没人种,上岗那些往日的麦田荒乱在那里。她在伤心的追想。

日本飞机拖起狂大的嗡鸣飞过,接着天空翻飞着纸片。一张纸片落在王婆头顶的树枝,她取下看了看丢在脚下。飞机又过去时留下更多的纸片。她不再理睬一下那些纸片,丢在脚下来复的乱踏。

过了一会,金枝的母亲经过王婆,她手中捉住两只公鸡,她问王婆说:“日子算是没法过了!可怎么过?就剩两只鸡,还得快快去卖掉!”

王婆问她:“你进城去卖吗?”

“不进城谁家肯买?全村也没有几只鸡了!”

她向王婆耳语了一阵:“日本子恶得很!村子里的姑娘都跑空了!年青的媳妇也是一样。我听说王家屯一个十三岁的小丫头叫日本子弄去了!半夜三更弄走的。”

“歇一歇腿再走吧!”王婆说。

她俩坐在树下。大地上的虫子并不鸣叫,只是她俩惨淡而忧伤地谈着。

公鸡在手下不时振动着膀子。太阳有点正中了!树影做成圆形。

村中添设出异样的风光,日本旗子、日本兵。人们开始讲究这一些:“王道”啦!日“满”亲善啦!快有“真龙天子”啦!

在“王道”之下,村中的废田多起来,人们在广场上忧郁着徘徊。

那老婆说到最后:“我这些年来,都是养鸡,如今连个鸡毛也不能留,连个‘啼明’的公鸡也不让留下。这是什么年头?……”

她振动一下袖子,有点癫狂似的,她立起来,踏过前面一块不耕的废田,废田患着病似的,短草在那婆婆的脚下不愉快地没有弹力地被踏过。

走得很远,仍可辨出两只公鸡是用那个挂下的手提着,另外一只手在面部不住地抹擦。

王婆睡下的时候,她听见远处好象有女人尖叫。打开窗子听一听……

再听一会警笛器叫起来,枪鸣起来,远处的人家闯入什么魔鬼了吗?

“你家有人没有?”

当夜日本兵、中国警察搜遍全村。这是搜到王婆家。她回答:“有什么人?没有。”

他们掩住鼻子在屋中转了一个弯出去了。手电灯发青的光线乱闪着,临走出门栏,一个日本兵在铜帽子下面说中国话:“也带走她。”

王婆完全听见他说的是什么。

“怎么也带女人吗?”她想,“女人也要捉去枪毙吗?”

“谁希罕她,一个老婆子!”那个中国警察说。

中国人都笑了!日本人也瞎笑。可是他们不晓得这话是什么意思,别人笑,他们也笑。

真的,不知他们牵了谁家的女人,曲背和猪一般被他们牵走。在稀薄乱动的手电灯绿色的光线里面，分辨不出这女人是谁。

还没走出栏门，他们就调笑那个女人。并且王婆看见那个日本“铜帽子”的手在女人的屁股上急忙的抓了一下。

十三　你要死灭吗

王婆以为又是假装搜查到村中捉女人，于是她不想到什么恶劣的事情上去,安然的睡了！赵三那老头子也非常老了！他回来没有惊动谁也睡了！

过了夜,日本宪兵在门外轻轻敲门,走进来的,看样象个中国人,他的长靴染了湿淋的露水,从口袋取出手巾,摆出泰然的样子坐在炕沿慢慢擦他的靴子，访问就在这时开始:“你家昨夜没有人来过？不要紧,你要说实话。”

赵三刚起来,意识有点不清,不晓得这是什么事情要发生。于是那个宪兵把手中的帽子用力抖了一下,不是柔和而不在意的态度了:“混蛋！你怎么不知道？等带去你就知道了！”

说了这样话并没带他去。王婆一面在扣衣钮一面抢说:“问的是什么人？昨夜来过几个‘老总’,搜查没有什么就走了！”

那个军官样的把态度完全是对着王婆，用一种亲昵的声音问:“老太太请告诉吧！有赏哩！”

王婆的样子仍是没有改变。那人又说:“我们是捉胡子，有胡子,乡民也是同样受害,你没见着昨天汽车来到村子宣传‘王道’吗？‘王道’叫人诚实。老太太说了吧！有赏呢！”

王婆面对着窗子照上来的红日影，她说：“我不知道这回事。”

那个军官又想大叫，可是停住了，他的嘴唇困难地又动几下：“‘满洲国’要把害民的胡子扫清，知道胡子不去报告，查出来枪毙！”这时那个长靴人用斜眼神侮辱赵三一下。接着他再不说什么，等待答复，终于他什么也没得到答复。

还不到中午；乱坟岗子多了三个死尸，其中一个是女尸。

人们都知道那个女尸，就是在北村一个寡妇家搜出的那个“女学生”。

赵三听得别人说“女学生”是什么“党”。但是他不晓得什么“党”做什么解释。当夜在喝酒以后把这一切密事告诉了王婆，他也不知道那“女学生”倒有什么密事，到底为什么才死？他只感到不许传说的事情神秘，他也必定要说。

王婆她十分不愿意听，因为这件事情发生，她担心她的女儿，她怕是女儿的命运和那个“女学生”一般样。

赵三的胡子白了！也更稀疏，喝过酒，脸更是发红，他任意把自己摊散在炕角。

平儿担了大捆的绿草回来，晒干可以成柴，在院心他把绿草铺平。进屋他不立刻吃饭，透汗的短衫脱在身边，他好象愤怒似的，用力来拍响他多肉的肩头，嘴里长长的吐着呼吸。过了长时间爹爹说：“你们年青人应该有些胆量。这不是叫人死吗？亡国了！麦地不能种了，鸡犬也要死净。”

老头子说话象吵架一般。王婆给平儿缝汗衫上的大口，她感动了，想到亡国，把汗衫缝错了！她把两个袖口完全缝住。

赵三和一个老牛般样，年青时的气力全部消灭，只回想“镰刀会”，又告诉平儿：“那时候你还小着哩！我和李青山他们弄了个‘镰刀会’。勇得很！可是我受了打击，那一次使我碰壁了，你娘去借枝洋炮来，谁知还没用洋炮，就是一条棍子出了人命，从那时起就倒霉了！一年不如一年活到如今。”

“狗，到底不是狼，你爹从出事以后，对‘镰刀会’就没趣了！青牛就是那年卖的。”

她这样抢白着，使赵三感到羞耻和愤恨。同时自己为什么当时就那样卑小？心脏发燃了一刻，他说着使自己满意的话：“这下子东家也不东家了！有日本子，东家也不好干什么！”

他为着轻松充血的身子，他向树林那面去散步，那儿有树林。林梢在青色的天边画出美调的和舒卷着的云一样的弧线。青的天幕在前面直垂下来，曲卷的树梢花边一般地嵌上天幕。田间往日的蝶儿在飞，一切野花还不曾开。

小草房一座一座的摊落着，有的留下残墙在晒阳光，有的也许是被炸弹带走了屋盖。房身整整齐齐地摆在那里。

赵三扩大开胸膛，他呼吸田间透明的空气。他不愿意走了，停脚在一片荒芜的、过去的麦地旁。就这样不多一时，他又感到烦恼，因为他想起往日自己的麦田而今丧尽在炮火下，在日本兵的足下必定不能够再长起来，他带着麦田的忧伤又走过一片瓜田，瓜田也不见了种瓜的人，爪田尽被一些蒿草充塞。去年看守瓜地的小房，依然存在；赵三倒在小房下的短草梢头。他欲睡了！朦朦中看见一些高丽人从大树林穿过。视线从地平面直发过去，那一些高丽人仿佛是走在天边。

假如没有乱插在地面的家屋，那么赵三觉得自己是躺在天边了！

阳光迷住他的眼睛，使他不能再远看了！听得见村狗在远方无聊地吠叫。

如此荒凉的旷野，野狗也不到这里巡行。独有酒烧胸膛的赵三到这里巡行，但是他无有目的，任意足尖踏到什么地点，走过无数秃田，他觉得过于可惜，点一点头，摆一摆手，不住地叹着气走回家去。

村中的寡妇们多起来，前面是三个寡妇，其中的一个尚拉着她的孩子走。

红脸的老赵三走近家门又转弯了！他是那样信步而无主的走！忧伤在前面招示他，忽然间一个大凹洞，踏下脚去。他未曾注意这个，好象他一心要完成长途似的，继续前进。那里更有炸弹的洞穴，但不能阻碍他的去路，因为喝酒，壮年的血气鼓动他。

在一间破房子里，一只母猫正在哺乳一群小猫。他不愿意看这些，他更走，没有一个熟人与他遇见。直到天西烧红着云彩，他滴血的心，垂泪的眼睛竟来到死去的年青时伙伴们的坟上，不带酒祭奠他们，只是无话坐在朋友们之前。

亡国后的老赵三，蓦然念起那些死去的英勇的伙伴！留下活着的老的，只有悲愤而不能走险了，老赵三不能走险了！

那是个繁星的夜，李青山发着疯了！他的哑喉咙，使他讲话带着神秘而紧张的声色。这是第一次他们大型的集会。在赵三家里，他们象在举行什么盛大的典礼，庄严与静肃。人们感到缺乏空气一般，人们连鼻子也没有一个作响。屋子不燃灯，人们的眼睛和夜里的猫眼一般，闪闪有磷光而发绿。

王婆的尖脚，不住地踏在窗外，她安静的手下提了一只破洋灯罩，她时时准备着把玻璃灯罩摔碎。她是个守夜的老鼠，时时防备猫来。她到篱笆外绕走一趟，站在篱笆外听一听他们的谈论高低，有没有危险性？手中的灯罩她时刻不能忘记。

屋中李青山固执而且浊重的声音继续下去："在这半月里，我才真知道人民革命军真是不行，要干人民革命军那就必得倒霉，他们尽是些'洋学生'，上马还得用人抬上去。他们嘴里就会狂喊'退却'。二十八日那夜外面下小雨，我们十个同志正吃饭，饭碗被炸碎了哩！派两个出去寻炸弹的来路。大家来想一想，两个'洋学生'跑出去，唉！丧气，被敌人追着连帽子都跑丢了，'学生'们常常给敌人打死。……"

罗圈腿插嘴了："革命军还不如红胡子有用？"

月光照进窗来太暗了！当时没有人能发见罗圈腿发问时是个什么奇怪的神情。

李青山又在开始:“革命军纪律可真厉害,你们懂吗? 什么叫纪律? 那就是规矩。规矩太紧,我们也受不了。比方吧:屯子里年青青的姑娘眼望着不准去……哈哈! 我吃了一回苦,同志打了我十下枪柄哩! ”

他说到这里,自己停下笑起来,但是没敢大声。他继续下去。

二里半对于这些事情始终是缺乏兴致,他在一边瞌睡,老赵三用他的烟袋锅撞一下在睡的缺乏政治思想的二里半,并且赵三大不满意起来:“听着呀! 听着,这是什么年头还睡觉? ”

王婆的尖脚乱踏着地面作响一阵,人们听一听,没听到灯罩的响声,知道日本兵没有来,同时人们感到严重的气氛。李青山的计划严重着发表。

李青山是个农人,他尚分不清该怎样把事弄起来,只说着:“屯子里的小伙子招集起来,起来救国吧! 革命军那一群‘学生’是不行。只有红胡子才有胆量。”

老赵三他的烟袋没有燃着,丢在炕上,急快地拍一下手,他说:“对! 招集小伙子们,起名也叫革命军。”

其实赵三完全不能明白,因为他还不曾听说什么叫做革命军,他无由得到安慰,他的大手掌快乐地不停地撩着胡子。对于赵三,这完全和十年前组织“镰刀会”同样兴致,也是暗室,也是静悄悄地讲话。

老赵三快乐得终夜不能睡觉,大手掌翻了个终夜。

同时,站在二里半的墙外可以数清他鼾声的拍子。

乡间，日本人的毒手努力毒化农民，就说要恢复“大清国”，要做“忠臣”、“孝子”、“节妇”；可是另一方面，正相反的势力也增长着。

天一黑下来就有人越墙藏在王婆家中，那个黑胡子的人每夜来，成为王婆的熟人。在王婆家吃夜饭，那人向她说：“你的女儿能干得很，背着步枪爬山爬得快呢！可是……已经……”

平儿蹲在炕下，他吸爹爹的烟袋。轻微的一点妒嫉横过心面。

他有意弄响烟袋在门扇上，他走出去了。外面是阴沉全黑的夜，他在黑色中消灭了自己。等他忧悒着转回来时，王婆已是在垂泪的境况。

那夜老赵三回来得很晚，那是因为他逢人便讲亡国，救国，义勇军，革命军，……这一些出奇的字眼，所以弄得回来这样晚。快鸡叫的时候了！赵三的家没有鸡，全村听不见往日的鸡鸣。只有褪色的月光在窗上，三星不见了，知道天快明了。

他把儿子从梦中唤醒，他告诉他得意的宣传工作：东村那个寡妇怎样把孩子送回娘家预备去投义勇军；小伙子们怎样准备集合。老头子好象已在衙门里做了官员一样，摇摇摆摆着他讲话时的姿势，摇摇摆摆着他自己的心情，他整个的灵魂在阔步！

稍微沉静一刻，他问平儿：“那个人来了没有？那个黑胡子的人？”

平儿仍回到睡中，爹爹正鼓动着生力，他却睡了！爹爹的话在他耳边，象蚊虫嗡叫一般的无意义。赵三立刻动怒起来，他觉得他光荣的事业，不能有人承受下去，感到养了这样的儿子没用，他失望。

王婆一点声息也不作出，象是在睡般地。

明朝，黑胡子的人，忽然走来，王婆又问他："那孩子死的时候，你到底是亲眼看见她没有？"

"老太太你怎么还不明白？不是老早就对你讲么？死了就死了吧！革命就不怕死，那是露脸的死啊……比当日本狗的奴隶活着强得多哪！"

王婆常常听他们这一类人说"死"说"活"……她也想死是应该，于是安静下去，用她昨夜为着泪水所浸蚀的眼睛观察那熟人急转的面孔。终于她接受了！那人从囊中取出来的所有小本子，和象黑点一般的小字充满在上面的零散的纸张，她全接受了！另外还有发亮的小枪一支也递给王婆。那个人急忙着要走，这时王婆又不自禁地问："她也是枪打死的吗？"

那人开门急走出去了！因为急走，那人没有注意到王婆。

王婆往日里，她不知恐怖，常常把那一些别人带来的小本子放在厨房里。

有时她竟任意丢在席子下面。今天她却减少了胆量，她想那些东西若被搜查着，日本兵的刺刀会刺通了自己。她好象觉着自己的遭遇要和女儿一样似的，尤其是手掌里的小枪。她被恫吓着慢慢颤栗起来。女儿也一定被同样的枪杀死。她终止了想，她知道当前的事情开始紧急。

赵三仓皇着脸回来，王婆没有理他走向后面柴堆那儿。柴草不似每年，那是烧空了！在一片平地上稀疏的生着马蛇菜。她开始掘地洞；听村狗狂咬，她有些心慌意乱，把镰刀头插进土去无力拔出。她好象要倒落一般：全身受着什么压迫要把肉体解散了一般。过了一刻难忍昏迷的时间，她跑去呼唤她的老同伴。可是当走到房门又急转回来，她想起别人的训告：——重要的事情谁也不能告诉，两口子也不能告诉。

那个黑胡子的人，向她说过的话也使她回想了一遍：——你不要叫赵三知道，那老头子说不定和小孩子似的。

等她埋好之后，日本兵继续来过十几个。多半只戴了铜帽，连长靴都没穿就来了！人们知道他们又是在弄女人。

王婆什么观察力也失去了！不自觉地退缩在赵三的背后，就连那永久带着笑脸，常来王婆家搜查的日本官长，她也不认识了。临走时那人向王婆说“再见”，她直直迟疑着而不回答一声。

“拔”——“拔”，就是出发的意思，老婆们给男人在搜集衣裳或是鞋袜。

李青山派人到每家去寻个公鸡，没得寻到，有人提议把二里半的老山羊杀了吧！山羊正走在李青山门前，或者是歇凉，或者是它走不动了！它的一只独角塞进篱墙的缝际，小伙子们去抬它，但是无法把独角弄出。

二里半从门口经过，山羊就跟在后面回家去了！二里半说:“你们要杀就杀吧！早晚还不是给日本子留着吗！”

李二婶子在一边说:“日本子可不要它,老得不成样。”

二里半说:“日本子不要它,老也老死了！”

人们宣誓的日子到了！没有寻到公鸡,决定拿老山羊来代替。小伙子们把山羊抬着,在杆上四脚倒挂下去,山羊不住哀叫。二里半可笑的悲哀的形色跟着山羊走来。他的跛脚仿佛是一步一步把地面踏陷。波浪状的行走,愈走愈快！他的老婆疯狂地想把他拖回去,然而不能做到,二里半惶惶地走了一路。山羊被抬过一个山腰的小曲道。山羊被升上院心铺好红布的方桌。

东村的寡妇也来了！她在桌前跪下祷告了一阵,又到桌前点着两枝红蜡烛,蜡烛一点着,二里半知道快要杀羊了。

院心除了老赵三,那尽是一些年青的小伙子在走,转。他们袒露胸臂,强壮而且凶横。

赵三总是向那个东村的寡妇说,他一看见她便宣传她。他一遇见事情,就不象往日那样贪婪吸他的烟袋。说话表示出庄严,连胡子也不动荡一下:“救国的日子就要来到。有血气的人不肯当亡国奴,甘愿做日本刺刀下的屈死鬼。”

赵三只知道自己是中国人。无论别人对他讲解了多少遍,他总不能明白他在中国人中是站在怎样的阶级。虽然这样，老赵三也是非常进步，他可以代表整个的村人在进步着,那就是他从前不晓得什么叫国家,从前也许忘掉了自己是那国的国民！

他不开言了,静站在院心,等待宏壮悲愤的典礼来临。

来到三十多人,带来重压的大会,可真地触到赵三了!使他的胡子也感到非常重要而不可挫碰一下。

四月里晴朗的天空从山脊流照下来，房周围的大树群在正午垂曲的立在太阳下。畅明的天光与人们共同宣誓。

寡妇们和亡家的独身汉在李青山喊过口号之后，完全用膝头曲倒在天光之下。羊的脊背流过天光,桌前的大红蜡烛在壮默的人头前面燃烧。李青山的大个子直立在桌前:“弟兄们！今天是什么日子！知道吗？今天……我们去敢死……决定了……就是把我们的脑袋挂满了整个村子所有的树梢也情愿,是不是啊？……是不是？……弟兄们？……”

回声先从寡妇们传出:“是呀！千刀万剐也愿意！”

哭声刺心一般痛,哭声方锥一般落进每个人的胸膛。一阵强烈的悲酸掠过低垂的人头,苍苍然蓝天欲坠了!

老赵三立到桌子前面,他不发声,先流泪:“国……国亡了！我……我也……老了！你们还年青,你们去救国吧!

我的老骨头再……再也不中用了！我是个老亡国奴,我不会眼见你们把日本旗撕碎，等着我埋在坟里……也要把中国旗子插在坟顶,我是中国人！我要中国旗子。我不当亡国奴,生是中国人,死是中国鬼……不……不是亡……

亡国奴……”

浓重不可分解的悲酸,使树叶垂头。赵三在红蜡烛前用力敲了桌子两下,人们一起哭向苍天了！人们一起向苍天哭泣。大群的人起着号啕!

就这样把一支匣枪装好子弹摆在众人前面。每人走到那支枪口就跪倒下去盟誓:“若是心不诚,天杀我,枪杀我,枪子是有灵有圣有眼睛的啊!”

寡妇们也是盟誓。也是把枪口对准心窝说话。只有二里半在人们宣誓之后快要杀羊时他才回来。从什么地方他捉一只公鸡来!只有他没曾宣誓,对于国亡,他似乎没什么伤心,他领着山羊,就回家去。别人的眼睛,尤其是老赵三的眼睛在骂他:“你个老跛脚的东西,你,你不想活吗?……”

十四　到都市里去

临行的前夜,金枝在水缸沿上磨剪刀,而后用剪刀撕破死去孩子的尿巾。

年青的寡妇是住在妈妈家里。

“你明天一定走吗?”

睡在身边的妈妈被灯光照醒,带着无限怜惜,在已决定的命运中求得安慰似的。

“我不走,过两天再走。”金枝答她。

又过了不多时老太太醒来,她再不能睡,当她看见女儿不在身边而在地心洗濯什么的时候,她坐起来问着:“你是明天走吗?再住三两天不能够吧!”

金枝在夜里收拾东西,母亲知道她是要走。金枝说:“娘,我走两天,就回来,娘……不要着急!”

老太太象在摸索什么,不再发声音。

太阳很高很高了,金枝尚偎在病母亲的身边,母亲说:“要走吗?金枝!走就走吧!去赚些钱吧!娘不阻碍你。”母亲的声音有些惨然,“可是要学好,不许跟着别人学,不许和男人打交道。”

女人们再也不怨恨丈夫。她向娘哭着:“这不都是小日本子吗？挨千刀的小日本子！不走等死吗？”金枝听老人讲，女人独自行路要扮个老相，或丑相，束上一条腰带，她把油罐子挂在身边，盛米的小桶也挂在腰带上，包着针线和一些碎布的小包袱塞进米桶去，装做讨饭的老婆，用灰尘把脸涂得很脏，并有条纹。

临走时妈妈把自己耳上的银环摘下，并且说：“你把这个带去吧！放在包袱里，别叫人给你抢去，娘一个钱也没有。

若饿肚时，你就去卖掉，买个干粮吃吧！“走出门去还听母亲说：“遇见日本子，你快伏在蒿子下。”

金枝走得很远，走下斜坡，但是娘的话仍是那样在耳边反复：“买个干粮吃。”她心中乱乱的幻想，她不知走了多远，她象从家向外逃跑一般，速步而不回头。小道也尽是生着短草，即便是短草也障碍金枝赶路的脚。

日本兵坐着马车，口里吸烟，从大道跑过。金枝有点颤抖了！她想起母亲的话，很快躺在小道旁的蒿子里。日本兵走过，她心跳着站起，她四面惶惶在望：母亲在哪里？家乡离开她很远，前面又来到一个生疏的村子，使她感觉到走过无数人间。

红日快要落过天边去，人影横倒地面杆子一般瘦长。踏过去一条小河桥，再没有多少路途了！

哈尔滨城渺茫中有工厂的烟囱插入云天。

金枝在河边喝水，她回头望向家乡，家乡遥远而不可见。只是高高的山头，山下辨不清是烟是树，母亲就在烟树荫中。

她对于家乡的山是那般难舍，心脏在胸中飞起了！金枝感到自己的心已被摘掉不知抛向何处！她不愿走了，强行走过河桥又转入小道。前面哈尔滨城在招示她，背后家山向她送别。

小道不生蒿草，日本兵来时，让她躲身到地缝中去吗？她四面寻找，为了心脏不能平衡，脸面过量的流汗，她终于被日本兵寻到："你的！……站住。"

金枝好比中了枪弹，滚下小沟去，日本兵走近，看一看她脏污的样子。

他们和肥鸭一般，嘴里发响摆动着身子，没有理她走过去了！他们走了许久许久，她仍没起来，以后她哭着，木桶扬翻在那里，小包袱从木桶滚出。她重新走起时，身影在地面越瘦越长起来，和细线似的。

金枝在夜的哈尔滨城，睡在一条小街阴沟板上。那条街是小工人和洋车夫们的街道。有小饭馆，有最下等的妓女，妓女们的大红裤子时时在小土房的门前出现。闲散的人，做出特别姿态，慢慢和大红裤子们说笑，后来走进小房去，过一会又走出来。但没有一个人理会破乱的金枝，她好象一个垃圾桶，好象一个病狗似的堆偎在那里。

这条街连警察也没有，讨饭的老婆和小饭馆的伙计吵架。

满天星火，但那都疏远了！那是与金枝绝缘的物体。半夜过后金枝身边来了一条小狗，也许小狗是个受难的小狗？这流浪的狗它进木桶去睡。金枝醒来仍没出太阳，天空许多星充塞着。许多街头流浪人，尚挤在小饭馆门前，等候着最后的施舍。

金枝腿骨断了一般酸痛，不敢站起。最后她也挤进要饭人堆去，等了好久，伙计不见送饭出来，四月里露天睡宿打着透心的寒颤，别人看她的时候，她觉得这个样子难看，忍了饿又来在原处。

夜的街头，这是怎样的人间？金枝小声喊着娘，身体在阴沟板上不住地抽拍。绝望着，哭着，但是她和木桶里在睡的小狗一般同样不被人注意，人间好象没有他们存在。天明，她不觉得饿，只是空虚，她的头脑空空尽尽了！

在街树下，一个缝补的婆子，她遇见对面去问：

“我是新来的，新从乡下来的……”

看她作窘的样子，那个缝婆没理她，面色在清凉的早晨发着淡白走去。

卷尾的小狗偎依着木桶好象偎依妈妈一般，早晨小狗大约感到太寒。

小饭馆渐渐有人来往。一堆白热的馒头从窗口堆出。

“老婶娘，我新从乡下来，……我跟你去，去赚几个钱吧！”

第二次，金枝成功了，那个婆子领她走，一些搅扰的街道，发出浊气的街道，她们走过。金枝好象才明白，这里不是乡间了，这里只是生疏、隔膜、无情感。一路除了饭馆门前的鸡、鱼，和香味，其余她都没有看见似的，都没有听闻似的。

“你就这样把袜子缝起来。”

在一个挂金牌的“鸦片专卖所”的门前，金枝打开小包，用剪刀剪了块布角，缝补不认识的男人的破袜。那婆子又在教她："你要快缝，不管好坏，缝住，就算。"

金枝一点力量也没有，好象愿意赶快死似的，无论怎样努力眼睛也不能张开。一部汽车擦着她的身边驰过，跟着警察来了，指挥她说："到那边去！这里也是你们缝穷的地方？"

金枝忙仰头说："老总，我刚从乡下来，还不懂得规矩。"

在乡下叫惯了老总，她叫警察也是老总，因为她看警察也是庄严的样子，也是腰间佩枪。别人都笑她，那个警察也笑了。老缝婆又教说她："不要理他，也不必说话，他说你，你躲后一步就完。"

她，金枝立刻觉得自己发羞，看一看自己的衣裳也不和别人同样，她立刻讨厌从乡下带来的破罐子，用脚踢了罐子一下。

袜子补完，肚子空虚的滋味不见终止，假若得法，她要到无论什么地方去偷一点东西吃。很长时间她停住针，细看那个立在街头吃饼干的孩子，一直到孩子把饼干的最末一块送进嘴去，她仍在看。

"你快缝，缝完吃午饭，……可是你吃了早饭没有？"

金枝感到过于亲热，好象要哭出来似的，她想说："从昨夜就没吃一点东西，连水也没喝过。"

中午来到，她们和从"鸦片馆"出来那些游魂似的人们同行着。

女工店有一种特别不流通的气息，使金枝想到这又不是乡村，但是那一些停滞的眼睛，黄色脸，直到吃过饭，大家用水盆洗脸时她才注意到，全屋五丈多长，没有隔壁，墙的四周涂满了臭虫血，满墙拖长着黑色紫色的血点。

一些污秽发酵的包袱围墙堆集着。这些多样的女人，好象每个患着病似的，就在包袱上枕了头讲话："我那家子的太太，待我不错，吃饭都是一样吃，哪怕吃包子我也一样吃包子。"

别人跟住声音去羡慕她。过了一阵又是谁说她被公馆里的听差扭一下嘴巴。她说她气病了一场，接着还是不断地乱说。这一些烦烦乱乱的话金枝尚不能明白，她正在细想什么叫公馆呢？什么是太太？她用遍了思想而后问一个身边在吸烟的剪发的妇人："'太太'不就是老太太吗？"

那个妇人没答她，丢下烟袋就去呕吐。她说吃饭吃了苍蝇。

可是全屋通常的板炕，那一些城市的女人她们笑得使金枝生厌，她们是前仆后折的笑。她们为着笑这个乡下女人彼此兴奋得拍响着肩膀，笑得过甚

的竟流起眼泪来。金枝却静静坐在一边。等夜晚睡觉时，她向初识那个老太太说："我看哈尔滨倒不如乡下好，乡下姊妹很和气，你看午间她们笑我拍着掌哩！"

说着她卷紧一点包袱，因为包袱里面藏着赚得的两角钱纸票，金枝枕了包袱，在都市里的臭虫堆中开始睡觉。

金枝赚钱赚得很多了！在裤腰间缝了一个小口袋，把两元钱的票子放进去，而后缝住袋口。女工店向她收费用时她同那人说："晚几天给不行吗？我还没赚到钱。"她无法又说："晚上给吧！我是新从乡下来的。"

终于那个人不走，她的手摆在金枝眼下。女人们也越集

越多，把金枝围起来。她好象在耍把戏一般招来这许多观众，其中有一个三十多岁的胖子，头发完全脱掉，粉红色闪光的头皮，独超出人前，她的脖子装好颤丝一般，使闪光的头颅轻便而随意地在转，在颤，她就向金枝说："你快给人家！怎么你没有钱？你把钱放在什么地方我都知道。"

金枝生气，当着大众把口袋撕开，她的票子四分之三觉得是损失了！被人夺走了！她只剩五角钱。她想："五角钱怎样送给妈妈？两元要多少日子再赚得？"

她到街上去上工很晚。晚间一些臭虫被捏死，发出袭人的臭味，金枝坐起来全身搔痒，直到搔出血来为止。

楼上她听着两个女人骂架，后来又听见女人哭，孩子也哭。

母亲病好了没有？母亲自己拾柴烧吗？下雨房子漏水吗？渐渐想得恶化起来：她若死了不就是自己死在炕上无人知道吗？

金枝正在走路，脚踏车响着铃子驰过她，立刻心脏膨胀起来，好象汽车要轧上身体，她终止一切幻想了。

金枝知道怎样赚钱，她去过几次独身汉的房舍，她替人缝被，男人们问她："你丈夫多大岁数咧？"

"死啦！"

"你多大岁数？"

"二十七。"

一个男人拖着拖鞋，散着裤口，用他奇怪的眼睛向金枝扫了一下，奇怪的嘴唇跳动着："年青青的小寡妇哩！"

她不懂在意这个，缝完，带了钱走了。有一次走出门时有人喊她:“你回来,……你回来。”

给人以奇怪感觉的急切地呼叫,金枝也懂得应该快走,不该回头。晚间睡下时,她向身边的周大娘说:“为什么缝完,拿钱走时他们叫我?”

周大娘说:“你拿人家多少钱?”

“缝一个被子,给我五角钱。”

“怪不得他们叫你!不然为什么给你那么多钱?普通一张被两角。”

周大娘在倦乏中只告诉她一句:“缝穷婆谁也逃不了他们的手。”

那个全秃的亮头皮的妇人在对面的长炕上类似尖巧的呼叫,她一面走到金枝头顶,好象要去抽拔金枝的头发。弄着她的胖手指:“唉呀!我说小寡妇,你的好运气来了!那是又来财又开心。”

别人被吵醒开始骂那个秃头:“你该死的,有本领的野兽,一百个男人也不怕,一百个男人你也不够。”

女人骂着彼此在交谈,有人在大笑,不知谁在一边重复了好几遍:“还怕!一百个男人还不够哩!”

好象闹着的蜂群静了下去,女人们一点嗡声也停住了,她们全体到梦中去。

“还怕!一百个男人还不够哩!”不知谁,她的声音没有人接受,空洞地在屋中走了一周,最后声音消灭在白月的窗纸上。

金枝站在一家俄国点心铺的纱窗外。里面格子上各式各样的油黄色的点心、肠子、猪腿、小鸡，这些吃的东西，在那里发出油亮。最后她发现一个整个的肥胖的小猪，竖起耳朵伏在一个长盘里。小猪四围摆了一些小白菜和红辣椒。她要立刻上去连盘子都抱住，抱回家去快给母亲看。不能那样做，她又恨小日本子，若不是小日本子搅闹乡村，自家的母猪不是早生了小猪吗？

"布包"在肘间渐渐脱落，她不自觉的在铺门前站不安定，行人道上人多起来，她碰撞着行人。一个漂亮的俄国女人从点心铺出来，金枝连忙注意到她透孔的鞋子下面染红的脚趾甲；女人走得很快，比男人还快，使她不能再看。

人行道上：————的大响，大队的人经过，金枝一看见铜帽子就知道日本兵，日本兵使她离开点心铺快快跑走。她遇到周大娘向她说："一点活计也没有，我穿这一件短衫，再没有替换的，连买几尺布的钱也攒不下，十天一交费用，那就是一块五角。又老，眼睛又花，缝的也慢，从没人领我到家里去缝。一个月的饭钱还是欠着，我住得年头多了！若是新来，那就非被赶出去不可。"她走一条横道又说："新来的一个张婆，她有病都被赶走了。"

经过肉铺，金枝对肉铺也很留恋，她想买一斤肉回家也满足。母亲半年多没尝过肉味。

松花江，江水不住地流，早晨还没有游人，舟子在江沿无聊地彼此骂笑。

周大娘坐在江边。怅然了一刻，接着擦她的眼睛，眼泪是为着她末日的命运在流。江水轻轻拍着江岸。

金枝没被感动，因为她刚来到都市，她还不晓得都市。金枝为着钱，为着生活，她小心地跟了一个独身汉去到他的房舍。刚踏进门，金枝看见那张床，就害怕，她不坐在床边，坐在椅子上先缝被褥。那个男人开始慢慢和她说话，每一句话使她心跳。可是没有什么，金枝觉得那人很同情她。接着就缝一件夹衣的袖口，夹衣是从那个人身上立刻脱下的，等到袖口缝完时，那男人从腰带间一个小口袋取出一元钱给她，那男人一面把钱送过去，一面用他短胡子的嘴向金枝扭了一下，他说："寡妇有谁可怜你？"

金枝是乡下女人，她还看不清那人是假意同情，她轻轻受了"可怜"字眼的感动，她心有些波荡，停在门口，想说一句感谢的话，但是她不懂说什么，终于走了！她听道旁大水壶的笛子在耳边叫，面包作坊门前取面包的车子停在道边，俄国老太太花红的头巾驰过她。

"嗳！回来……你来，还有衣裳要缝。"

那个男人涨红了脖子追在后面。等来到房中，没有事可做，那个男人象猿猴一般，袒露出多毛的胸膛，去用厚手掌闩门去了！而后他开始解他的裤子，最后他叫金枝："快来呀……小宝贝。"他看一看金枝吓住了，没动，"我叫你是缝裤子，你怕什么？"

缝完了，那人给她一元票，可是不把票子放到她的手里，把票子摔到床底，让她弯腰去取，又当她取得票子时夺过来让她再取一次。

金枝完全摆在男人怀中，她不是正音嘶叫："对不起娘呀！……对不起娘……”

她无助的嘶狂着，圆眼睛望一望锁住的门不能自开，她不能逃走，事情必然要发生。

女工店吃过晚饭，金枝好象踏着泪痕行走，她的头过分的迷昏，心脏落进污水沟中似的，她的腿骨软了，松懈了，爬上炕取她的旧鞋，和一条手巾，她要回乡，马上躺到娘身上去哭。

炕尾一个病婆，垂死时被店主赶走，她们停下那件事不去议论，金枝把她们的趣味都集中来。

“什么勾当？这样着急？”第一个是周大娘问她。

“她一定进财了！”第二个是秃头胖子猜说。

周大娘也一定知道金枝赚到钱了，因为每个新来的第一次“赚钱”都是过分的羞恨。羞恨摧毁她，忽然患着传染病一般。

“惯了就好了！那怕什么！弄钱是真的，我连金耳环都赚到手里。”

秃胖子用好心劝她，并且手在扯着耳朵。别人骂她：“不要脸，一天就是你不要脸！”

旁边那些女人看见金枝的痛苦，就是自己的痛苦，人们慢慢四散，去睡觉了，对于这件事情并不表示新奇和注意。

金枝勇敢的走进都市，羞恨又把她赶回了乡村，在村头的大树枝上发现人头。一种感觉通过骨髓麻寒她全身的皮肤，那是怎样可怕，血浸的人头！

母亲拿着金枝的一元票子，她的牙齿在嘴里埋没不住，完全外露，她一面细看票子上的花纹，一面快乐有点不能自制地说："来家住一夜明日就走吧！"

金枝在炕沿捶打酸痛的腿骨；母亲不注意女儿为什么不欢喜，她只跟了一张票子想到另一张，在她想，许多票子不都可以到手吗？她必须鼓励女儿。

"你应该洗洗衣裳收拾一下，明天一早必得要行路的，在村子里是没有出头露面之日。"

为了心切，她好象责备着女儿一般，简直对于女儿没有热情。

一扇窗子立刻打开，拿着枪的黑脸孔的人竟跳进来，踏了金枝的左腿一下。那个黑人向棚顶望了望，他熟悉地爬向棚顶去，王婆也跟着走来，她多日不见金枝而没说一句话，宛如她什么也看不见似的。一直爬上棚顶去。金枝和母亲什么也不晓得，只是爬上去。直到黄昏恶消息仍没传来，他们和爬虫样才从棚顶爬下。王婆说："哈尔滨一定比乡下好，你再去就在那里不要回来，村子里日本子越来越恶，他们捉大肚女人，破开肚子去破红枪会[①]，活显显的小孩从肚皮流出来。为这事，李青山把两个日本子的脑袋割下挂到树上。"

金枝鼻子作出哼声："从前恨男人，现在恨小日本子。"最后她转到伤心的路上去，"我恨中国人呢！除外我什么也不恨。"

王婆的学识有点不如金枝了！

---

① 红枪会：义勇军的一种。

十五　失败的黄色药包

开拔的队伍在南山道转弯时，孩子在母亲怀中向父亲送别。行过大树道,人们滑过河边。他们的衣装和步伐看起来不象一个队伍,但衣服下藏着猛壮的心。这些心把他们带走,他们的心铜一般凝结着出发。最末一刻大山坡还未曾遮没最后的一个人,一个抱在妈妈怀中的小孩他呼叫“爹爹”。孩子的呼叫什么也没得到,父亲连手臂也没摇动一下,孩子好象把声响撞到了岩石。

女人们一进家屋，屋子好象空了；房屋好象修造在天空,素白的阳光在窗上,却不带来一点意义。她们不需要男人回来,只需要好消息。消息来时,是五天过后,老赵三赤着他显露筋骨的脚奔向李二婶子去告诉:“听说青山他们被打散啦！”显然赵三是手足无措,他的胡子也震惊起来,似乎忙着要从他的嘴巴跳下。

“真的有人回来了吗？”

李二婶子的喉咙变做细长的管道，使声音出来做出多角形。

“真的,平儿回来啦！”赵三说。

严重的夜,从天上走下。日本兵围剿打鱼村、白旗屯,和三家子……

平儿正在王寡妇家，他休息在情妇的心怀中。外面狗叫，听到日本人说话，平儿越墙逃走；他埋进一片蒿草中，蛤蟆在脚间跳。

“非拿住这小子不可，怕是他们和义勇军接连！”

在蒿草中他听清这是谁们在说：“走狗们！”

平儿他听清他的情妇被拷打。

“男人哪里去啦？——快说，再不说枪毙！”

他们不住骂：“你们这些母狗，猪养的。”

平儿完全赤身，他走了很远。他去扯衣襟拭汗，衣襟没有了，在腿上扒了一下，于是才发现自己的身影落在地面和光身的孩子一般。

二里半的麻婆子被杀，罗圈腿被杀，死了两个人，村中安息两天。第三天又是要死人的日子。日本兵满村窜走，平儿到金枝家棚顶去过夜。金枝说：“不行呀！棚顶方才也来小鬼子翻过。”

平儿于是在田间跑着，枪弹不住向他放射，平儿的眼睛不会转弯，他听有人在近处叫：“拿活的，拿活的。……”

他错觉的听到了一切，他遇见一扇门推进去，一个老头在烧饭，平儿快流眼泪了：“老伯伯，救命，把我藏起来吧！快救命吧！”

老头子说：“什么事？”

“日本子捉我。”

平儿鼻子流血，好象他说到日本子才流血。他向全屋四

面张望，就象连一条缝也没寻到似的，他转身要跑，老人捉住，出了后门，盛粪的长形的笼

子在门旁，掀起粪笼，老人说："你就爬进去，轻轻喘气。"

老人用粥饭涂上纸条把后门封起来，他到锅边吃饭。粪笼下的平儿听见来人和老人讲话，接着他便听到有人在弄门闩，门就要开了，自己就要被捉了！他想要从笼子跳出来，但，很快那些人，那些魔鬼去了！

平儿从安全的粪笼出来，满脸粪屑，白脸染着红血条，鼻子仍然流血，他的样子已经很可惨。

李青山这次他信任"革命军"有用，逃回村来，他不同别人一样带回沮丧的样子，他在王婆家说："革命军所好的是他不胡乱干事，他们有纪律，这回我算相信，红胡子算完蛋，自己纷争，乱撞胡撞。"

这次听众很少，人们不相信青山。村人天生容易失望，每个人容易失望。

每个人觉得完了！只有老赵三，他不失望，他说："那么再组织起来去当革命军吧！"

王婆觉得赵三说话和孩子一般可笑。但是她没笑他。她的身边坐着戴男人帽子、当过胡子救过国的女英雄说："死的就丢下，那么受伤的怎样了？"

"受轻伤的不都回来了吗！受重伤那就管不了，死就是啦！"

正这时北村一个老婆婆疯了似的哭着跑来和李青山拚

命。她捧住头，象捧住一块石头般地投向墙壁，嘴中发出短句：“李青山，……仇人……我的儿子让你领走去丧命。”

人们拉开她，她有力挣扎，比一条疯牛更有力。

“就这样不行，你把我给小日本子送去吧！我要死，……到应死的时候了！……”

她就这样不住地捉她的头发，慢慢她倒下来，她换不上气来，她轻轻拍着王婆的膝盖：“老姐姐，你也许知道我的心，十九岁守寡，守了几十年，守这个儿子；……我那些挨饿的日子呀！我跟孩子到山坡去割茅草，大雨来了，雨从山坡把娘儿两个拍滚下来，我的头，在我想是碎了，谁知道？还没死……早死早完事。”

她的眼泪一阵湿热湿透王婆的膝盖，她开始轻轻哭：“你说我还守什么？……我死了吧！有日本子等着，菱花那丫头也长不大，死了吧！”

果然死了，房梁上吊死的。三岁孩子菱花的小脖颈和祖母并排悬着，高挂起正象两条瘦鱼。

死亡率在村中又在开始快速，但是人们不怎样觉察，患着传染病一般地全乡村又在昏迷中挣扎。

“爱国军”从三家子经过，张着黄色旗，旗上有红字“爱国军”。人们有的跟着去了！他们不知道怎样爱国，爱国又有什么用处，只是他们没有饭吃啊！

李青山不去，他说那也是胡子编成的。老赵三为着“爱国军”和儿子吵架：“我看你是应该去，在家若是传出风声去有人捉拿你。跟去混混，到最末就是杀死一个日本鬼子也上算，也出出气。年青气壮，出一口气也是好的。”

老赵三一点见识也没有，他这样盲动的说话使儿子不佩服，平儿同爹爹讲话总是把眼睛绕着圈子斜视一下，或是不调协的抖一两下肩头，这样对待他，他非常不愿意接受，有时老赵三自己想：“老赵三怎不是个小赵三呢！”

十六　尼姑

金枝要做尼姑去。

尼姑庵红砖房子就在山尾那端。她去开门没能开，成群的麻雀在院心啄食，石阶生满绿色的苔藓，她问一个邻妇，邻妇说："尼姑在事变以后，就不见，听说跟造房子的木匠跑走的。"

从铁门栏看进去，房子还未上好窗子，一些长短的木块尚在院心，显然可以看见正房里，凄凉的小泥佛在坐着。

金枝看见那个女人肚子大起来，金枝告诉她说："这样大的肚子你还敢出来？你没听说小日本子把大肚女人弄去破红枪会吗？日本子把女人肚子割开，去带着上阵，他们说红枪会什么也不怕，就怕女人；日本子叫红枪会做'铁孩子'呢！"

那个女人立刻哭起来。

"我说不嫁出去，妈妈不许，她说日本子就要姑娘，看看，这回怎么办？

孩子的爹爹走就没见回来，他是去当义勇军。"

有人从庙后爬出来，金枝她们吓得跑。

"你们见了鬼吗？我是鬼吗？……"

往日美丽的年青的小伙子,和死蛇一般爬回来。五姑姑出来看见自己的男人,她想到往日受伤的马,五姑姑问他:“义勇军全散了吗?”

“全散啦!全死啦!就连我也死啦!”他用一只胳膊打着草梢轮回:“养汉老婆,我弄得这个样子,你就一句亲热的话也没有吗?”

五姑姑垂下头,和睡了的向日葵花一般。大肚子的女人回家去了!金枝又走向哪里去?她想出家,庙庵早已空了!

十七　不健全的腿

"'人民革命军'在哪里?"二里半突然问起赵三说。这使赵三想:"二里半当了走狗吧?"他没告诉他。二里半又去问青山。青山说:"你不要问,再等几天跟着我走好了!"

二里半急迫着好象他就要跑到革命军去。青山长声告诉他:"革命军在磐石,你去得了吗?我看你一点胆量也没有,杀一只羊都不能够。"接着他故意羞辱他似的:"你的山羊还好啊?"

二里半为了生气,他的白眼球立刻多过黑眼球。他的热情立刻在心里结成冰。李青山不与他再多说一句,望向窗外天边的树,小声摇着头,他唱起小调来。二里半临出门,青山的女人在厨房向他说:"李大叔,吃了饭走吧!"

青山看到二里半可怜的样子,他笑说:"回家做什么,老婆也没有了,吃了饭再说吧!"

他自己没有了家庭,他贪恋别人的家庭。当他抬起筷子时,很快一碗麦饭吃下去了,接连他又吃两大碗,别人还没吃完,他已经在抽烟了!他一点汤也没喝,只吃了饭就去抽烟。

"喝些汤,白菜汤很好。"

“不喝,老婆死了三天,三天没吃干饭哩!”二里半摇着头。

青山忙问:“你的山羊吃了干饭没有?”

二里半吃饱饭,好象一切都有希望。他没生气,照例自己笑起来。他感到满意地离开青山家。在小道上不断地抽他的烟袋。天色茫茫的并不引他悲哀,蛤蟆在小河边一声声的哇叫。河边的小树随了风在骚闹,他踏着往日自己的菜田,他振动着往日的心波。菜田连棵菜也不生长。

那边人家的老太太和小孩子们载起暮色来在田上匍匐。他们相遇在地端,二里半说:“你们在掘地吗?地下可有宝物?若有我也蹲下掘吧!”

一个很小的孩子发出脆声:“拾麦穗呀!”孩子似乎是快乐,老祖母在那边已叹息了:“有宝物?………我的老天爷?孩子饿得乱叫,领他们来拾几粒麦穗,回家给他们做干粮吃。”

二里半把烟袋给老太太吸,她拿过烟袋,连擦都没有擦,就放进嘴去。

显然她是熟悉吸烟,并且十分需要。她把肩膀抬得高高,她紧合了眼睛,浓烟不住从嘴冒出,从鼻孔冒出。那样很危险,好象她的鼻子快要着火。

“一个月也多了,没得摸到烟袋。”

她象仍不愿意舍弃烟袋,理智勉强了她。二里半接过去把烟袋在地面挠着。

人间已是那般寂寞了!天边的红霞没有鸟儿翻飞,人家的篱墙没有狗儿吠叫。

老太太从腰间慢慢取出一个纸团，纸团慢慢在手下舒展开，而后又折平。

“你回家去看看吧！老婆、孩子都死了！谁能救你，你回家去看看吧！看看就明白啦！”

她指点那张纸，好似指点符咒似的。

天更黑了！黑得和帐幕紧逼住人脸。最小的孩子，走几步，就抱住祖母的大腿，他不住地嚷着：“奶奶，我的筐满了，我提不动呀！”

祖母为他提筐，拉着他。那几个大一些的孩子卫队似的跑在前面。到家，祖母点灯看时，满筐蒿草，蒿草从筐沿要流出来，而没有麦穗，祖母打着孩子的头笑了：“这都是你拾得的麦穗吗？”祖母把笑脸转换哀伤的脸，她想：“孩子还不能认识麦穗，难为了孩子！”

五月节，虽然是夏天，却象吹起秋风来。二里半熄了灯，凶壮着从屋檐出现，他提起切菜刀，在墙角，在羊棚，就是院外白树下，他也搜遍。他要使自己无牵无挂，好象非立刻杀死老羊不可。

这是二里半临行的前夜。

老羊鸣叫着回来，胡子间挂了野草，在栏栅处擦得栏栅响。二里半手中的刀，举得比头还高，他朝向栏杆走去。

菜刀飞出去，喳啦的砍倒了小树。

老羊走过来，在他的腿间搔痒。二里半许久许久的抚摸羊头，他十分羞愧，好象耶稣教徒一般向羊祷告。

清早他象对羊说话，在羊棚喃喃了一阵，关好羊栏，羊在栏中吃草。

五月节，晴明的青空。老赵三看这不象个五月节样：麦子没长起来，嗅不到麦香，家家门前没挂纸葫芦。他想这一切是变了！变得这样速！去年五月节，清清明明的，就在眼前似的，孩子们不是捕蝴蝶吗？他不是喝酒吗？

他坐在门前一棵倒折的树干上，凭吊这已失去的一切。

李青山的身子经过他，他扮成“小工”模样，赤足卷起裤口，她说给赵三：“我走了！城里有人候着，我就要去……”

青山没提到五月节。

二里半远远跛脚奔来，他青色马一样的脸孔，好象带着笑容。他说：“你在这里坐着，我看你快要朽在这根木头上……”

二里半回头看时，被关在栏中的老羊，居然随在身后，立刻他的脸更拖长起来：“这条老羊……替我养着吧！赵三哥！你活一天替我养一天吧……”

二里半的手，在羊毛上惜别，他流泪的手，最后一刻摸着羊毛。

他快走，跟上前面李青山去。身后老羊不住哀叫，羊的胡子慢慢在摆动……

二里半不健全的腿颠跌着颠跌着，远了！模糊了！山岗和树林，渐去渐远。羊声在遥远处伴着老赵三茫然的嘶鸣。

一九三四年九月九日

（上海容光书局，1935 年 12 月初版）

后记

我看到过有些文章提到了萧洛霍夫(Sholoxof)在被《开垦了的处女地》里所写的农民对于牛对于马的情感,把它们送到集体农场去以前的留恋,惜别,说那画出了过渡期的某一类农民的魂魄。《生死场》的作者是没有读过《被开垦了的处女地》的,但她所写的农民们的对于家畜(羊,马,牛)的爱着,真实而又质朴,在我们已有的农民文学里面似乎还没有见过这样动人的诗篇。

不用说。这里的农民的命运是不能够和走向地上乐园的苏联的农民相比的:蚁子似地生活着,糊糊涂涂的生殖,乱七八糟的死亡,用自己的血汗自己的生命肥沃了大地,种出食粮,养出畜类,勤勤苦苦地蠕动在自然的暴君和两只脚的暴君的威力下面。

但这样混混沌沌的生活也是并不能长久继续的。卷来了"黑色的舌头",飞来了宣传"王道"的汽车和飞机,日本旗替代了中国旗。偌大的东北四省轻轻地失去了。日本人为什么抢了去的? 中国的治者阶级为什么让他们抢了去的?抢的是要把那些能够肥沃大地的人民做成压榨得更容易更直接的奴隶,让他们抢的是为了表示自己的驯服,为了取得做奴才的地位。

然而被抢去了的人民却是不能够“驯服”的。要么，被刻上“亡国奴”的烙印，被一口一口地吸尽血液，被强奸，被杀害。要么，反抗。这以外，到都市去也罢，到尼庵去也罢，都是不出这个人吃人的世界。

在苦难里倔强的老王婆固然站起了，但忏悔过的“好良心”的老赵三也站起了，甚至连那个在世界上只看得见自己的一匹山羊的谨慎的二里半也站起了……。那寡妇们回答出“是呀！千刀万剐也愿意！”的时候，老赵三流泪地喊着“等我埋在坟里……也要把中国旗子插在坟顶，我是中国人！我要中国旗子，我不当亡国奴，生是中国人，死是中国鬼……不……不是亡……亡国奴……”的时候，每个人跪在枪口前面盟誓说：“若是心不诚，天杀我，枪杀我，枪子是有灵有圣有眼睛的啊！”的时候，这些蚁子一样的愚夫愚妇们就悲壮地站上了神圣的民族战争的前线。蚁子似地为死而生的他们现在是巨人似地为生而死了。

这写的只是哈尔滨附近的一个偏僻的村庄，而且是觉醒的最初的阶段，然而这里面是真实的受难的中国农民，是真实的野生的奋起。它“显示着中国的一份和全部，现在和未来，死路与活路”（鲁迅序《八月的乡村》语）。

使人兴奋的是，这本不但写出了愚夫愚妇的悲欢苦恼，而且写出了蓝空下的血迹模糊的大地和流在那模糊的血土上的铁一样重的战斗意志的书，却是出自一个青年女性的手笔。在这里，我们看到了女性的纤细的感觉，也看到了非

女性的雄迈的胸境。前者充满了全篇,只就后者举两个例子:

山上的雪被风吹着像要埋蔽这傍山的小房似的。大树号叫,风雪向小房遮蒙下来。一株山边歪斜着的大树,倒折下来。寒月怕被一切声扑碎似的,退缩到天边去了。这时候隔壁透出来的声音更哀楚。

上面叙述过的,宣誓时寡妇们回答了“是呀! 千刀万剐也愿意! ”以后,接着写:

哭声刺心一般痛!哭声方锥一般落进每个人的胸膛。一阵强烈的悲酸掠过低垂的人头,苍苍然蓝天欲坠了!

老赵三流泪地喊着死了也要把中国旗插在坟顶以后,接着写:

浓重不可分解的悲酸,使树叶垂头。赵三在红蜡烛前用力敲了桌子两下,人们一齐哭向苍天了。人们一起向苍天哭泣。大群的人起着号啕!

这是用钢戟向晴空一挥似的笔触, 发着颤响, 飘着光带,在女性作家里面不能不说是创见了。

然而,我并不是说作者没有她的短处或弱点。第一,对于题材的组织力不够,全篇显得是一些散漫的素描,感不到向着中心的发展, 不能使读者得到应该能够得到的紧张的迫力。第二,在人物的描写里面,综合的想象的加工非常不够。个别地看来,她的人物都是活的,但每个人物的性格都不凸出,不大普遍,不能够明确地跳跃在读者的前面。第三,语法句法太特别了, 有的是由于作者所要表现的新鲜的意境,有的是由于被采用的方言,但多数却只是因为对于修辞的锤炼不够。我想,如果没有这几个弱点,这一篇不是以精致见长的史诗就会使读者感到更大的亲密，受到更强的感动罢。

当然,这只是我这样的好事者的苛求,这只是写给作者和读者的参考，在目前，我们是应该以作者的努力为满足的。由于《八月的乡村》和这一本,我们才能够真切地看见了被抢去的土地上的被讨伐的人民，用了心的激动更紧地和他们拥合。

一九三五,一一,二二晨二时记于上海。

小城三月

一

三月的原野已经绿了，像地衣那样绿，透出在这里，那里。郊原上的草，是必须转折了好几个弯儿才能钻出地面的，草儿头上还顶着那胀破了种粒的壳，发出一寸多高的芽子，欣幸的钻出了土皮。放牛的孩子，在掀起了墙脚片下面的瓦片时，找到了一片草芽了，孩子们到家里告诉妈妈，说："今天草芽出土了！"妈妈惊喜的说："那一定是向阳的地方！"抢根菜的白色的圆石似的籽儿在地上滚着，野孩子一升一斗的在拾。蒲公英发芽了，羊咩咩的叫，乌鸦绕着杨树林子飞，天气一天暖似一天，日子一寸一寸的都有意思。杨花满天照地的飞，像棉花似的。人们出门都是用手捉着，杨花挂着他了。

草和牛粪都横在道上，放散着强烈的气味，远远的有用石子打船的声音，空空……的大响传来。

河冰发了，冰块顶着冰块，苦闷的又奔放的向下流。乌鸦站在冰块上寻觅小鱼吃，或者是还在冬眠的青蛙。

天气突然的热起来，说是"二八月，小阳春"，自然冷天气还是要来的，但是这几天可热了。春天带着强烈的呼唤从这头走到那头……

小城里被杨花给装满了，在榆树还没变黄之前，大街小巷到处飞着，像纷纷落下的雪块……

春来了，人人像久久等待着一个大暴动，今天夜里就要举行，人人带着犯罪的心情，想参加到解放的尝试……春吹到每个人的心坎，带着呼唤，带着蛊惑……

我有一个姨，和我的堂哥哥大概是恋爱了。

姨母本来是很近的亲属，就是母亲的姊妹。但是我这个姨，她不是我的亲姨，她是我的继母的继母的女儿。那么她可算与我的继母有点血统的关系了，其实也是没有的。

因为我这个外祖母已经做了寡妇之后才来到的外祖父家，翠姨就是这个外祖母的原来在另外的一家所生的女儿。

翠姨还有一个妹妹，她的妹妹小她两岁，大概是十七、八岁，那么翠姨也就是十八、九岁了。

翠姨生得并不是十分漂亮，但是她长得窈窕，走起路来沉静而且漂亮，讲起话来清楚的带着一种平静的感情。她伸手拿樱桃吃的时候，好像她的手指尖对那樱桃十分可怜的样子，她怕把它触坏了似的轻轻的捏着。

假若有人在她的背后招呼她一声，她若是正在走路，她就会停下，若是正在吃饭，就要把饭碗放下，而后把头向着自己的肩膀转过去，而全身并不大转，于是她自觉的闭合着嘴唇，像是有什么要说而一时说不出来似的……

而翠姨的妹妹，忘记了她叫什么名字，反正是一个大说大笑的，不十分修边幅，和她的姐姐完全不同。花的绿的，红的紫的，只要是市上流行的，她就不大加以选择，做起一件衣服来赶快就穿在身上。穿上了而后，到亲戚家去串门，人家恭维她的衣料怎样漂亮的时候，她总是说，和这完全一样的，还有一件，她给了她的姐姐了。

我到外祖父家去，外祖父家里没有像我一般大的女孩子陪着我玩，所以每当我去，外祖母总是把翠姨喊来陪我。

翠姨就住在外祖父的后院，隔着一道板墙，一招呼，听见就来了。

外祖父住的院子和翠姨住的院子，虽然只隔一道板墙，但是却没有门可通，所以还得绕到大街上去从正门进来。

因此有时翠姨先来到板墙这里，从板墙缝中和我打了招呼，而后回到屋去装饰了一番，才从大街上绕了个圈来到她母亲的家里。

翠姨很喜欢我，因为我在学堂里念书，而她没有，她想什么事我都比她明白。所以她总是有许多事务同我商量，看看我的意见如何。

到夜里，我住在外祖父家里了，她就陪着我也住下的。

每每从睡下了就谈，谈过了半夜，不知为什么总是谈不完……

开初谈的是衣服怎样穿，穿什么样的颜色的，穿什么样的料子。比如走路应该快或是应该慢，有时白天里她买了一个别针，到夜里她拿出来看看，问我这别针到底是好看或是不好看，那时候，大概是十五年前的时候，我们不知别处如何装扮一个女子，而在这个城里几乎个个都有一条宽大的绒绳结的披肩，蓝的，紫的，各色的也有，但最多多不过枣红色了。几乎在街上所见的都是枣红色的大披肩了。

哪怕红的绿的那么多，但总没有枣红色的最流行。

翠姨的妹妹有一张，翠姨有一张，我的所有的同学，几乎每人有一张。就连素不考究的外祖母的肩上也披着一张，只不过披的是蓝色的，没有敢用那最流行的枣红色的就是了。因为她总算年纪大了一点，对年轻人让了一步。

还有那时候都流行穿绒绳鞋，翠姨的妹妹就赶快的买了穿上。因为她那个人很粗心大意，好坏她不管，只是人家有她也有，别人是人穿衣裳，而翠姨的妹妹就好像被衣服所穿了似的，芜芜杂杂。但永远合乎着应有尽有的原则。

翠姨的妹妹的那绒绳鞋，买来了，穿上了。在地板上跑着，不大一会工夫，那每只鞋脸上系着的一只毛球，竟有一个毛球已经离开了鞋子，向上跳着，只还有一根绳连着，不然就要掉下来了。很好玩的，好像一颗大红枣被系到脚上去了。因为她的鞋子也是枣红色的。大家都在嘲笑她的鞋子一买回来就坏了。

翠姨，她没有买，她犹疑了好久，不管什么新样的东西到了，她总不是很快的就去买了来，也许她心里边早已经喜欢了，但是看上去她都像反对似的，好像她都不接受。

她必得等到许多人都开始采办了，这时候看样子，她才稍稍有些动心。

好比买绒绳鞋，夜里她和我谈话，问过我的意见，我也说是好看的，我有很多的同学，她们也都买了绒绳鞋。

第二天翠姨就要求我陪着她上街，先不告诉我去买什么，进了铺子选了半天别的，才问到我绒绳鞋。

走了几家铺子，都没有，都说是已经卖完了。我晓得店铺的人是这样瞎说的。表示他家这店铺平常总是最丰富的，只恰巧你要的这件东西，他就没有了。我劝翠姨说咱们慢慢的走，别家一定会有的。

我们是坐马车从街梢上的外祖父家来到街中心的。

见了第一家铺子，我们就下了马车。不用说，马车我们已经是付过了车钱的。等我们买好了东西回来的时候，会另外叫一辆的。因为我们不知道要有多久。大概看见什么好，虽然不需要也要买点，或是东西已经买全了不必要再多留连，也要留连一会，或是买东西的目的，本来只在一双鞋，而结果鞋子没有买到，反而罗里罗索的买回来许多用不着的东西。

这一天，我们辞退了马车，进了第一家店铺。

在别的大城市里没有这种情形，而在我家乡里往往是这样，坐了马车，虽然是付过了钱，让他自由去兜揽生意，但是他常常还仍旧等候在铺子的门外，等一出来，他仍旧请你坐他的车。

我们走进第一个铺子，一问没有。于是就看了些别的东西，从绸缎看到呢绒，从呢绒再看到绸缎，布匹是根本不看的，并不像母亲们进了店铺那样子，这个买去做被单，那个买去做棉袄的，因为我们管不了被单棉袄的事。母亲们一月不进店铺，一进店铺又是这个便宜应该买，那个不贵，也应该买。比方一块在夏天才用的花洋布，母亲们冬天里就买起来了，说是趁着便宜多买点，总是用得着的。而我们就不然了，我们是天天进店铺的，天天搜寻些个好看的，是贵的值钱的，平常时候，绝对的用不到想不到的。

那一天我们就买了许多花边回来，钉着光片的，带着琉璃的。说不上要做什么样的衣服才配得着这种花边。也许根本没有想到做衣服，就贸然的把花边买下了。一边买着，一边说好，翠姨说好，我也说好。到了后来，回到家里，当众打开了让大家评判，这个一言，那个一语，让大家说得也有一点没有主意了，心里已经五、六分空虚了。于是赶快的收拾了起来，或者从别人的手中夺过来，把它包起来，说她们不识货，不让她们看了。

勉强说着："我们要做一件红金丝绒的袍子，把这个黑琉璃边镶上。"

或是："这红的我们送人去……"

说虽仍旧如此说，心里已经八、九分空虚了，大概是这些所心爱的，从此就不会再出头露面的了。

在这小城里，商店究竟没有多少，到后来又加上看不到绒绳鞋，心里着急，也许跑得更快些，不一会工夫，只剩了三两家了。而那三两家，又偏偏是不常去的，铺子小，货物少。想来它那里也是一定不会有的了。

我们走进一个小铺子里去，果然有三、四双非小即大，而且颜色都不好看。

翠姨有意要买，我就觉得奇怪，原来就不十分喜欢，既然没有好的，又为什么要买呢？让我说着，没有买成回家去了。

过了两天，我把买鞋子这件事情早就忘了。

翠姨忽然又提议要去买。

从此我知道了她的秘密，她早就爱上了那绒绳鞋了，不过她没有说出来就是，她的恋爱的秘密就是这样子的，她似乎要把它带到坟墓里去，一直不要说出口，好像天底下没有一个人值得听她的告诉……

在外边飞着满天的大雪，我和翠姨坐着马车去买绒绳鞋。

我们身上围着皮褥子，赶车的车夫高高的坐在车夫台上，摇晃着身子唱着沙哑的山歌："喝咧咧……"耳边的风呜呜的啸着，从天上倾下来的大雪迷乱了我们的眼睛，远远的天隐在云雾里，我默默的祝福翠姨快快买到可爱的绒绳鞋，我从心里愿意她得救……

市中心远远的朦朦胧胧的站着，行人很少，全街静悄无声。我们一家挨一家的问着，我比她更急切，我想赶快买到吧，我小心的盘问着那些店员们，我从来不放弃一个细微的机会，我鼓励翠姨，没有忘记一家。使她都有点儿诧异，我为什么忽然这样热心起来，但是我完全不管她的猜疑，我不顾一切的想在这小城里，找出一双绒绳鞋来。

只有我们的马车，因为载着翠姨的愿望，在街上奔驰得特别的清醒，又特别的快。

雪下的更大了，街上什么人都没有了，只有我们两个人，催着车夫，跑来路去。一直到天都很晚了，鞋子没有买到。翠姨深深的看到我的眼里说："我的命，不会好的。"我很想装出大人的样子，来安慰她，但是没有等到找出什么适当的话来，泪便流出来了。

二

翠姨以后也常来我家住着，是我的继母把她接来的。

因为她的妹妹订婚了，怕是她一旦的结了婚，忽然会剩下她一个人来，使她难过。

因为她的家里并没有多少人，只有她的一个六十多岁的老祖父，再就是一个也是寡妇的伯母，带一个女儿。

堂姊妹本该在一起玩耍解闷的，但是因为性格的相差太远，一向是水火不同炉的过着日子。

她的堂妹妹，我见过，永久是穿着深色的衣裳，黑黑的脸，一天到晚陪着母亲坐在屋子里，母亲洗衣裳，她也洗衣裳，母亲哭，她也哭。也许她帮着母亲哭她死去的父亲，也许哭的是她们的家穷。那别人就不晓得了。

本来是一家的女儿，翠姨她们两姊妹却像有钱的人家的小姐，而那个堂妹妹，看上去却像乡下丫头。这一点使她得到常常到我们家里来住的权利。

她的亲妹妹订婚了，再过一年就出嫁了。在这一年中，妹妹大大的阔气了起来，因为婆家那方面一订了婚就来了聘礼。

这个城里，从前不用大洋票，而用的是广信公司出的帖子，一百吊一千吊的论。她妹妹的聘礼大概是几万吊。所以她忽然不得了起来，今天买这样，明天买那样，花别针一个又一个的，丝头绳一团一团的，带穗的耳坠子，洋手表，样样都有了。每逢出街的时候，她和她的姐姐一道，现在总是她付车钱了，她的姐姐要付，她却百般的不肯，有时当着人面，姐姐一定要付，妹妹一定不肯，结果闹得很窘，姐姐无形中觉得一种权利被人剥夺了。

但是关于妹妹的订婚，翠姨一点也没有羡慕的心理。妹妹未来的丈夫，她是看过的，没有什么好看，很高，穿着蓝袍子黑马褂，好像商人，又像一个小土绅士。又加上翠姨太年轻了，想不到什么丈夫，什么结婚。

因此，虽然妹妹在她的旁边一天比一天的丰富起来，妹妹是有钱了，但是妹妹为什么有钱的，她没有考查过。

所以当妹妹尚未离开她之前，她绝对的没有重视“订婚”的事。

就是妹妹已经出嫁了，她也还是没有重视这“订婚”的事。

不过她常常的感到寂寞。她和妹妹出来进去的，因为家庭环境孤寂，竟好像一对双生子似的，而今去了一个。不但翠姨自己觉得单调，就是她的祖父也觉得她可怜。

所以自从她的妹妹嫁了，她就不大回家，总是住在她的母亲的家里，有时我的继母也把她接到我们家里。

翠姨非常聪明，她会弹大正琴，就是前些年所流行在中国的一种日本琴，她还会吹箫或是会吹笛子。不过弹那琴的时候却很多。住在我家里的时候，我家的伯父，每在晚饭之后必同我们玩这些乐器的。笛子，箫，日本琴，风琴，月琴，还有什么打琴。真正的西洋的乐器，可一样也没有。

在这种正玩得热闹的时候，翠姨也来参加了，翠姨弹了一个曲子，和我们大家立刻就配合上了。于是大家都觉得在我们那已经天天闹熟了的老调子之中，又多了一个新的花样。

于是立刻我们就加倍的努力，正在吹笛子的把笛子吹得特别响，把笛膜振抖得似乎就要爆裂了似的滋滋的叫着。十岁的弟弟在吹口琴，他摇着头，好像要把那口琴吞下去似的，至于他吹的是什么调子，已经是没有人留意了。在大家忽然来了勇气的时候，似乎只需要这种胡闹。

而那按风琴的人，因为越按越快，到后来也许是已经找不到琴键了，只是那踏脚板越踏越快，踏的呜呜的响，好像有意要毁坏了那风琴，而想把风琴撕裂了一般的。

大概所奏的曲子是《梅花三弄》，也不知道接连的弹过了多少圈，看大家的意思都不想要停下来。不过到了后来，实在是气力没有了，找不着拍子的找不着拍子，跟不上调的跟不上调，于是在大笑之中，大家停下来了。

不知为什么，在这么快乐的调子里边，大家都有点伤心，也许是乐极生悲了，把我们都笑得一边流着眼泪，一边还笑。

正在这时候，我们往门窗处一看，我的最小的小弟弟，刚会走路，他也背着一个很大的破手风琴来参加了。

谁都知道，那手风琴从来也不会响的。把大家笑死了。在这回得到了快乐。

我的哥哥（伯父的儿子，钢琴弹得很好），吹箫吹得最好，这时候他放下了箫，对翠姨说："你来吹吧！"翠姨却没有言语，站起身来，跑到自己的屋子去了，我的哥哥，好久好久的看住那帘子。

三

翠姨在我家，和我住一个屋子。月明之夜，屋子照得通亮，翠姨和我谈话，往往谈到鸡叫，觉得也不过刚刚半夜。

鸡叫了，才说："快睡吧，天亮了。"

有的时候，一转身，她又问我："是不是一个人结婚太早不好，或许是女子结婚太早是不好的！"

我们以前谈了很多话，但没有谈到这些。

总是谈什么，衣服怎样穿，鞋子怎样买，颜色怎样配，买了毛线来，这毛线应该打个什么的花纹，买了帽子来，应该评判这帽子还微微有点缺点，这缺点究竟在什么地方！

虽然说是不要紧，或者是一点关系也没有，但批评总是要批评的。

有时再谈得远一点，就是表姊表妹之类订了婆家，或是什么亲戚的女儿出嫁了。或是什么耳闻的，听说的，新娘子和新姑爷闹别扭之类。

那个时候，我们的县里，早就有了洋学堂了，小学好几个，大学没有。只有一个男子中学，往往成为谈论的目标，谈论这个，不单是翠姨，外祖母，姑姑，姐姐之类，都愿意讲究这当地中学的学生。因为他们一切洋化，穿着裤子，把裤腿卷起来一寸，一张口格得毛宁[1]外国话，他们彼此一说话就答答答[2]，听说这是什么毛子话。而更奇怪的就是他们见了女人不怕羞。这一点，大家都批评说是不如从前了，从前的书生，一见了女人脸就红。

我家算是最开通的了，叔叔和哥哥他们都到北京和哈尔滨那些大地方去读书了，他们开了不少的眼界，回到家里来，大讲他们那里都是男孩子和女孩子同学。

这一题目，非常的新奇，开初都认为这是造了反。后来因为叔叔也常和女同学通信，因为叔叔在家庭里是有点地位的人。并且父亲从前也加入过国民党，革过命，所以这个家庭都“咸与维新”起来。

因此在我家里一切都是很随便的，逛公园，正月十五看花灯，都是不分男女，一齐去。

而且我家里设了网球场，一天到晚的打网球，亲戚家的男孩子来了，我们也一齐的打。

这都不谈，仍旧来谈翠姨。

---

① 格得毛宁，英语Goodmorning的音译，意为早安。——编者注。
② 答答答，俄语Da，Da，Da的音译，意为是的，对的。——编者注。

翠姨听了很多的故事，关于男学生结婚事情，就是我们本县里，已经有几件事情不幸的了。有的结婚了，从此就不回家了，有的娶来了太太，把太太放在另一间屋子里住着，而且自己却永久住在书房里。

每逢讲到这些故事时，多半别人都是站在女的一面，说那男子都是念书念坏了，一看了那不识字的又不是女学生之类就生气。觉得处处都不如他。天天总说是婚姻不自由，可是自古至今，都是爹许娘配的，偏偏到了今天，都要自由，看吧，这还没有自由呢，就先来了花头故事了，娶了太太的不回家，或是把太太放在另一个屋子里。这些都是念书念坏了的。

翠姨听了许多别人家的评论。大概她心里边也有些不平，她就问我不读书是不是很坏的，我自然说是很坏的。而且她看了我们家里男孩子，女孩子通通到学堂去念书的。

而且我们亲戚家的孩子也都是读书的。

因此她对我很佩服，因为我是读书的。

但是不久，翠姨就订婚了。就是她妹妹出嫁不久的事情。

她的未来的丈夫，我见过。在外祖父的家里。人长得又低又小，穿一身蓝布棉袍子，黑马褂，头上戴一顶赶大车的人所戴的五耳帽子。

当时翠姨也在的，但她不知道那是她的什么人，她只当是哪里来了这样一位乡下的客人。外祖母偷着把我叫过去，特别告诉了我一番，这就是翠姨将来的丈夫。

不久翠姨就很有钱，她的丈夫的家里，比她妹妹丈夫的家里还更有钱得多。婆婆也是个寡妇，守着个独生的儿子。儿子才十七岁，是在乡下的私学馆里读书。

翠姨的母亲常常替翠姨解说，人矮点不要紧，岁数还小呢，再长上两三年两个人就一般高了。劝翠姨不要难过，婆家有钱就好的。聘礼的钱十多万都交过来了，而且就由外祖母的手亲自交给了翠姨，而且还有别的条件保障着，那就是说，三年之内绝对的不准娶亲，借着男的一方面年纪太小为辞，翠姨更愿意远远的推着。

翠姨自从订婚之后，是很有钱的了，什么新样子的东西一到，虽说不是一定抢先去买了来，总是过不了多久，箱子里就要有的了。那时候夏天最流行银灰色市布大衫，而翠姨的穿起来最好，因为她有好几件，穿过两次不新鲜就不要了，就只在家里穿，而出门就又去做一件新的。

那时候正流行着一种长穗的耳坠子，翠姨就有两对，一对红宝石的，一对绿的，而我的母亲才能有两对，而我才有一对。可见翠姨是顶阔气的了。

还有那时候就已经开始流行高跟鞋了。可是在我们本街上却不大有人穿，只有我的继母早就开始穿，其余就算是翠姨。并不是一定因为我的母亲有钱，也不是因为高跟鞋一定贵，只是女人们没有那么摩登的行为，或者说她们不很容易接受新的思想。

翠姨第一天穿起高跟鞋来，走路还很不安定，但到第二天就比较的习惯了。到了第三天，就是说以后，她就是跑起来也是很平稳的。而且走路的姿态更加可爱了。

我们有时也去打网球玩玩，球撞到她脸上的时候，她才用球拍遮了一下，否则她半天也打不到一个球。因为她一上了场站在白线上就是白线上，站在格子里就是格子里，她根本的不动。有的时候，她竟拿着网球拍子站着一边去看风景去。尤其是大家打完了网球，吃东西的吃东西去了，洗脸的洗脸去了，惟有她一个人站在短篱前面，向着远远的哈尔滨市影痴望着。

有一次我同翠姨一同去做客。我继母的族中娶媳妇。她们是八旗人，也就是满人，满人才讲究场面呢，所有的族中的年轻的媳妇都必得到场，而个个打扮得如花似玉。似乎咱们中国的社会，是没这么繁华的社交的场面的，也许那时候，我是小孩子，把什么都看得特别繁华，就只说女人们的衣服吧，就个个都穿得和现在西洋女人在夜会里边那么庄严。一律都穿着绣花大袄。而她们是八旗人，大袄的襟下一律的没有开口。而且很长。大袄的颜色枣红的居多，绛色的也有，玫瑰紫色的也有。而那上边绣的颜色，有的荷花，有的玫瑰，有的松竹梅，一句话，特别的繁华。

她们的脸上，都擦着白粉，她们的嘴上都染得桃红。

每逢一个客人到了门前，她们是要列着队出来迎接的，她们都是我的舅母，一个一个的上前来问候了我和翠姨。

翠姨早就熟识她们的，有的叫表嫂子，有的叫四嫂子。而在我，她们就都是一样的，好像小孩子的时候，所玩的用花纸剪的纸人，这个和那个都是一样，完全没有分别。都是花缎的袍子，都是白白的脸，都是很红的嘴唇。

就是这一次，翠姨出了风头了，她进到屋里，靠着一张大镜子旁坐下了。

女人们就忽然都上前来看她，也许她从来没有这么漂亮过；今天把别人都惊住了。

以我看翠姨还没有她从前漂亮呢，不过她们说翠姨漂亮得像棵新开的腊梅。翠姨从来不擦胭脂的，而那天又穿了一件为着将来作新娘子而准备的蓝色缎子满是金花的夹袍。

翠姨让她们围起看着，难为情了起来，站起来想要逃掉似的，迈着很勇敢的步子，茫然的往里边的房间里闪开了。

谁知那里边就是新房呢，于是许多的嫂嫂们，就哗然的叫着，说："翠姐姐不要急，明年就是个漂亮的新娘子，现在先试试去。"

当天吃饭饮酒的时候，许多客人从别的屋子来呆呆的望着翠姨。翠姨举着筷子，似乎是在思量着，保持着镇静的态度，用温和的眼光看着她们。仿佛她不晓得人们专门在看着她似的。但是别的女人们羡慕了翠姨半天了，脸上又都突然的冷落起来，觉得有什么话要说出，又都没有说，然后彼此对望着，笑了一下，吃菜了。

四

有一年冬天，刚过了年，翠姨就来到了我家。

伯父的儿子——我的哥哥，就正在我家里。

我的哥哥，人很漂亮，很直的鼻子，很黑的眼睛，嘴也好看，头发也梳得好看，人很长，走路很爽快。大概在我们所有的家族中，没有这么漂亮的人物。

冬天，学校放了寒假，所以来我们家里休息。大概不久，学校开学就要上学去了。

哥哥是在哈尔滨读书。

我们的音乐会，自然要为这新来的角色而开了。翠姨也参加的。

于是非常的热闹，比方我的母亲，她一点也不懂这行，但是她也列了席，她坐在旁边观看，连家里的厨子，女工，都停下了工作来望着我们，似乎他们不是听什么乐器，而是在看人。我们聚满了一客厅。这些乐器的声音，大概很远的邻居都可以听到。

第二天邻居来串门的，就说："昨天晚上，你们家又是给谁祝寿？"

我们就说，是欢迎我们的刚到的哥哥。

因此我们家是很好玩的，很有趣的。不久就来到了正月十五看花灯的时节了。

我们家里自从父亲维新革命，总之在我们家里，兄弟姊妹，一律相待，有好玩的就一齐玩，有好看的就一齐去看。

伯父带着我们，哥哥，弟弟，姨……共八、九个人，在大月亮地里往大街里跑去了。

那路之滑，滑得不能站脚，而且高低不平。他们男孩子们跑在前面，而我们因为跑得慢就落了后。

于是那在前边的他们回头来嘲笑我们，说我们是小姐，说我们是娘娘。说我们走不动。

我们和翠姨早就连成一排向前冲去，但是不是我倒，就是她倒。到后来还是哥哥他们一个一个的来扶着我们，说是扶着未免的太示弱了，也不过就是和他们连成一排向前进着。

不一会到了市里，满路花灯。人山人海。又加上狮子，旱船，龙灯，秧歌，闹得眼也花起来，一时也数不清多少玩艺。

哪里会来得及看，似乎只是在眼前一晃，就过去了，而一会别的又来了，又过去了。

其实也不见得繁华得多么了不得了，不过觉得世界上是不会比这个再繁华的了。

商店的门前，点着那么大的火把，好像热带的大椰子树似的。一个比一个亮。

我们进了一家商店，那是父亲的朋友开的。他们很好的招待我们，茶，点心，橘子，元宵。我们哪里吃得下去，听到门外一打鼓，就心慌了。而外边鼓和喇叭又那么多，一阵来了，一阵还没有去远，一阵又来了。

因为城本来是不大的，有许多熟人，也都是来看灯的都遇到了。其中我们本城里的在哈尔滨念书的几个男学生，他们也来看灯了。哥哥都认识他们。我也认识他们，因为这时候我们到哈尔滨念书去了。所以一遇到了我们，他们就和我们在一起，他们出去看灯，看了一会，又回到我们的地方，和伯父谈话，和哥哥谈话。我晓得他们，因为我们家比较有势力，他们是很愿和我们讲话的。

所以回家的一路上，又多了两个男孩子。

不管人讨厌不讨厌，他们穿的衣服总算都市化了。个个都穿着西装，戴着呢帽，外套都是到膝盖的地方，脚下很利落清爽。比起我们城里的那种怪样子的外套，好像大棉袍子似的好看得多了。而且颈间又都束着一条围巾，那围巾自然也是全丝全线的花纹。

似乎一束起那围巾来，人就更显得庄严，漂亮。

翠姨觉得他们个个都很好看。

哥哥也穿的西装，自然哥哥也很好看。因此在路上她直在看哥哥。

翠姨梳头梳得是很慢的，必定梳得一丝不乱，擦粉也要擦了洗掉，洗掉再擦，一直擦到认为满意为止。花灯节的第二天早晨她就梳得更慢，一边梳头一边在思量。本来按规矩每天吃早饭，必得三请两请才能出席，今天必得请到四次，她才来了。

我的伯父当年也是一位英雄，骑马，打枪绝对的好。后来虽然已经五十岁了，但是风采犹存。我们都爱伯父的，伯父从小也就爱我们。诗，词，文章，都是伯父教我们的。

翠姨住在我们家里，伯父也很喜欢翠姨。今天早饭已经开好了。

催了翠姨几次，翠姨总是不出来。

伯父说了一句："林黛玉……"

于是我们全家的人都笑了起来。

翠姨出来了，看见我们这样的笑，就问我们笑什么。我们没有人肯告诉她。翠姨知道一定是笑的她，她就说："你们赶快的告诉我，若不告诉我，今天我就不吃饭了，你们读书识字，我不懂，你们欺侮我……"

闹嚷了很久，还是我的哥哥讲给她听了。伯父当着自己的儿子面前到底有些难为情，喝了好些酒，总算是躲过去了。

翠姨从此想到了念书的问题，但是她已经二十岁了，上哪里去念书？上小学没有她这样大的学生，上中学，她是一字不识，怎样可以。所以仍旧住在我们家里。

弹琴，吹箫，看纸牌，我们一天到晚的玩着。我们玩的时候，全体参加，我的伯父，我的哥哥，我的母亲。

翠姨对我的哥哥没有什么特别的好，我的哥哥对翠姨就像对我们，也是完全的一样。

不过哥哥讲故事的时候，翠姨总比我们留心听些，那是因为她的年龄稍稍比我们大些，当然在理解力上，比我们更接近一些哥哥的了。哥哥对翠姨比对我们稍稍的客气一点。他和翠姨说话的时候，总是"是的""是的"的，而和我们说话则"对啦""对啦"。

这显然因为翠姨是客人的关系，而且在名分上比他大。

不过有一天晚饭之后，翠姨和哥哥都没有了。每天饭后大概总要开个音乐会的。这一天也许因为伯父不在家，没有人领导的缘故。大家吃过也就散了。客厅里一个人也没有。

我想找弟弟和我下一盘棋,弟弟也不见了。于是我就一个人在客厅里按起风琴来,玩了一下也觉得没有趣。客厅是静得很的,在我关上了风琴盖子之后,我就听见了在后屋里,或者在我的房子里是有人的。

我想一定是翠姨在屋里。快去看看她,叫她出来张罗着看纸牌。

我跑进去一看,不单是翠姨,还有哥哥陪着她。

看见了我,翠姨就赶快的站起来说:“我们去玩吧。”

哥哥也说:“我们下棋去,下棋去。”

他们出来陪我来玩棋,这次哥哥总是输,从前是他回回赢我的,我觉得奇怪,但是心里高兴极了。

不久寒假终了,我就回到哈尔滨的学校念书去了。可是哥哥没有同来,因为他上半年生了点病,曾在医院里休养了一些时候,这次伯父主张他再请两个月的假,留在家里。

以后家里的事情,我就不大知道了。都是由哥哥或母亲讲给我听的。我走了以后,翠姨还住在家里。

后来母亲还告诉过,就是在翠姨还没有订婚之前,有过这样一件事情。我的族中有一个小叔叔,和哥哥一般大的年纪,说话口吃,没有风采,也是和哥哥在一个学校里读书。虽然他也到我们家里来过,但怕翠姨没有见过。那时外祖母就主张给翠姨提婚。那族中的祖母,一听就拒绝了,说是寡妇的儿子,命不好,也怕没有家教,何况父亲死了,母亲又出嫁了,好女不嫁二夫郎,这种人家的女儿,祖母不要。但是我母亲说,辈分合,他家还有钱,翠姨过门是一品当朝的日子,不会受气的。

这件事情翠姨是晓得的，而今天又见了我的哥哥，她不能不想哥哥大概是那样看她的。她自觉的觉得自己的命运不会好的，现在翠姨自己已经订了婚，是一个人的未婚妻。

二则她是出了嫁的寡妇的女儿，她自己一天把这个背了不知有多少遍，她记得清清楚楚。

五

翠姨订婚，转眼三年了，正这时，翠姨的婆家，通了消息来，张罗要娶。她的母亲来接她回去整理嫁妆。

翠姨一听就得病了。

但没有几天，她的母亲就带着她到哈尔滨采办嫁妆去了。

偏偏那带着她采办嫁妆的向导又是哥哥给介绍来的他的同学。他们住在哈尔滨的秦家岗上，风景绝佳，是洋人最多的地方。那男学生们的宿舍里边，有暖气，洋床。翠姨带着哥哥的介绍信，像一个女同学似的被他们招待着。又加上已经学了俄国人的规矩，处处尊重女子，所以翠姨当然受了他们不少的尊敬，请她吃大菜，请她看电影。坐马车的时候，上车让她先上，下车的时候，人家扶她下来。她每一动别人都为她服务，外套一脱，就接过去了。她刚一表示要穿外套，就给她穿上了。

不用说，买嫁妆她是不痛快的，但那几天，她总算一生中最开心的时候。

她觉得到底是读大学的人好，不野蛮，不会对女人不客气，绝不能像她的妹夫常常打她的妹妹。

经这到哈尔滨去一买嫁妆，翠姨就更不愿意出嫁了。她一想那个又丑又小的男人，她就恐怖。

她回来的时候，母亲又接她来到我们家来住着，说她的家里又黑，又冷，说她太孤单可怜。我们家是一团暖气的。

到了后来，她的母亲发现她对于出嫁太不热心，该剪裁的衣裳，她不去剪裁。有一些零碎还要去买的，她也不去买。

做母亲的总是常常要加以督促，后来就要接她回去，接到她的身边，好随时提醒她。

她的母亲以为年轻的人必定要随时提醒的，不然总是贪玩。而况出嫁的日子又不远了，或者就是二、三月。

想不到外祖母来接她的时候，她从心的不肯回去，她竟很勇敢的提出来她要读书的要求。她说她要念书，她想不到出嫁。

开初外祖母不肯，到后来，她说若是不让她读书，她是不出嫁的，外祖母知道她的心情，而且想起了很多可怕的事情……

外祖母没有办法，依了她。给她在家里请了一位老先生，就在自己家院子的空房子里边摆上了书桌，还有几个邻居家的姑娘，一齐念书。

翠姨白天念书，晚上回到外祖母家。

念了书，不多日子，人就开始咳嗽，而且整天的闷闷不乐。她的母亲问她，有什么不如意？陪嫁的东西买得不顺心吗？或者是想到我们家去玩吗？什么事都问到了。

翠姨摇着头不说什么。

过了一些日子，我的母亲去看翠姨，带着我的哥哥，他们一看见她，第一个印象，就觉得她苍白了不少。而且母亲断言的说，她活不久了。

大家都说是念书累的，外祖母也说是念书累的，没有什么要紧的，要出嫁的女儿们，总是先前瘦的，嫁过去就要胖了。

而翠姨自己则点点头，笑笑，不承认，也不加以否认。还是念书，也不到我们家来了，母亲接了几次，也不来，回说没有工夫。

翠姨越来越瘦了，哥哥去到外祖母家看了她两次，也不过是吃饭，喝酒，应酬了一番。而且说是去看外祖母的。在这里年轻的男子，去拜访年轻的女子，是不可以的。哥哥回来也并不带回什么欢喜或是什么新的忧郁，还是一样和大家打牌下棋。

翠姨后来支持不了啦，躺下了，她的婆婆听说她病，就要娶她，因为花了钱，死了不是可惜了吗？这一种消息，翠姨听了病就更加严重。婆家一听她病重，立刻要娶她。

因为在迷信中有这样一章，病新娘娶过来一冲，就冲好了。翠姨听了就只盼望赶快死，拚命的糟蹋自己的身体，想死得越快一点儿越好。

母亲记起了翠姨，叫哥哥去看翠姨。是我的母亲派哥哥去的，母亲拿了一些钱让哥哥给翠姨去，说是母亲送她在病中随便买点什么吃的。母亲晓得他们年轻人是很拘泥的，或者不好意思去看翠姨，也或者翠姨是很想看他的，他们好久不能看见了。同时翠姨不愿出嫁，母亲很久的就在心里边猜疑着他们了。

男子是不好去专访一位小姐的，这城里没有这样的风俗。

母亲给了哥哥一件礼物，哥哥就可去了。

哥哥去的那天，她家里正没有人，只是她家的堂妹妹应接着这从未见过的生疏的年轻的客人。

那堂妹妹还没问清客人的来由，就往外跑，说是去找她们的祖父去，请他等一等。

大概她想是凡男客就是来会祖父的。

客人只说了自己的名字，那女孩子连听也没有听就跑出去了。

哥哥正想，翠姨在什么地方？或者在里屋吗？翠姨大概听出什么人来了，她就在里边说："请进来。"

哥哥进去了，坐在翠姨的枕边，他要去摸一摸翠姨的前额，是否发热，他说："好了点吗？"

他刚一伸出手去，翠姨就突然的拉了他的手，而且大声的哭起来了，好像一颗心也哭出来了似的。哥哥没有准备，就很害怕，不知道说什么作什么。他不知道现在应该是保护翠姨的地位，还是保护自己的地位。同时听得见外边已经有人来了，就要开门进来了。一定是翠姨的祖父。

翠姨平静的向他笑着，说："你来得很好，一定是姐姐告诉你来的，我心里永远纪念着她，她爱我一场，可惜我不能去看她了……我不能报答她了……不过我总会记起在她家里的日子的……她待我也许没有什么，但是我觉得已经太好了……我永远不会忘记的……

我现在也不知道为什么，心里只想死得快一点就好，多活一天也是多余的……人家也许以为我是任性……其实是不对的，不知为什么，那家对我也是很好的，我要是过去，他们对我也会是很好的，但是我不愿意。我小时候，就不好，我的脾气总是不从心的事，我不愿意……这个脾气把我折磨到今天了……可是我怎能从心呢……真是笑话……谢谢姐姐她还惦着我……请你告诉她，我并不像她想的那么苦呢，我也很快乐……"翠姨痛苦的笑了一笑，"我心里很安静，而且我求的我都得到了……"

哥哥茫然的不知道说什么，这时祖父进来了。看了翠姨的热度，又感谢了我的母亲，对我哥哥的降临，感到荣幸。他说请我母亲放心吧，翠姨的病马上就会好的，好了就嫁过去。

哥哥看了翠姨就退出去了，从此再没有看见她。

哥哥后来提起翠姨常常落泪，他不知翠姨为什么死，大家也都心中纳闷。

尾　声

等我到春假回来，母亲还当我说："要是翠姨一定不愿意出嫁，那也是可以的，假如他们当我说。"

…………

翠姨坟头的草籽已经发芽了，一掀一掀的和土粘成了一片，坟头显出淡淡的青色，常常会有白色的山羊跑过。

这时城里的街巷，又装满了春天。

暖和的太阳，又转回来了。

街上有提着筐子卖蒲公英的了，也有卖小根蒜的了。更有些孩子们他们按着时节去折了那刚发芽的柳条，正好可以拧成哨子，就含在嘴里满街的吹。声音有高有低，因为那哨子有粗有细。

大街小巷，到处的呜呜呜，呜呜呜。好像春天是从他们的手里招待回来了似的。

但是这为期甚短，一转眼，吹哨子的不见了。

接着杨花飞起来了，榆钱飘满了一地。

在我的家乡那里，春天是快的，五天不出屋，树发芽了，再过五天不看树，树长叶了，再过五天，这树就像绿得使人不认识它了。使人想，这棵树，就是前天的那棵树吗？

自己回答自己，当然是的。春天就像跑的那么快。好像人能够看见似的，春天从老远的地方跑来了，跑到这个地方只向人的耳朵吹一句小小的声音："我来了呵"，而后很快的就跑过去了。

春，好像它不知多么忙迫，好像无论什么地方都在招呼它，假若它晚到一刻，阳光会变色的，大地会干成石头，尤其是树木，那真是好像再多一刻工夫也不能忍耐，假若春天稍稍在什么地方留连了一下，就会误了不少的生命。

春天为什么它不早一点来，来到我们这城里多住一些日子，而后再慢慢的到另外的一个城里去，在另外一个城里也多住一些日子。

但那是不能的了，春天的命运就是这么短。

年轻的姑娘们，她们三两成双，坐着马车，去选择衣料去了，因为就要换春装了。

她们热心的弄着剪刀，打着衣样，想装成自己心中想得出的那么好，她们白天黑夜的忙着，不久春装换起来了，只是不见载着翠姨的马车来。

1941 年复，重抄。

（原载 1941 年 7 月 1 日《时代文学》第一卷第二期，

选自 1948 年 1 月海洋书屋初版《小城三月》）

马伯乐（第一部）

马伯乐在抗战之前就很胆小的。

他的身体不十分好，可是也没有什么病。看外表，他很瘦。但是终年不吃什么药，偶尔伤了风，也不过多吸几支烟就完了。纸烟并不能医伤风，可是他左右一想，也到底上算，吃了药，不也是白吃吗？伤风是死不了人的。

他自己一伤风，就这么办。

若是他的孩子伤了风，或是感冒了，他就买饼干给他们吃，他说：

“吃吧，不吃白不吃，就当药钱把它吃了。”

孩子有了热度，手脚都发烧的，他就拿了一块浸了冷水的毛巾不断地给围在孩子的头上。他很小心地坐在孩子的旁边，若看了孩子一睁开眼睛，他就连忙把饼干盒打开：

“要吃一点吗？爸爸拿给你。”

那孩子立刻把眼睛闭上了，胸脯不住地喘着。

过了一会，孩子睁开眼睛要水喝，他赶快又把饼干盒子拿过去。孩子大口地喝水，饼干，连睬也没有睬。

他拿了一个杯子来。“他想了半天才想出这个方法来，把饼干泡到怀中，孩子喝水时不就一道喝下去了吗？

从热水瓶倒了一些开水，用一只小匙子呱嘟嘟地搅了一阵，搅得不冷不热，拿到他自己嘴上尝尝。吃得了，他端着杯在旁边等候着，好像要把杯子放下，要用的时候就来不及了。等了半天，孩子没有醒，他等得不耐烦就把孩子招呼醒。问他：

“要喝水吗？”

“不，我要尿尿。”

“快喝点水再尿，快喝点……”

他用匙子搅了一下泡在杯中稀溜溜的东西，向着孩子的嘴倒去，倒得满鼻子都是浆糊。孩子往鼻子上乱抓，抓了满手，一边哭着，一边把尿也尿在床上了。

“这算完。”

马伯乐骂了一声，他去招呼孩子的妈妈去了。

临去的时候，他拿起那浆糊杯子，自己吞下去了。那东西在喉管里，像要把气给堵断了似的，他连忙把脖子往长伸着，并用手在脖子上按摩了一会，才算完全咽下去了。

孩子不生病的时候，他很少买给孩子什么东西吃，就是买了也把它放到很高的地方，他都是把它放在挂衣箱上。馋得孩子们搬着板凳，登着桌子，想尽了方法爬到挂衣箱上去。

因此马伯乐屋里的茶杯多半是掉了把柄的，那都是孩子们抢着爬挂衣箱弄掉地下而打去了的。

马伯乐最小的那个女孩——雅格，长得真可爱，眼睛是深黑深黑的，小胳膊胖得不得了，有一天妈妈不在家里，她也跟着哥哥们爬上挂衣箱去。原来那顶上放着三个大白梨。

正都爬到顶上，马伯乐从走廊上来了。隔着玻璃窗子，他就喊了一声：

“好东西，你们这群小狼崽子？”

由于他的声音过于大了一点，雅格吓得一抖从高处滚下来，跌到痰盂上了。

从那时起，漂亮的雅格右眼上落了一个很大的伤疤。

马伯乐很胆小，但他却机警异常，他聪明得很，他一看事情不好了，他收拾起箱子来就跑。他说：

“万事总要留个退步。”

他之所谓“退步”就是“逃跑”。是凡一件事，他若一觉得悲观，他就先逃。逃到哪里去呢？他自己常常也不知道，但是他是勇敢的，他不顾一切，好像洪水猛兽在后边追着他，使他逃得比什么都快。

有一年他去上海就是逃着去的。他跟他父亲说，说要到上海××大学去念书。他看他父亲不回答，第二天，他又问了一次，父亲竟因为这样重复地问而发怒了，把眼镜摘下来狠狠地瞪了他一眼。

他一看，不好了，这一定是大太在里边做的怪。而他那时候恰巧和一位女子谈着恋爱，这事情太大也和他吵了几次。大概是太太跑到父亲面前告了状吧？说我追着那女子要去上海。这若再住在家里不走，可要惹下乱子的。

他趁着这两天太大回娘家，他又向父亲问了一次关于他要到上海读书的问题，看看父亲到底答应不答应。父亲果然把话说绝了:“不能去,不能去。”

当天晚上,他就收拾了提包,他想是非逃不可了。

提包里什么都带着,牙刷牙粉。只就说牙刷吧,他打开太太的猪皮箱,一看有十几只,他想:都带着呀,不带白不带,将来要想带也没这个机会了。又看见了毛巾,肥皂,是“力士牌”的,这肥皂很好。到哪儿还不是洗脸呢!洗脸就少不了肥皂的。又看到了太太的花手帕,一共有一打多,各种样的,纱的、麻的、绸子的,其中还有根高贵的几张,太太自己俭省着还没舍得用,现在让他拿去了。他得意得很。他心里说:

“这守财奴呵,你不用你给谁省着?”

马伯乐甜蜜蜜的自己笑起来,他越看那小手帕越好看。

“这若送给……她,该多好呵!”(“她”即其爱人)

马伯乐得意极了,关好了这个箱子又去开第二个。总之到临走的时候,他已经搜刮满了三只大箱子和两只小箱子。

领带连新的带旧的一共带了二十多条,总之,所有的领带,他都带上了。新袜子、旧袜子一共二十几双,有的破得简直不能用了,有的穿脏了还没有洗,因为他没多余工夫检查一番,也都一齐塞在箱子里了。

余下他所要不了的,他就倒满一地,屋子弄得一塌糊涂。太太的爽身粉,拍了一床。破鞋、破袜子,连孩子们的一些东西,扔得满地都是。反正他也不打算回来了。这个家庭,他是厌恶之极,平庸、沉寂、无生气……

青年人久住在这样的家里是要弄坏了的,是要腐烂了的，会要满身生起青苔来的，会和梅雨天似的使一个活泼的现代青年满身生起绒毛来，就和那些海底的植物一般。洗海水浴的时候，脚踏在那些海草上边，那种滑滑的粘腻感觉，是多么使人不舒服！慢慢地青年在这个家庭里，会变成那个样子；会和海底的植物一样。总之，这个家庭是呆不得的，是要昏庸老朽了的。你就看看父亲吧，每天早晨起来，向上帝祷告，要祷告半个多钟头。父亲是跪着的，把眼镜脱掉，那喃喃的语声好像一个大蜂子绕着人的耳朵，嗡嗡的，分不清他在嘟嘟些个什么。有时把两只手扣在脸上，好像石刻的人一样，他一动不动，祷告完了戴起眼镜来，坐在客厅里用铁梨木制的中国古式的长桌边上，读那本剑英牧师送给他的涂了金粉的《圣经》。那本《圣经》装潢得很高贵，所以只有父亲一个人翻读，连母亲都不准许动手，其余家里别的人那就更不敢动手了，比马家的家谱还更尊严了一些。自从父亲信奉了那稣教之后，把家谱竟收藏起来了，只有在过年的时候，取出来摆了一摆。并不像这本《圣经》那样，是终年到尾不准碰一碰的摆着。

马伯乐的父亲，本是纯粹的中国老头，穿着中国古铜色的大团花长袍，礼眼呢千层底鞋，手上养着半寸长的指甲。但是他也学着说外国话，当地教会的那些外国朋友来他家里，那老头就把佣人叫成“Boy”，喊着让他们拿啤酒来：

“Beer，beer！”（啤酒）

等啤酒倒到杯子里，冒着白沫，他就向外国朋友说：

“please！”（请）

是凡外国的什么都好，外国的小孩子是胖的，外国女人是能干的，外国的玻璃杯很结实，外国的毛织品有多好。

因为对于外国人的过于佩服，父亲是常常向儿子们宣传的，让儿子学外国话，提倡儿子穿西装。

这点，差不多连小孙子也做到了，小孙子们都穿起和西洋孩子穿的那样的短裤来，肩上背着背带。早晨起来时都一律说：

Good morining。

太阳一升高了，就说：

“Good today！”

见了外国人就说：

“Hello，How do you do？”

祖父也不只尽教孙儿们这套，还教孙儿们读《圣经》。有时把孙儿们都叫了来，恭恭敬敬地站在桌前，教他们读一段《圣经》。

所读的在孩子们听来不过是，“我主耶稣说”，“上帝叫我们不如此做”，“大卫撕裂了衣裳”，“牧羊人伯利恒”，“说谎的法利赛人”，……

听着听着，孩子们有的就要睡着了，把平时在教堂里所记住的《圣经》上的零零碎碎的话也都混在一道了。站在那里挖着鼻子，咬着指甲，终天痴呆呆的连眼珠都不转了，打起盹来。这时候祖父一声令下，就让他们散了去。散到过道的外边，半天工夫那些孩子们都不会吵闹。因为他们揉着眼睛的揉着眼睛，打着哈欠的打着哈欠。

还有守安息日的日子，从早晨到晚上，不准买东西，买菜买果都不准的。夏天的时候，卖大西瓜的一担一担地过去而不准买。要吃必得前一天买进来放着，第二天吃。若是前一天忘记了，或是买了西瓜而没买甜瓜，或杏子正下来的时候，李子也下来了，买了这样难免就忘了那样。何况一个街市可买的东西太多了，总是买不全的。因此孩子们在这一天哭闹得太甚时，做妈妈的就只得偷着买了给他们吃。这若让老太爷知道了，虽然在这守安息日的这天，什么话也不讲；到了第二天，若是谁做了错事，让他知道了，他就把他叫过去，又是在那长桌上，把涂着金粉的《圣经》打开，给他们念一段《圣经》。

马家的传统就是《圣经》和外国话。有一次正是做礼拜回来，马伯乐的父亲拉着八岁的雅格的哥哥。一出礼拜堂的门，那孩子看一个满身穿着外国装的，他以为是个外国人，就回过头去向人家说：

“How do you do？”

那个人在孩子的头顶上拍了一下说：“你这个小孩，外国话说得好哪！”

那孩子一听是个中国人，很不高兴，于是拉着祖父就大笑起来：

“爷爷，那个中国人，他不会说外国话呀！”

这上天马伯乐也是同去做礼拜的，看了这景况，心里起了无限的憎恶：

“这还可以吗？这样的小孩子长大了还有什么用啦！中

华民族一天一天走进深坑里去呀！中国若是每家都这样，从小就教他们的子弟见了外国人就眼睛发亮；就像见了大洋钱那个样子。外国人不是给你送大洋钱的呀！他妈的，民脂民膏都让他们吸尽了，还他妈的加以尊敬。”

马伯乐一边收拾着箱子，一边对于家庭厌恶之极的情感都来了。

这样的家庭是一刻工夫也不能停的了，为什么早不想走呢？真是糊涂，早就应该离开！真他妈的，若是一个人的话，还能在这家庭呆上一分钟?

还有像这样的太太是一点意思也没有的了。自从她生了孩子，连书也不看了，连日记也不写了。每天拿着本《圣经》似读非读地摆起架子来。她说她也不信什么那稣，不过是为了将来的家产，你能够不信吗？她说父亲说过，谁对主耶稣忠诚，将来的遗嘱上就是谁的财产最多。

这个家庭，实在要不得了，都是看着大洋钱在那里活着，都是些没有道德的，没有信仰的。

虽然马伯乐对于家庭是完全厌恶的了，但是当他要逃开这个家庭的前一会工夫，他却又起了无限的留恋：

“这是最后的一次吧！”

“将来还能回来吗？是逃走的呀，父亲因此还不生恨吗？”

他在脑子里问着自己。

“不能回来的了。”

他自己回答着。

于是他想该带的东西，就得一齐都带着，不带着，将来用的时候可就没有了。

而且永远也不会有的了。

背着父亲"逃"，这是多么大的一件事情，逃到上海第一封信该怎样写呢？

他觉得实在难以措词。但是他又一想，这算什么，该走就走。

"现代有为的青年，作事若不果断，还行吗？"

该带的东西就带，于是他在写字桌的抽屉里抓出不少乱东西来，有用的，无用的，就都塞在箱子里。

钟打了半夜两点的时候，他已经装好了三只大箱子和两只小箱子。

天快亮的时候，他一听不好了，父亲就要起来了，同时像有开大门的声音。

大概佣人们起来了！

马伯乐出了一头顶汗，但是想不出个好法子来。

"若带东西，大概人就走不了；人若走得了，东西就带不了。"

他只稍微想一想：

"还是一生的命运要紧，还是那些东西要紧？"

"若是太太回来了，还走得了？"

正这时候，父亲的房里有咳嗽的声音。不好了，赶快逃吧。

马伯乐很勇敢的，只抓起一顶帽子来，连领带也没有结，下楼就逃了。

马伯乐连一夜没有睡觉赶着收拾好了的箱子也都没有带。他实在很胆小的，但是他却机警。

未发生的事情，他能预料到它要发生。坏的他能够越想越坏。悲观的事情让他一想，能够想到不可收拾。是凡有一点缺点的东西，让他一看上去，他就一眼看出来，那是已经要不得的了，非扔开不可了。

他走路的时候，永久转着眼珠东看西看，好像有人随时要逮捕他。

到饭馆去吃饭，一拉过椅子来，先用手指摸一摸，是否椅子是干净的。若是干净的他就坐下；若是脏的，也还是坐下。不过他总得站着踌躇一会，略有点不大痛快的表示。筷子摆上桌来时，他得先施以检查的工夫。他检查的方法是很奇怪的，并不像一般人一样，不是用和筷子一道拿来的方纸块去擦，而是把筷子举到眼眉上细细地看。看过了之后，他才取出他自己的手帕来，很讲卫生地用他自己的手帕来擦，好像只有他的手帕才是干净的。其实不对的，他的手帕一礼拜之内他洗澡的时候，才把手帕放在澡盆子里，用那洗澡的水一道洗它一次。他到西餐馆去，他就完全信任的了，椅子，他连看也不看，是拉过来就坐的（有时他用手仔细地摸着那桌布，不过他是看那桌布绣的那么精致的花，并非看它脏不脏）。刀叉拿过来时，并且给他一张白色的饭巾。他连刀叉看也不着，无容怀疑的，拿过来就叉在肉饼上。

他到中国商店去买东西，顶愿意争个便宜价钱，明明人家是标着定价的，他看看那定价的标码，他还要争。男人用的人造丝袜子，每双四角，他偏给三角半、结果不成。不成他也买了。他也绝不到第二家去再看看，因为他心中有一个算盘：

“这袜子不贵呀！四角钱便宜，若到大公司里去买，非五角不可。”

既然他知道便宜，为什么还争价？

他就是想，若能够更便宜，那不就是更好吗？不是越便宜越好吗？若白送给他，不就更好吗？

到外国商店去买东西，他不争。让他争，他也不争。哪怕是没有标着价码的，只要外国人一说，两元就是两元，三元就是三元。他一点也没有显出对于钱他是很看重的样子，毫不思索地从腰包里取出来，他立刻付出去的。

因为他一进了外国店铺，他就觉得那里边很庄严，那种庄严的空气很使他受压迫，他愿意买了东西赶快就走，赶快逃出来就算了。

他说外国人没有好东西，他跟他父亲正是相反，他反对他父亲说外国这个好，那个好的。

他虽然不宣传外国人怎样好，可是他却常骂中国人：

“真他妈的中国人！

比方上汽车，大家乱挤，马伯乐也在其中挤着的，等人家挤掉了他的帽子，他就大叫着：

“真他妈的中国人！挤什么！”

在街上走路，后边的人把他撞了一下，那人连一声“对不起”也不说。他看看那但然而走去的人，他要驾一声：

“真他妈的中国人！”

马伯乐家的仆人，失手打了一只杯子，他狠狠地瞪了他一眼：

“真他妈的中国人！”

好像外国人就不打破杯子似的，不知道他是什么意思。

有一次他拆一封信，忙了一点伤着里边的信纸了，他把信张开一看，是丢了许多字的，他就说：

“真他妈的中国人！”

马伯乐的全身都是机警的，灵敏的，且也像愉快的样子。惟独他的两只眼睛常常闪视着悲哀。

他的眼睛是黑沉沉的，常常带着不信任的光辉。他和别人对面谈话，他两个眼睛无时不注视在别人的身上，且是从头到脚，从脚到头，来回地寻视，而后把视线安安定定地落在别人的脸上，向人这么看了一两分钟。

这种看法，他好像很悲哀的样子，从他的眼里放射出来不少的怜悯。

好像他与谈话的人，是个同谋者，或者是个同党，有共同的幸与不幸联系着他，似乎很亲切但又不好表现的样子。

马伯乐是悲哀的，他喜欢点文学，常常读一点小说，而且一边读着一边感叹着。

“写得这样好呵！真他妈的中国人。”

他读的大半是翻译小说，中国小说他也读，不过他读了常常感到写的不够劲。

比方写狱中记一类事情的，他感觉他们写得太松散，一点也不紧张，写得吞吞吐吐，若是让他来写，他一定把狱中的黑暗暴露无遗，给它一点也不剩，一点也不留，要说的都说出来，要骂的都骂出来。惟独这才能够得上一个作家。

尤其是在中国，中国的作家在现阶段是要积极促成抗日的，因此他常常叹息着：

“我若是个作家呀，我非领导抗日不可。中国不抗日，没有翻身的一天。”

后来他开始从街上买了一打一打的稿纸口来。他决心开始写了。

他读高尔基的《我的童年》的时候，那里边有很多地方提醒了他。他也有一些和高尔基同样的生活经验，有的地方比高尔基的

生活还丰富，高尔基他进过煤坑吗？而马伯乐进去过的。他父亲开小煤矿嘛，他跟工人一路常常进去玩的。

他决心写了。有五六天他都是坐在桌子旁边，静静地坐着，摆着沉思的架子。

到了第七天，他还一个字没有写，他气得把稿纸撕掉了许多张。

但他还是要写的，他还是常常往家里买稿纸。开初买的是金边的，后来买的是普通的，到最后他就买些白报纸回来。他说：

“若想当个作家，稿纸是天天用，哪能尽用好的，好的大浪费了。”他和朋友们谈话，朋友们都谈到抗日问题上去，于

是他想写的稿子，就越得写了。

“若是写了抗日的，这不正是时候吗？这不正是负起领导作用吗？这是多么伟大的工作！这才是真正推动了历史的轮子。”

他越想越伟大，似乎自己已经成了个将军了。

于是他很庄严地用起功来。

新买了许多书，不但书房，把太太的卧房也给摆起书架子。大大到厨房去煎鱼，孩子打开玻璃书架，把他的书给抛了满地，有的竟撕了几页，踏在脚下。

“这书是借来的呀，你都给撕坏了，到那时候可怎么办？”

马伯乐这一天可真气坏了，他从来也不打孩子，他也不敢打。他若打孩子，他的太太就在后边打他。可是这一天他实在气红了眼睛，把孩子按到床上打得哇哇地乱叫。

开初那孩子还以为和往常一样，是爸爸和他闹着玩的，所以被按到床上还咯咯的一边笑一边踢荡着小腿。马伯乐说：

“好东西，你等着吧！”

把孩子打了之后玻璃书橱也锁起来了。一天一天地仍是不断地从民众图书馆里往家搬书。他认识图书馆的办事员，所以他很自由的，愿意拿什么书就拿什么书，不用登记，不用挂号。

民众图书馆的书，马伯乐知道也是不能看，不过家里既然预备了书架，书多一点总是好看。

从此他还戴起眼镜来，和一个真正的学者差不多了。

他大概一天也不到太太屋里来。大太说他瘦多了，要到街上去给他买一瓶鱼肝油来吃。

不久，马伯乐就生了一点小病。大家是知道的，他生病是不吃什么药的。也不过多吸几只烟也就好了。

可是在病中，出乎他自己意料之外的他却写了点文章。

他买了几本世界文学名著，有的他看过，有的还来不及看。但是其中他选了一本，那一本他昼夜抱着，尤其当他在纸上写字的时候，他几乎离不开那本书，他是写一写看一看的。

那书是外国小说，并没有涉及到中国的事情。但他以为也没有多大关系，外国人的名字什么什么彼得罗夫，他用到他的小说上，他给改上一个李什么，王什么。，总之他把外国人都给改成中国人之后，又加上自己最中心之主题“打日本”。现在这年头，你不写“打日本”，能有销路吗？再说你若想当一个作家，你不在前边领导着，那能被人承认吗？

马伯乐没有什么职业、终年地闲着，从中学毕业后就这样。那年他虽然去到了上海，也想上大学念书，但是他没有考上，是在那里旁听。父亲也就因此不给他费用。虽然他假造了些凭据，写信用大学的信封，让父亲回信到××大学，但也都没有生效。

于是他又回到家中做少爷，少爷多半都是很幸福地随便花钱。但他不成，他的父亲说过：

“非等我咽了气，你们就不用想，一分一文都得拿在我的手里。”同时又常常说：

“你们哪一个若嫌弃你爹老朽昏庸，哪一个就带着孩子、老婆另起炉灶去好啦。”

马伯乐住在家里常常听这难听没有意思的话。虽然家里的床是软的，家的饭食是应时的，但总像每天被虐待了一样，也好像家中的奴仆之一似的，溜溜的，看见父亲的脸色一不对，就得赶快躲开。

每逢向父亲要一点零用的钱，比挖金子还难，钱拿到了手必得说：

“感谢主，感谢在天的父。”

他每逢和父亲要了钱来，都气得面红耳热，带钱回到自己房里，往桌上一摔，接着就是：

“真他妈的中国人！”

而后他骂父亲是守财奴、看钱兽、保险箱、石头柜等等名词。

可是过不了几天，钱又花完了，还是省着省着花的。要买一套新的睡衣，旧的都穿不得了，让太太给缝了好几回了。

一开口就要八块钱，八块钱倒不算贵，但是手里只有十块了，去了八块零用的又没有了。

有时候同朋友去看看电影，人家请咱们，咱们也得请请人家！

有时他手里完全空了时，他就去向太太借，太太把自己的体己钱扔给他，大太做出一种不大好看的脸色来：

"男子仅！不能到外边去想钱，拿女人的钱。"

有一次马伯乐向父亲去要钱，父亲没有给，他跑到太太那里去，他向大大说：

"这老头子，越老越糊涂，真他妈的中国人！"

太太说：

"也难怪父亲啦，什么小啦，也是二三十岁的人啦。开口就是父亲，伸手就是钱。

若不是父亲把的紧一点，就像你这样的呀，将来非的卖老婆当孩子不可。一天两只手，除了要钱，就是吃饭，自己看看还有别的能耐没有？我看父亲还算好的哪！若摊着穷父亲启不讨饭吃去！"

马伯乐的脸色惨白惨白的：

"我讨饭去不要紧哪，你不会看那个有钱有势的你就跟他去，"

马伯乐还想往下说。

可是太太伏在穿上就大哭起来：

"你这没良心的，这不都是你吗？我的金戒指一只一只的都没有啦。那年你也不是发的什么疯，上的什么上海！我的金手镯呢？你还我呀，在上海你交的什么女朋友，你拿谁的钱摆的阔？到今天我还没和你要，你到有嘴骂起我来。东家西家，秭秭妹妹的，人家出门都是满手金虎虎地戴着。咱们哪怕没有人家多，也总得有点呵。我嫁你马伯乐没有吃过香的，没有喝过辣的。动不动你就跑了，跑北京，跑上海……

跑到哪儿就会要钱，要钱的时候，写快信不够快，打来了电报。向我要钱的时候，越快越好。用不着我的时候就要给点气受。你还没的好呢，就歪起我来了，你若得好，还能要我，早抛的八千里之外去了”

马伯乐早就逃开了，知道事情不好，太太这顿乱说，若让父亲听到，“到那时侯可怎么办哪？”

他下了楼，跑到二门口去，在影壁那里站着。

影壁后面摆着一对大圆的玻璃养鱼缸。他一振动那沿，里面的鱼就更快地跑一阵。

他看着，觉得很有趣。

“人若是变个金鱼多好！金鱼只喝水，不吃饭，也不花钱的呀！”

他正想着想着，楼上那连苦带吵的声音，隐约还可以听到。他想把耳朵塞住，他觉得真可怕，若是让父亲听见，“到那时候，可怎么办？”

正想迈开步逃，逃到街上去，在街上可以完全听不见这种哭声。他刚一转身，他听楼上喊着：

“你给我金手镯呀！你给我金手镯！”

这声音特别大，好像太太已经出来了，在走廊上喊着似的，听得非常清楚。

可是他也没敢往走廊上看，他跑到大街上去了。

太太在楼上自己还是哭着，把一张亲手做的白花蓝地的小手帕也都哭湿了，头发乱蓬蓬地盖了满脸。把床单也哭湿了。

她的无限的伤心，好像倾了杯子的水，是收不住的了。

“你马伯乐，好没良心的。你看看，我的手上还有一颗金星没有，你看看，你来看……”

太太站起来一看，马伯乐早就不在屋里了。

于是伏在床上，哭得比较更为悲哀，但只哭了几声就站起来了。

很刚强的把眼泪止住，拿了毛巾在脸盆里浸了水，而后揩着脸，脸上火辣辣的热，用冷水一洗，觉得很凉爽。只是头有点昏，而且眼睛很红的。不能出去，出去让人看了难为情。

只得坐在沙发上，顺手拿起当天的日报看看，觉得很无聊。

等她看到某商店的广告，说是新从上海来了一批时装，仕女们请早光临，就在报纸上还刊登了一件小绒衣的照像。那衣裳是透花的，很好看，新样子，她从来没有见过。她想若也买一件，到海边去散步穿穿，是很好的。在灯光下边，透花的就更好看。

她一抬头，看见了穿衣镜里边，那红眼睛的女人就是她自己。她又想起来了：

“还买这个买那个呢，有了钱还不够他一个人连挖带骗的……唉……”

她叹了一口气，仍勉强地看报纸。她很不耐烦。

“那样没出息的人，跟他一辈子也是白忙。”

太太是很要强的一个女人。

“光要强有什么用，你要强，他不要强，……”

她想来想去，觉得人活着没有什么意思，又加上往镜子里一看，觉得自己也老许多了，脸色也苍白了许多。

可是比从前还胖了一点，所以下巴是很宽的。人一胖，眼睛也就小。

她觉得自己从前的风韵全无了。

于是拿起身边的小镜子来，把额前的散发撩一撩，细看一看自己的头盖是否已经有了许多皱纹？皱纹仍是不很显然。不过眉毛可有多少日子没有修理了。让孩子闹的，两个眉毛长成一片了。

她去开了梳妆台的抽屉，去找夹眉毛的夹子。左找右找也找不着，忽然她想起来那夹子不是让孩子们拿着来玩的吗？似乎记得在什么地方看见过，但又忘得死死的，想也想不起来。这些孩子真讨厌，什么东西没有不拿着玩的，一天让他们闹昏了。

说说她又觉得头有点昏，她又重新没有力气地坐到沙发上去了。

一直坐在那里，听到走廊上有人喊她，她才站起来。

“大少奶奶！”

喊声是很温柔的，一听就知道是她的婆母。她连忙答应了一声：

“请娘等一会，我拢一拢头就来。”

她回答的时候，她尽可能发出柔弱娇媚的声音，使她自己听了，也感到人生还有趣的。

于是她赶快梳了头，脸上扑了一点粉，虽没有擦胭脂，她觉得自己也并没有老了多少。正待走出去，才看见自己旗袍在哭时已经压了满身的褶子。

她打开挂衣箱，挂衣箱里挂满了花花绿绿的袍子。她也没有仔细挑选，拉出一件就穿上了，是一件紫色的，上边也没有花，已经是半新不旧的了。但是她穿起来也很好看，很有大家闺秀的姿态。

她的头发，一齐往后梳着，烫着很小的波浪，只因刚用梳子梳过，还有些蓬蓬之感。她穿的是米色的袜子，蓝缎绣着黄花的家常便鞋。

她走起路来，一点声音也没有。她关门的时候在大镜子里看一看自己，的确不像刚刚哭过。

于是她很放心地沿着走廊过去了。走廊前的玻璃窗子一闪一闪地闪着个人影。

到了婆婆屋里，婆婆叫她没有别的事，而是马神父的女儿从上海来，带一件黑纱的衣料送给婆母。婆母说上了年纪的人穿了让人笑话，打算送给她。她接过来说：

“感谢我主耶稣。”

她用双手托着那纸盒，她作出很恭敬的姿态。她托着纸盒要离开的时候，婆母还贴近她的耳朵说：

“你偷偷摸摸做了穿，你可别说……说了二少奶奶要不高兴的。”

马伯乐的太大回到自己房里，把黑纱展开围在身上，在镜前看了一看。她的自信心又生起来了。

婆婆把衣料送给她，而不送给二少奶奶，这可证明婆婆是喜欢她的。婆婆喜欢她，就因为她每早很勤奋地读《圣经》。老太爷说得好：

“谁对主耶稣最真诚，将来谁得的遗产就多。”

她感到她读《圣经》的声音还算小，老太太是听见了的，老太爷的耳朵不大好，怕他未必听见，明天要再大声地读。

她把衣料放好，她就下厨房去，照料佣人去烧菜去了。

什么金手镯，金戒指，将来还怕没有的？只要对那稣真诚一些。

所以她和马伯乐吵嘴的事情，差不多已不记在她心上了。

马伯乐的父亲是中国北部的一个不很大的城市的绅士，有钱，但不十分阔气。父亲是贫穷出身，他怕还要回到贫穷那边去，所以他很加小心，他处处兢兢业业。有几万块的存款，或者不到十万，大概就是这个数目。因此他对儿子管理的方法，都是很严的（其实只有一个方法，“要钱没有”）。

而且自己也是以身作则，早起晚睡。对于那稣几年来就有深厚的信仰。

这一些，马伯乐也都不管。独有向父亲要钱的时候，父亲那种严加考问的态度，使他大为不满，使他大为受不了。

马伯乐在家里本是一位少爷，但因为他得不到实在的，他就甘心和奴仆们站在一方面。他的举动在家里是不怎样大方的，是一点气派也没有的，走路溜溜的。

因此他恨那有钱的人，他讨厌富商，他讨厌买办，他看不起银行家。他喜欢嘲笑当地的士绅。他不喜欢他的父亲。

因此，像父亲那一流人，他都不喜欢。

他出门不愿坐洋车。他说:“人拉着人,太没道理。”

“前边一个挣命的,后边一个养病的。”这不知是什么人发明的两句比喻,他觉得这真来得恰当。拉车的拼命地跑,真像挣命的样子。坐车的朝后边歪着,真像个养病的。

对于前边跑着那个挣命的，虽然说马伯乐也觉得很恰当,但他就总觉得最恰当的还是后边坐着那个养病的。

因为他真是看不惯，父亲一出一入总是坐在他自用的洋车里。

马伯乐是根本不愿意坐洋车,就是愿意坐,他父亲的车子,他也根本不能坐。

记得有一次马伯乐偷着跳上了父亲的车子,喊那车夫,让那车夫拉他。

车夫甩着那张扎煞的毛巾,向马伯乐说:

“我是侍候老爷的。我侍候你,我侍候不着。”

他只得悄悄地从车子上下来了。

但是车前那两个擦得闪眼湛亮的白铜灯，也好像和马伯乐示威的样子。

他心里真愤恨极了,他想上去一脚把它踏碎。

他临走出大门的时候，他还回头回脑地用眼睛去瞪那两个白铜灯。

马伯乐不喜交有钱的朋友。他说:

“有钱的人,没有好人。”

“有钱的人就认得钱。”

“有钱的人,老婆孩子都不认得。”

“有钱的人，一家上下没有不刻薄的，从仆人到孩子。”

“有钱的人，不提钱，大家欢欢喜喜；若一提钱，就把脸一变。祖孙父子尚且如此，若是朋友，有钱的，还能看得起没钱的吗？”

他算打定了主意，不交有钱的朋友。

交有钱的朋友，哪怕你没有钱，你回家去当你老婆的首饰，你也得花钱。他请你看电影，你也得请他。他请你吃饭，你也得请他。他请你上跳舞厅，你也得照样买好了舞票，放在他的口袋里。他给你放一打，你也得给他放一打半。他给你放一打半，你得给他放两打。著是他给你放一打，你也给他放一打，那未免大小气了，他就要看不起你了。

可是交几个穷朋友，那就用不着这一套。那真好对付，有钱的时候，随便请他们吃一点烫面蒸饺，吃一点枣泥汤圆之类，就把他们对付得心满意足了。

所以马伯乐在中学里交的多半是穷朋友，就是现在他的朋友也不算多，差不多还是那几个。他们的资财都照马伯乐差得很远。

交了穷朋友，还有一种好处，你若一向他们说：

“我的父亲有七八万的财产。”

不用说第二句话，他们的眼睛就都亮了。可是你若当有钱的人说，他们简直不听你这套，因为他父亲的钱比你的父亲的钱更多。你若向他们说了，他们岂不笑死？

所以马伯乐很坚定的，认为有钱的人不好。

但是穷朋友也有一个毛病，就是他们常常要向他借钱。

钱若一让他们看见了，就多少得给他们一点。

所以马伯乐与穷朋友相处时，特别要紧的是他的钱包要放在一个妥当的地方。

再回头来说，马伯乐要想写文章，不是没道理的，他觉得他的钱太少了，他要写文章去卖钱。他的文章没有写出来，白费了工夫。

后来，他看看，要想有钱，还是得经商，所以他又到上海去了一次，去经营了一个小书店。

这次是父亲应允了的，不是逃的。

并且父亲觉得他打算做生意了，大概是看得钱中用了。于是帮助他一笔款子。

太太对他这经商的企图，且也暗中存着很多的期望，对他表示着十分的尊敬。

在马伯乐临走的前一天的晚饭，太太下了厨房，亲自做了一条鱼，就像给外国神父所做的一样。外国神父到她家来吃饭时都是依着外国法子，把鱼涂好了面包粉，而后放在锅子里炸的。

太太走在前边，仆人端着盘子，跟在后边。一进了饭厅太太就说：

"伯乐今天可得多吃一点。鱼，是富贵有余的象征，象征着你将来的买卖必有盈余。说不定伯乐这回去上海会发个小财回来。"

马伯乐的母亲听了也很高兴，不过略微地更正了一点：

"大少爷是去开书店，可不是做买卖。"

父亲讲了很多的一堆话。父亲的眼镜不是挂在耳朵上的而是像蚂蚱腿一样，往两鬓的后边一夹，那两块透明的石头是又大又圆的，据说是乾隆年间的。

是很不错，戴着它，眼睛凉瓦瓦的，是个花镜。父亲一天也离不了它。

但是有时候也很讨厌，父亲就觉得它不是外国货。有好几次教会里的外国朋友，从上海，从香港，带回来外国的小长长眼镜来送给他。他也总打算戴一戴试试，哪管不能多戴，只是到礼拜堂里去时戴一戴。

可是无论如何不成，无论如何戴不上。因为外国眼镜是夹在鼻子上的，中国人的鼻子大小，夹不住。

到后来，没有办法，还是照旧戴着这大得和小碟似的前清的眼镜。

父亲抬一抬眼睛说：

“你今年可不算小了，人不怕做了错事，主耶稣说过，知道错了就改了，那是不算罪恶的。好比你……过去……”

父亲说到这里叹了一口气：

“唉！那都不用说了，你南方跑一次上海，北方跑一次北京……唉！那都不用说了，哪个人年青还不荒唐二年，可是人近了三十，就应该立定脚跟好好干一点事，不为自己，还得为自己的儿孙后代……主耶稣为什么爱他的民呢？为什么上了十字架的？，还不是为了他的民。人也非得为着他的后代着想不可，我若是不为着你们，我有钱我还不会到处逛逛，我何必把得这样的紧，和个老守财奴似的。你看你父亲，从早到晚，一会礼拜堂，一会马神父公馆。我知道，你们看了，觉得这都是多余的，好像你父亲对外国人太着眼，其实你父亲也不愿那样做，也愿意躺在家里装一装老太爷。可是这不可能。外国人是比咱们强，人家吃的穿的，人家干起事来那气派。咱们中国人，没有外国人能行吗？虽然也有过八国联军破北京，打过咱们，那打是为了咱们好，若不打，中国的教堂能够设立这么多吗？人家为啥呢，设立教堂！人家是为着咱们老百姓呵，咱们中国的老百姓，各种道德都及不上外国人，咱们中国人不讲卫生，十个八个人地住在一个房间里。就好比咱们这样的人家，这院子里也嘈杂得很一天像穿箭似的，大门口一会丫头出去啦，一会拉车的车夫啦。一会卖香瓜的来，又都出去买香瓜。你看那外国人，你看那外国人住的街，真是雅静得很，一天到晚好像房子是空着。人家外国人，不但夫妇不住一屋，就连孩子也不能跟着她妈睡觉，人家有儿童室，儿童室就是专门给小孩子预备的。咱们中国人可倒好，你往咱们这条街上看看，哪一个院子里不是蚂蚁翻锅似的。一个院子恨不能住着八家，一家有上三个孩子。外国人就不然，外国人是咱们中国人的模范。好比咱们喝酒这玻璃杯子吧，若不是人家外国人坐着大洋船给咱们送到中国来，咱们用一个杯子还得到外国去买，那该多不便当。人家为着啥？人家不是为了咱们中国方便吗！？”

马伯乐听了心里可笑，但是他也没有说什么。因为马伯乐的脾气一向如此，当着面是什么也不说的，还应和着父亲，他也点着头。

父亲这一大堆话，到后来是很感伤的把话题落在马伯乐身上。好像是说，做父亲的年纪这样大了，还能够看你们几年，你们自己是该好好干的时候了。

母亲在桌子上没敢说什么。可是一吃完了饭，就跪到圣母玛丽亚的像前，去祷告了半点多钟，乞求主耶稣给他儿子以无限的勇气，使他儿子将来的生意发财。

“主耶稣，可怜他，他从来就是个老实的好孩子。就是胆小，我主必多多赐给他胆量。他没有做过逆我主约言的事情。我主，在天的父，你给他这个去上海的机会，你也必给他无限的为商的经验。使他经起商来，一年还本，二年生利，三年五年，金玉满堂，我主在天的父。”

马伯乐有生以来第一次接受这样庄严的感情，自己受着全家的尊敬，于是他迈着大步在屋子里来回地踱着，他手背在背后，他的嘴唇扣得很紧，看起来好像嘴里边在咬着什么。他的眼光看去也是很坚定的。他觉得自己差一点也是一位主人。他自己觉着在这个世界上活着也是有权利的。

他从来不信什么耶稣，这一天也不知道他倒是真的信了怎么的，只是他母亲从玛丽亚那儿起来时，他就跪下去了。

这是他从来所未有的。母亲看了十分感动，连忙把门帘挑起，要使在客厅里的父亲看一看。

平常父亲说马伯乐对主是不真诚的：

“晚祷他也不做呀！”

母亲那时就竭力辩护着，她说：

“慢慢他必要真诚的。”

现在也不是晚祷的时候，他竟自动地跪下了。

母亲挑起门帘来还向父亲那边做了一个感动的眼神。

父亲一看，立刻就在客厅里那稣的圣像面前跪下了。他祷告的是他的儿子被耶稣的心灵的诱导，也显了真诚的心了。他是万分地赞颂耶稣给他的恩德。

父亲也祷告了半点多钟。

母亲一看，父亲也跪下了，就连忙去到媳妇的屋里。而媳妇不在。

老太大急急忙忙地往回头走，因为走得太急，她的很宽的腮边不住地颤抖着。

在走廊上碰到媳妇抱着孩子大说大叫地来了。她和婆母走了个对面，她就说：

“娘呵！这孩子也非打不可了，看见卖什么的，就要买什么。这守安息日的日子，买不得……”

婆婆向她一摆手，脸上没有什么表情，好像有什么事发生了似的。婆婆说：

“你别喊，你看保罗跪在圣母那儿啦！”婆婆说了一句话，还往喉咙里边咽了一口气，“你还不快也为他祈祷，祈求慈爱的在天的父不要离开他。从今天起，保罗就要对主真诚了。”

说着她就推着媳妇：

“你没看你爹也跪下了，你快去……”

（马伯乐本来叫马保罗，是父亲给他起的外国名字。他

看外国名子不大好，所以自己改了的。他的母亲和父亲仍叫他保罗）

不一会的工夫差不多全家都跪下了。

马家虽然不是礼拜堂，可是每一间屋里都有一张圣像。就连走廊、过道也有。仆人们的屋子里也有。

不过仆人的屋子比较不大讲究一点，没有镶着框子，用图钉随便钉在那里。仆人屋里的圣像一年要给他们换上一张，好像中国过年贴的年画一样。一年到头挂得又黑又破，有的竟在耶稣的脚上撕掉了一块。

经老太大这一上下地奔跑，每张圣像前边都跪着人，不但主人，仆人也都跪下了。

梗妈跪在灶房里。

梗妈是山东乡下人，来到城里不久，就随了耶稣教了。在乡下她是供着佛的，进了城不久把佛也都扔了。传教的人向她说：

“世间就是一个神，就是耶稣，其余没有别的神了。你从前信佛，那就是魔鬼遣进你的心了。现在你得救了。耶稣是永远开着慈爱的门的，脱离了魔鬼的人们，一跪到耶稣的脚前，耶稣没有不保护他的。”

梗妈于是每个礼拜日都到礼拜堂去，她对上帝最真诚，她一祷告起来就止不住眼泪，所以她每一祷告就必得大哭。

梗妈的身世很悲惨的，在她祷告的时候，她向上帝从头到尾他说了一遍：

“上帝，你可怜我，我十岁没有娘，十五岁做了媳妇，做了媳妇三年我生了三个孩子……第三个孩子还没有出生，孩子的爹就走了，他说他跑关东去，第二年回来。从此一去无消息，……上帝，你可怜我……我的三个孩子，今天都长大了，上帝，可怜我，可别让他们再去跑关东。上帝，你使魔鬼离开他们，哪怕穷死，也是在乡里吧。”

马老太太跟她一同去做礼拜，听了她这番祷告，她也感动得流了眼泪。

梗妈做起事情来笨极了，拿东忘西的，只是她的心是善良的，马老太太因此就将就着她，没有把她辞退。

她哄着孩子玩的时候，孩子要在她的脸上画个什么，就画个什么。给她画两撇胡子，脑盖上画一个“王”字，就说梗妈是大老虎。于是梗妈也就伏在地上四个腿爬着，并且嗷嗷地学着虎叫。

有的时候，孩子给梗妈用墨笔画上了两个大圆眼镜，给她拿了手杖，让她装着绅士的样子。有一天老太太撞见了，把老太太还吓了一跳。可是老太太也没有生气。

因为梗妈的脾气太好了，让孩子捉弄着。

“若是别人，就那么捉弄，人家受得了？”

二少奶奶要辞退梗妈的时候，老太太就如此维护着她的。

所以今天老太太命令她为大少爷祈祷，以她祷告得最为悲哀，她缠缠绵绵地哭着，絮絮叨叨地念诵着。

小丫环正端着一盆脸水，刚一上楼梯，就被老太太招呼住。

小丫环也是个没有娘的孩子。并不是娘死了,或者是爹死了,而是因为穷,养活不了她,做娘的就亲手抱着她,好像抱着小羊上市去卖的一样,在大街上就把她卖了。那时她才两岁,就卖给马老太太邻居家的女仆了。后来她长到七岁,马老太太又从那女仆手里买过来的。马老太太花去了三十块钱,一直到今天,马老太太还没有忘记。她一骂起小丫环来,或者是她自己心里有什么不高兴的事情,她就说:

"我花三十块钱买你,还不如买几条好看的金鱼看看,金鱼是中看不中吃,你是又不中看又不中吃。"

小丫环做事很伶俐,没有什么不好,只是好偷点东西吃,姑奶奶或是少奶奶们的屋子,她是随时进出的,若屋子里没有人在,她总是要找一点什么糖果吃吃的。

老太太也打了她几次,一打她就嘴软了,她说再也不敢吃了,她说她要打赌。老太太看他很可怜,也就不打她了,说:

"主是不喜欢盟誓的……"

老太大每打她一次,还自己难过一阵:

"唉!也不是多大的孩子呵!今年才九岁,走一家又一家的,向这个叫妈那个叫娘的。若不是花钱买来的,若是自己肉生肉长的,还不知多娇多爱呢!最苦苦不过没娘的孩。"

老太太也常在圣像面前为她祈祷,但她这个好偷嘴吃的毛病,总不大肯改。

小丫环现在被老太太这一招呼,放下了端着的脸盆,就跪在走廊上了。

她以为又是她自己犯了什么还不知道的错处，所以规规矩矩地跪着，用污黑的小手盖在脸上。

老太太下楼一看，拉车的车夫还蹲在那儿擦车灯，她赶快招呼住他：

“快为大少爷祈祷……快到主前为大少爷祈祷。”

车夫一听，以为大少爷发生了什么不幸，他便问：

“大少爷不是在家没出去吗？”

“就是在家没出去才让你祈祷。”

车失被喝呼着，也就隔着一道门坎向着他屋里的圣像跪下了。

车夫本来是个当地的瓷器小贩子，担些个土瓷、瓦盆之类，过门唤卖。本来日子过得还好，一妻一女。不料生了一场大病（伤寒病），他又没有准备金，又没有进医院，只吃些中国的草药，一病，病了一年多，他还没有全好，他的妻女，被他传染就都死在他的前面。

于是病上加忧，等他好了，他差不多是个痴人了。每当黄昏，半夜，他一想到他的此后的生活的没有乐趣，便大喊一声：

“思想起往事来，好不伤感人也！”

若是夜里，他就破门而出，走到天亮再回来睡觉。

他，人是苍白的，一看就知道他是生过大病。他吃完了饭，坐在台阶上用筷子敲饭碗，半天半天地敲。若有几个人围着看他，或劝他说：

“你不要打破了它。”

他就真的用一点劲把它打破了。他租一架洋车，在街上拉着，一天到晚拉不到几个钱，他多半是休息着，不拉，他说他拉不动。有人跳上他的车让他拉的时候，他说：

“拉不动。”

这真是奇怪的事情，拉车的而拉不动。人家看了看他，又从他的车子下来了。

不知怎样，马伯乐的父亲碰上他了。对他说：

“你既是身体不好，你怎么不到上帝那里，去哀求上帝给你治好呢？”

他看他有一点意思，便说：

“你快去到主前，哀求主给你治吧！主治好过害麻风病的人，治好过瞎眼的人……你到礼拜堂去做过礼拜没有？我看你这个样子，是没有去过的，你快快去到主前祈祷吧。只有上帝会救了你。”

下礼拜，那个苍白的人，去到了礼拜堂，在礼拜堂里学会了祷告。

马伯乐的父亲一看，他这人很忠实，就让他到家里来当一个打杂的，扫扫院子之类。一天白给他三顿饭吃，早晨吃稀饭，中午和晚饭是棒子面大饼子。

本来他家里有一个拉车子的，那个拉车的跑地快，也没有别的毛病，只是他每个月的工钱就要十块。若让这打杂的兼拉车，每月可少开销十块。

不久就把那拉车的辞退走了，换上这个满脸苍白的人。他拉车子走得很慢，若遇到上坡路，他一边拉着，嘴里和一匹害病的马似的一边冒着白沫。他喘得厉害,他真是要倒下来似的,一点力量也没有了。

马伯乐的父亲坐在车上,虽然心里着一点急,但还觉得是上算的:

“若是跑得快,他能够不要钱吗,主耶稣说过,一个人不能太贪便宜。”

况且马伯乐的父亲是讲主耶稣慈悲之道的,他坐在这样慢的车上是很安然的,他觉得对一个又穷又病的人是不应该加以责罚的。

马怕乐的父亲到了地方一下了车子,一看那车夫又咳嗽又喘的样子,他心里想:“你这可怜的人哪!”于是打开了腰包,拿出来五个铜板给他,让他去喝一碗热茶或者会好一点。

有一天老太爷看他喘得太甚,和一个毛毛虫似的缩做一团,于是就拿了一毛钱的票子扔给他。车夫感动极了,拾起来看看,这票子是又新又硬的。他没去用,等老大爷出来,他又交还他。老太爷摆手不要。

车夫一想,马家上下,没有对我不好的,老太太一看我不好,常常给我胡椒酒喝。就是大少爷差一点,大少爷不怎样慈悲,但是对我也不算坏。

于是车夫把这一毛钱买了一张圣母玛丽亚的图像呈到老太太的面前了。

老太太当时就为车夫祷告,并且把小丫环和梗妈也都叫来,叫她们看看这是车夫对那稣的诚心。

有一天车夫拉着老太爷回来，一放下车子人就不行了。

马伯乐主张把他抬到附近的里仁医院去。父亲说：

“那是外国人的医院，得多少钱！”

马伯乐说：

“不是去给他医治，是那医院里有停尸室。”

父亲问：

“他要死了吗？”

马伯乐说：

“他要死了，咱们家这样多的孩子，能让他死在这院子吗？”

过了半天工夫，街上聚了很多人了，车夫躺在大门外边，嘴里边可怕地冒着白沫。

马伯乐的父亲出来了，为车夫来祷告：

“我主在天的父，你多多拯救穷人，你若救活了这个将死的人，那些不信主的人，闻风就都来信服你……我主，在天的父……”

老太太站在大门里，揩着眼睛，她很可怜这样无靠的人。

街上那些看热闹的人静静地看着，一句话也不说。只有梗妈向老大爷说了好几次：

“把他抬到屋里去吧，他死不了。”

老太爷摇摇头说：

“我主耶稣，不喜欢狭窄的地方。”

梗妈又对老太太去说：

“把他抬进来吧！”

老太太擦擦眼泪说：“多嘴！”

于是那车夫就在大门外边，让太阳晒着，让上百的人围着。

车夫果然没有死。

今天被老太太喝呼着，他就跪在大门洞子里了。

但是他不晓得力大少爷祈祷什么，同时街上过往来口的人，还一个劲地看他，他只得抬起手来把脸蒙住。可是他的手正在擦车灯，满手是擦灯油的气味。

他看一看老太太也上楼了，他也就站起来了。

这一天祷告的声音很大，不同平常的晚祷。声音是嗡嗡的，还好像有人哭着。车夫想：

“哭是在礼拜堂里边，怎么在家也哭？”

车夫一听不好了，大半是发生了不幸。他赶快跑到屋里去，把门关上，向着圣像很虔诚地把头低下去，于是也大声地叨叨起来：

“主，耶稣，你千灵万灵的主，可不要降灾于我们的大少爷……可不要降灾于我们的大少爷……从前我以为他是个狠心的人，从昨天起我才知道他是个心肠很好的人。上帝，昨天他还给我两块钱来的……昨天。”

马伯乐因为要离开家，所以赏给两块钱，因此车夫为他大嚷大叫着。

送信的信差来了，敲打着门房的窗子，没有人应，就把信丢进窗子里去。他往窗子里一望，地上跪着一个人，他招呼一声：

“信！”

里边也没有回答，他觉得奇怪，又听这院子里楼上楼下都嗡嗡的。

在这个城里，耶稣教很盛行，信差也有许多信教的，他知道他们在做祷告，他看一看手上的表，知道晚祷的时候还未到。”

若不在晚祷的时候，全体的祷告是不多见的，大概是发生了，什么事情。生了初生的婴儿是如此，因为婴儿是从耶稣那里得到生命的。有人离开了世界，大家希望他能够回到主人那里所以大家也为他祈祷。

那信差从大门口往里望一下，没有看见一个人。两三个花鸭子绕着影壁践踏地走来。信差又往院子里走一走，看见小丫环在走廊上也是跪着，他就一步跳出来了，心中纳闷。

他到隔壁那家去送信，他就把这情形告诉了那看门的。

看门的跑到马公馆的大门口站了一会，回去就告诉了女仆，女仆又告诉了大小姐。

不一会，马公馆的大门外聚了一大堆的人。因为这一群人又都是不相干的，不敢进去问一问，都站在那儿往里边探头探脑。

有的想，老马先生死了，有的想孙少爷前天发烧，也许是病重。

还有一些，是些过路人，看人家停在那儿了，他也就停在那儿了，他根本什么也不知道，就跟人家在那里白白地站着。

马公馆的老厨子，扎着个蓝围裙，提着个泥烧的扁扁酒瓶子，笑呵呵地从街上回来。走到大门口，那些人把他拦住，问他：

“你们公馆怎么着了？有什么事？”

他说：“没什么，没什么！”

人们向他拥着。他说：

“别挤别挤，我要喝酒去了。”

他一进了院子，听听楼上楼下，都在祷告。他一开厨房的门，他看梗妈跪在那里，并且梗妈哭的和各泪人似的。他也就赶快放下了酒壶，跪下去了。

马伯乐有生以来只受过两次这样庄严的祷告。一次是在他出生的时候，那时他还很小，他全然不知道。那么只有这一次了，所以是他感到很庄严，他觉得坐立不安。

不久他带着父亲赞助他的那笔款子，在上海开起书店来。

现在再说他的父亲赞助他这笔款子究竟是三千块钱，还是几百块钱，外人不能详细地知道。他见了有钱的人，他说三千。他见了穷朋友，他说：

“那有那么多，也不过几百块钱。父亲好比保险箱，多一个铜板也不用想他那里跳出来。”

“说是这样说。”马伯乐招呼着他的穷朋友，“咱们该吃还是得吃呵，下楼去，走！”

他是没有带帽子的习惯的，只紧了紧裤带就下楼去了。

他走在前面，很大方的样子。走到弄堂口，他就只给朋友们两条大路，一条是向左，一条是向右。问他们要吃汤圆，还是要吃水饺。

马伯乐说开的这爿店是在法租界一条僻静的街上，三层楼的房子。

马伯乐这书店开得很阔气，营业部设在楼下，二楼是办公厅，是他私人的，三楼是职员的卧室（他的职员就是前次来上海所交的几个穷朋友）。

房子共有六七间，写字台五六张，每张写字台上都摆着大玻璃片。墨水瓶，剪刀，浆糊，图钉，这一些零碎就买了五十多块钱的。

厨房里面，请上娘姨，生起火来，开了炉灶。若遇到了有钱的朋友来，厨房就蒸着鸡啦，鸭啦，鱼啦，肉啦，各种香味，大宴起客来。

比方会写一点诗的，或将来要写而现在还未写的，或是打算不久就要开始写的诗人，或是正在收集材料的小说家……就是这一些人等等，马伯乐最欢迎。他这些新朋友，没有几天工夫都交成了。简直是至交，不分彼此，有吃就吃，有喝就喝，一切都谈得来，一切不成问题。

马伯乐一看，这生意将来是不成问题的了，将来让他们供给文章是不成问题的了。因为并非商人之交，商人是以利合，他们却是以道合。他们彼此都很谈得来。

马伯乐把从前写小说的计划也都讲了一番。但是关于他为着想卖点稿费才来写小说这一层，是一字未提的，只说了他最中心的主题，想要用文章来挽救中华民族。

“真是我们的民族非得用我们的笔去唤醒不可了，这是谁的责任……这是我们人人的责任。”

马伯乐大凡在高兴的时候，对着他的宾客没有不说这话的。

于是人人都承认马伯乐是将来最有希望的一人。

彼此高谈阔论，把窗子推开，把椅子乱拉着。横着的，斜着的，还有的把体重沉在椅子的两只后腿上，椅子的前腿抬起来，看着很危险。可是坐在椅子上的人把脚高高地举在写字台上，一点也不在乎，悠然自得。他把皮鞋的后跟还在桌心那块玻璃砖上慢慢地擦着。

他给我买一件寄来。俄国东西实在好。”

马伯乐说：

“很好，很好。”

再说那卖俄国画片的书店，众人都不落后，各人说着各人对那书店发现的经过。有的说：

“刚开门不久。”

有的说：

“不对，是从南京路搬来的。”

有一个人说，他在两年前就注意到它了。正说到这里，另一个人站起来，把一支吸完了的烟尾从窗子抛到花园里去。那个人是带着太太的，太太就说：

“你看你，怎么把烟头丢进花园里，花是见不得烟的。”

马伯乐过来说不要紧。

“这花算什么,没有一点好花。”

可是大家的话题仍没有打断。那丢烟尾的人发表了更丰富更正确的关于那家书店的来历,他说他有一个侄子,从前到过海参崴,学了很好的俄国话回来。他是那书店老板的翻译。

“老板的名字叫什么来的, 叫做什……多宁克……有一次,我到那书店里去,侄子还给我介绍过,现在想不起了,总之,是个纯粹的俄国人,从他那哈哈大笑的笑声里,就可以分辨出来,俄国人是和别的国人不同的,俄国人是有着他了不起的魄力的……”

他知道他自己的话越说越远,于是把话拉回来:

“那书店不是什么美国人开的, 也不是从南京路来的,而是从莫斯科来的,是最近,就是今年春天。”

关于这样一个大家认为前进的书店, 马伯乐若不站起来说上几句,觉得自己实在太落后了。但是他要说什么呢!其实他刚来上海不久,连这书店还是第一次听说,连看也未曾看过, 实在无从说起, 又加上已经被人确定是俄国书店了,大家也就没有什么好说的了,大家也就不感到趣味了。马伯乐看一看这情景,也就闭口无言算了。

大家都静了几分钟。

马伯乐要设法把空气缓和下来, 正好门口来个卖西瓜的,就叫了佣人来抱西瓜,他站在门口招呼着:

“选大的,选大的。”

他表示很慷慨的样子,让佣人拿了四五个进来。

一会工夫，满地都是西瓜皮了。

马伯乐说：

“随便扔，随便扔。”

他觉得若能做到主客不分，这才能算做好交情。办公桌上的墨盒盖没有关，有人不经意地把西瓜子吐在墨盒里了。

马伯乐说：

“不要紧，不要紧，真他妈的这些东西真碍事。”

他走过去，把办公桌上零零碎碎的什么印色盒，什么橡皮图章、墨水壶之类，都一齐往一边扒拉着，这些东西实在是很碍事。

过了没有多少日子。马伯乐这书店有些泄气了。他让会计把帐一算，他说开销太大了。他手里拿着帐单，他说。

“是这个数目吗？”

他说：

“有这么多吗？”

他拿起铅笔来，坐在办公桌那儿算了一个上午。这是他开书店以来第一次办公，觉得很疲乏，头脑有点不够用。躺在床上去休息了一下，才又起来接着算。无论怎么算法。数目还是那么多，和会计算的一样。于是他说着：

“这真奇怪，这真奇怪，可是一两千块钱都是做什么花的？并没有买什么用不着的东西呀！并没有浪费呀！钱可到底是哪儿去了？”

偏拿在他手里的帐单是很清晰的，不但记明了买的什么东西，还记明了日子。马伯乐依次看下去，没有一笔款子不是经他手而花出去的。件件他都想得起来，桌子、椅子、衣柜、痰盂……

甚至于买了多少听子烟招待客人他还记得的，的的确确没有算错帐，一点也没有错，马伯乐承认帐单是完全对的。虽然对了，他还奇怪：

这么多，真这么多！”

他完全承认了之后，还是表示着怀疑的样子。

到了第二天，他想了一个很好的紧缩的办法，把楼下房子租出去，在门口贴了一张红纸租贴，上边写着：

余屋分租，抽水马桶，卫生设备俱全。

租金不贵，只取四十元。

因为“租金不贵”这四个字，马伯乐差一点没跟会计打起来，会计说：

“写上‘租金不贵，干什么呢？他要租就租，不租就是不租。写上。租金不贵，这多难看，朋友来了，看了也不好，好像咱们书店开不起了似的。”

马伯乐打定了主意必要写上。

写好了，在贴的时候，差一点又没有打一仗。马伯乐主张贴得高一点，会计主张贴得低一点，贴得低人家好容易看见。

马伯乐说：

“贴得低，讨厌的小孩子给撕了去，到时候可怎么办哪！”

马伯乐到底亲自刷了胶水，出去就给它贴上了。他是翘着脚尖贴上的。

因为那招贴刷了过多的胶水，一直到招来的房客都搬来了。那招贴几次三番地往下撕都撕不下来，后来下了几场雨，才算慢慢地掉了。

朋友来了的时候，仍是拉开楼下客堂间的门就进去，并且喊着：

"伯乐，不在家吗？"

常常把那家房客，闹得莫名其妙。

马伯乐很表示对不住的样子，从二楼下来把客人让上去：

"房子太多，住不了……都搬到楼上来了。"

他想要说，把营业部都一齐搬到楼上来了。但他自己一想也没营什么业，所以没有说出来。

从此朋友也就少了一点，就是来了也不大热闹。因为马伯乐不像从前常常留他们吃，只是陪着客人坐了一会，白白地坐着，大家也没有什么趣味。显得很冷落，谈的话也比较少，也比较有次序，不能够谈得很混乱，所以一点不热闹。

二楼摆着三张办公桌子，外加一个立柜，两个书架，七八张椅子，还有马伯乐的床，可说连地板都没有多大空处了。乱七八糟的，实在一点规模也没有了。

所以马伯乐也随便起来，连领带也不打了，袜子也不穿，光着脚穿着拖鞋。到后来连西装也不穿了，一天到晚穿着睡衣，睡衣要脱下去洗时，就只穿了一个背心和一个短衬裤。马伯乐是一个近乎瘦的人，别人看了觉得他的腿很长，

且也很细，脖子也很长很细。也许

是因为不穿衣裳露在外面的缘故。

他早晨起来，不但不洗脸，连牙也不刷了。一会靠在椅子上，一会靠在床上，似睡非睡，似醒非醒，连精神也没有了。

“到那时候，可怎么办！”

他之所谓到那时候，是有所指的，但是别人不大知道，也许指的是到书店关门的时候。

经过这样一个时间，他把三楼也租出去了。把亭子间也租出去了。

全书店都在二楼上，会计课，庶务课，所有的部门，都在一房子里。

马伯乐和两三个朋友吃住在一道了。朋友就是书店的职员。

马伯乐觉得这不大雅观。

“怎么书店的经理能够和普通的职员住在一起呢！”

本来他想住在一起也没有什么，省钱就好。但是外边人看了不好看。于是又破费了好几块钱，买了个屏风来，用这屏风把他自己和另外的两个人隔开。

经这样一紧缩，生活倒也好过了，楼下出租四十元，三楼出租二十元，又加上两个亭子间共租十四元。

全幢的房子从大房东那里租来是七十五元。

马伯乐这一爿店，房租每月一元。他算一算，真开心极了。

“这不是白捡的吗？他妈的，吃呵！”

经过了这一番紧缩，他又来了精神。

每到下半天，他必叫娘姨到街上去买小包子来吃，一买就买好几十个，吃得马伯乐满嘴都冒着油，因为他吃得很快，一口一口地吞着，他说：

“这真便宜！”

他是勉强说出来的，他的嘴里挤满了包子。

这样下去，朋友们也不大来了。马伯乐天天没有事好做，吃完了就睡，睡完了就吃，生活也倒安适。

但那住在三楼的那个穷小子，可不知道是干什么的，南洋华侨不是南洋华侨，广东人不是广东人，一天穿着木头板鞋上上下下，清早就不让人睡觉。

“真他妈的中国人！”马伯乐骂着。

会计说：

“那小子是个穷光蛋，屋里什么也没有，摆着个光杆床，算个干什么的！”

马伯乐一听，说：

“是真的吗？只有一张床。那他下个月可不要拖欠咱们的房 租呵！”

当天马伯乐就上楼去打算偷看一番，不料那穷小子的屋里来了一个外国女人。马伯乐跑下楼来就告诉他同屋的，就是那会计。

“那外国姑娘真漂亮。”

会计说：

“你老马真是崇拜外国人，一看就说外国人漂亮。”

“你说谁崇拜外国人，哪个王八蛋才崇拜外国人呢！”

正说着楼上的外国姑娘下来了。马伯乐开门到洗脸室去，跟她走了个对面，差一点要撞上了。马伯乐赶忙点着头说：

“Sorry.”

并不像撞到中国人那样。撞到中国人，他瞪一瞪眼睛：

“真他妈的中国人！”

可是过了不久，可到底是不行。开书店的人一天比一天多，听说那条街哪条街也挂了牌子。而最使马伯乐觉得不开心的，是和他对门的弄堂房子也挂了书店牌子。这不简直是在抢买卖吗？

这是干什么！

马伯乐说：“咱们下楼去仔细看看。”

没有人和他同去，只得一个人去了。他站在那儿，他歪着脖，他把那牌子用手敲得脏脏地响。他回来，上了楼，没有说别的，只骂了一句：

“店铺还不知哪天关门，他妈的牌子可做得不错。”

没有几天，马伯乐的书店就先关了门。总计开店三个月，房钱饭钱，家具钱……开销了两千块。大概马伯乐的腰里还有几百，确实的数目，外人不得而知。

他的书店是一本书也没有出，就关了门了。

马伯乐说：

“不好了，又得回家了。”

于是好像逃难似的在几天之内，把东西就都变卖完了。

这变卖东西的钱，刚刚够得上一张回家的船票。马伯乐又口家去了。

马伯乐在家里的地位降得更低了。

他说：“怎么办呢，只得忍受着吧。”

当地的朋友问他在上海开书店的情形，他伤心的一字不提，只说：

“没有好人，没有好人。”

再问他：“此后你将怎样呢？”

他说：“上帝知道，也许给我个机会逃吧！”

马伯乐刚一口到家里，太太是很惊疑的。等她晓得他是关了店才回来的，她什么也没有表示。并没有和他争吵，且也什么不问，就像没看见他一样。她的脸和熨斗熨过似的那么平板，整天不跟他说一句话。她用了斜视的目光躲避着他，有时也把眼睛一上一下地对着他，好像站在她面前的是一个生人一般。吃饭了，老妈子来喊的时候，太太抱起小女孩雅格来就走了，并不向他说一声“吃饭啦”，或“吃饭去”。

只有雅格伏在大大的肩上向他拍着手，一面叫着爸爸。马伯 乐看了这情景，眼泪立即满了两眼。

他觉得还是孩子好，孩子是不知道爸爸是失败了回来的。

他坐在桌上吃饭，桌上没有人开口和他讲话。别人所讲的话，好像他也搭不上言。

母亲说：“黄花鱼下来了，这几天便宜，你们有工夫去多买些来，腌上。”

大少奶奶和二少奶奶都答应着说去买。

父亲这几天来，一句话不说，银筷子碰着碗边嘤嘤地响。父亲吃完了一碗饭，梗妈要接过碗去装饭，老爷一摇头，把饭碗放下，站起来走了。

大黑猫从窗台上跳下来，跳到父亲离开的软椅上蹲着，咕噜咕噜的。那猫是又黑又胖。马伯乐看看它，它看看马伯乐。

马伯乐也只得不饱不饿地吃上一碗饭就退出饭厅来了。

后来父亲就不和马伯乐一张桌吃饭，父亲自己在客厅里边吃。吃完了饭，那漱口的声音非常大，马伯乐觉得很受威胁。

母亲因为父亲的不开心也就冷落多了。老妈子站在旁边是一声不敢响。

雅格叫着要吃蛋汤时，马伯乐用汤匙调了一匙倒在雅格的饭碗里，孩子刚要动手吃，妈妈伸手把饭碗给抢过去了，骂着那孩子：

“这两天肚子不好，馋嘴，还要吃汤泡饭。”

雅格哭起来了。马伯乐说：

“怕什么的，喝点汤怕什么？”

太太抱起孩子就走了，连睬也没有睬他。

全家对待马怕乐，就像《圣经》上说的对待魔鬼的那个样子，连小雅格也不让爸爸到她的身边了。雅格玩着的一个小狗熊，马伯乐拿着看看，那孩子立刻抢过去，突着嘴说：

“你给我，是我的。”

苹果上市的时候，马伯乐给雅格买来了，那孩子正想伸手去拿，妈妈在旁瞪了她一眼，于是她说，

“我不要……妈说妈买给我。”

马伯乐感到全家都变了。

马伯乐下了最后的决心，从太太房间，搬到自己的书房去了，搬得干干净净，连一点什么也没有留，连箱子带衣裳带鞋袜，都搬过去了。他那跟着他去过两次上海的化学料的肥皂盒，也搬过去了。好像是他与太太分了家。

太太一声也没有响，一眼也没有看他，不用声音同时也不用眼睛表示挽留他，但也没一点反对他的意思，好像说，他愿意怎么着，就怎么着吧，与她是一点也不相干的。

马伯乐最后一次去拿他的肥皂盒时，他故意表示着恶劣的态度，他很强横的样子，一脚就把门踢开了。

眼睛是横着看人的，肥皂盒就在镜台上，他假装看不见，他假装东找西找，在屋里走来走去，开遍了抽屉，他一边开着，他一边用眼梢偷看着大太。太太是躺在床上和孩子玩着。马伯乐想：

“你怎么就不和我说一句话呢？就这么狠心吗？”

到后来他简直乱闹起来。在他生起气来的时候，他的力气是很大的，弄的东西乒乓地乱响，可是太太什么反应也没有，简直没有看见他。于是他就把肥皂盒举起来摔在地上了。

“真他妈的中国人……”

他等了一会，他想太太这回大概受不住了！

可是太太一声没有响，仍是躺在床上和孩子玩着。

马伯乐看看，是一点办法没有了，于是拾起肥皂盒子来，跑到他自己安排好的屋中去。从此他就单独地存在着。

马怕乐很悲哀地过着生活。夜里打开窗子一看，月亮出来了，他说：“月亮出来了，太阳就看不见了。”

外边下雨了，他一出大门他就说：

“下雨了，路就是湿的。”

秋天树叶子飘了一院子，一游廊。夜里来了风，就往玻璃窗子上直打，这时马伯乐在床上左翻右转，思来想去。古人说得好，人生是苦多乐少，有了钱，妻、子、父、兄；没有钱，还不如丧家的狗，人活着就是这么一回子事，哪有什么正义真理，还不都是骗人的话。

马伯乐东西乱想，把头想痛了。他起来喝了一杯茶才好一点。他往窗子外边一看，外边是黑沉沉的，他说：

“没有月亮，夜是黑的。”

他听落叶打在窗上，他又说：

“秋天了，叶子是要落的。”

他跟着这个原则，他接着想了许多。

“有钱的人是要看不起穷人的。”

“做官的是要看不起小民的。”

“太太是要看不起我的了。”

“风停了，树叶就不落了。”

“我有了钱，太太就看得起我。”

“我有钱，父亲也是父亲了，孩子也是孩子了。”

“人活着就是这么的。…

“活着就是活着。”

“死了就活不了。”

“自杀就非死不可。”

“若想逃就非逃不可。”

马伯乐一想到“逃”这个字，他想这回可别逃了。

于是马伯乐在家里住了一个很长时间，七八个月之内。他没有逃。

芦沟桥事件一发生，马伯乐就坐着一只大洋船从青岛的家里，往上海逃来了。

全船没有什么逃难的现象，到了上海，上海也没有什么逃难的现象，没有人从别的地方逃到上海来，也没有人从上海逃到别处去。一切都是安安详详的，法租界、英租界、外滩码头，都是和平常一样，一点也没有混乱，外滩的高壮的大楼，还是好好地很威严地在那久站着，电车和高楼汽车交交叉叉地仍旧是很安详地来往着。电车的铃子还叮叮地响着。行人道上女人们有的撑着洋伞，有的拿着闪光的皮夹子，悠悠然地走着，也都穿着很讲究的衣裳和很漂亮的鞋子，鞋子多半是通着孔的，而女人们又不喜欢穿袜子，所以一个一个地看上去都很凉爽的样子。尤其是高楼汽车上，所坐着的那些太太小姐们，都穿着透纱的衣裳，水黄的，淡青，米色的，都穿得那么薄，都是轻飘飘的，看去风凉极了，就是在七月里,怕是她们也要冷的样子。临街的店铺的饰窗,繁华得不得了。小的店铺,门前还唱着话匣子。还有那些售卖航空奖券的小铺子,铺前站着满满的人,也唱着话匣子,那是唱着些刺激人、乱吼乱叫的调子,像哭不是哭,像笑不是笑。那些人徘徊在店铺前边想要买一张又怕得不到彩,白白地扔了一块钱。想要不买,又觉得说不定会得到头彩,二彩,三彩,……不仅仅这些,还有许多副彩,或是末尾的两个号码相符,也可得到三十五十、三元二元。限度还有一个一元的。一元的机会最多,买了还是买了吧,到头彩,得到一个一元的也还够本。假若是得到个二彩三彩,那还了得,富翁立刻就做上了,买上汽车,家里用上七八个仆人,留声机,无线电……头彩虽然不容易得,但是回回头彩是必定出的,这头彩出在谁人头上,谁是把它定下了的?没有人定呀,谁买了彩票,谁就有机会,一块钱就存心当它是丢了,要买就决心买吧。所以娘姨们,拉车的车夫,小商人,白相人,游散杂人……不分等级地都站在彩票店的门前,在心里算来算去,往那挂得粉红红的一排一排的彩票上看来看去,看看哪一张能够得头彩。好像他们看得出来,哪一张要得头彩的样子。看准了他们就开口了,说:“我要这张。”指着那挂得成排的彩票,他们把手伸出去,卖彩票的人,拿过一联来,一联就是十张二十张,或者是三张二张联在一起的,好像在邮局里的邮票一样,是一排一排的,一大张一大张的。可是没有人看见过到邮局里去买邮票的人他指定要这张,或者是要那张,交过去五分钱,邮局的人就给一张五分的票子,交过一分就给一张一分的票子，假若有人要加以挑选，邮局的人岂不要把他大骂一顿。但是买航空奖券则不同，随便你挑来挑去，卖票子的人也不嫌麻烦。买票子的人，在那一大张上看了半天，都不合意。于是说：“不要这排，要那排，卖票子的人就去换了一大排来，这一大排和那一大排也差不多，也完全一样，于是那买的人就眼花了，看看这个看看那个，没有了主意，真是千钧一发的时候，非下最后的决心不可。于是就下了最后的决心，随便在那看花眼了的一大排上，指定了一张，别人看了以为他是真正看出点道理来才选了这张的。其实不然，他自己也不知道是好是坏，将来是悲是喜。不过眼睛看花了，头脑也想乱了，没有办法才随便撕下来这张的。还有的，撕下来他又不要了，他看看好像另外的一张比这张更好，另外的一张大概会得头彩，而他这张也不过得个三彩的样子。他自己觉得是这样，于是他赶快又另换了一张，卖票子的人也不嫌麻烦，就给他另换了一张，还有的几次三番地换，卖票的也都随他们的便。有的在那里挤挤擦擦地研究了一会，拿到面前用手摸了半天。摸完了，看完他又不买。他又退到旁边看着别人买。有的时候是很奇怪的，一个人上来很勇敢地买了一张去，另外的人也上来各人买了一张去，那站在旁边在看着别人买的人也上来买了一张去。好像买彩票的人，是趁着风气而买。大概是他们看出第一个很爽快地买这一联彩票的人，是个会发财的样子，跟着发财的人的后边，说不定自己也就会发财的，但是这些爽快买了就去的人是不常有的。多半的要研究，还有的研究完了，却并不买，也不站在一旁看着别人买，而是回家去了，回家去好好想想明天再来。他们买一张航空奖券，好像出钱来买匹小驴或小马那样，要研究这小驴是瘦的是胖的，又是多大的牙口，该算一算，过几年，它该生几个小驴子。又好像男的在那选择未婚妻，女的在那里选择丈夫。选择丈夫也没有如此困难的左看右看，百般地看，而看不出好坏来。这一大堆航空奖券哪个是头彩。

越看越看不明白、一点现象也没有，通通是一样，一大张一大排的都是一样，都是浅红色的，上边都印着完全一模一样的字。一千张，一万张，哪怕是十万张，也都是一样。哪管是发现了几张或是比其余的稍微深了一点或是浅了一点，让人选择起来也有个目标，将来得不得彩的不管，总算在选择上比较省点力气。但是印航空奖券的印刷所也许是没有想到他们选择困难这一层，颜色却调得一模一样，似乎不是人工造的，而是天生就生成了这么一模一样。这是一般人，或者穷人买航空奖券的样子。有钱的人也买，但多半是不十分选择的，也不十分看重的样子。一买就是十块钱二十块钱，或是百八十块钱地买，好像买香烟或别的日常用品一样，不管回到家对这彩票仍旧是不加重视的扔在一边，或是把号码记在日记册上，或是更记在什么秘密的地方，日夜地等着开彩都不管，就只说买的时候到底是直爽的。街上不但卖航空奖券的铺子是热闹的，就是一切店铺也都很热闹。虽然热闹但是并不混乱，并不慌忙，而是安安详详的，平平稳稳的，绝对没有逃难的形色。

坐着马伯乐的大船，进了口了，靠了岸了。马伯乐是高高地站在桅杆的下边。岸上挤满了接船的人。他明明知道没人来接他，因为他上船的时候并没打电报给上海的朋友。但是他想：

“万一要有呢？”

所以他往岸上不住地寻视，直等到下船的人都下完了，接船的人也都走了，他才回到三等舱里，拿起他那张唯一带来的毯子，下船来了。

走在街上，他觉得有点不对，一切都是平常的态度，对于他，这从青岛逃来的人，似乎没有人知晓。他走过了外滩，走过了南京路，他穿的是很厚的衣裳，衬衫也黑了，皮鞋也没有上油，脸上的胡子也几天没有一刮了，所以脸色是黑黝黝的。

高楼汽车经过他旁边的时候，他往上看了一眼，看到那些太太小姐们，穿得都那么凉爽。

“怎么，她们还不知道吗？芦沟桥都打起来啦！”

他想，这样的民族怎么可以！他们都不知道青岛也快危险了。

他坐了电车经过先施公司、冠生园、大新公司的前边，那里边外边都是热热闹闹的，一点也没有逃难的样子，一点也没有惊慌的样子，太太平平的，人们是稳稳当当的。

当马伯乐看到了卖航空奖券的铺子，里边是红纸装饰得红堂堂的，里边外边都挂了红招牌，上边写着上次开奖，头奖就是他这个店铺卖出去的，请要发财的人快来买吧。马伯乐一看，他就说：

“真他妈的中国人！”

“人都快打上来了，你们还不去做个准备。还在这里一心想要发财。”

“到那时候，可怎么办呢？”

他之所谓到那时候，大概是到了很悲观的时候，于是很悲悯地想着：

“你们这些人，你们不是没有聪明，你们不是不想要过好的生活，过安定的生活，看你们都聚在一起，很忠实地买航空奖券的样子，可见你们对于发财的心是多么切。可是小日本就快上来了，小日本上来的时候，你们将要不知不觉的，破马张飞地乱逃，到那时候，你们将要哭叫连天，将要失妻散子。到那时候，天昏地暗了，手忙脚乱了，你们还不快快去做一个准备，到那时候可怎么办呢！”

马伯乐带着这种心情到了上海。不久就在上海租房子住下了。

这回他租的房子，可与开书店那次所租的房子相差太远了。不能比了。一开门进去，满屋子都是大蒜的气味。马伯乐说：

“这是逃难呀，这不是过日子，也不是做生意。”

所以满屋子摆着油罐、盐罐、酱油瓶子、醋瓶子，他一点也不觉得讨厌，而觉得是应该的，应该如此的。

他的屋子是暗无天日的，是在楼下梯口的一旁。这座房子组织得很奇怪。不但是马伯乐的房子没有窗子，所有楼下的房子也都没有窗子。

马伯乐租房子的时候，第一眼就看到了这个缺点，正因这有这个缺点，他才租了它。他懂得没光线眼睛是要坏的，关起门来没有空气，人可怎么能够受得了，但是正因为有了这个大缺点，房租才会便宜的。

“这是什么时候？这是逃难的时候。”

马伯乐想，逃难的时候，就得做逃难的打算，省钱第一，别的谈不到。

所以对这黑洞洞的房子，他一点也不觉讨厌，而觉得是应该的，应该如此。

一天到晚是非开电灯不可的，那屋子可说是暗无天日的了，一天到晚，天暗地黑，刮风下雨也都不能够晓得，哪怕外边打了雷，坐在屋子里的马伯乐也受不到轰震。街上的汽车和一切杂音，坐在这屋子里什么也听不见，好像世界是不会发声音的了，世界是个哑巴了。有时候，弄堂里淘气的孩子，拿了皮球向着墙上丢打着。这时候马伯乐在屋里听到墙壁啪啪地响，那好向从几百里之外传来的，好像儿童时代丢了一块石子到井里去，而后把耳朵贴在井口上所听到的那样，实在是深远得不得了。有时弄堂里的孩子们拿了一根棍子从马伯乐的墙边划过去，那时他听到的不是啪啪的而是刷刷的，咯拉咯拉的……这是从哪来的声音？这是什么声音？马伯乐用力辨别不出来，只感到这声音是发在无限之远。总之马伯乐这屋子静得似乎全世界都哑了，又好像住在深渊里边一样，又黑又静，一天到晚都开着电灯。就是夜里睡觉，马伯乐也把灯开着，一则开灯是不花钱的，他想开着也就算了；二则关起灯来，也不大好，黑得有点怕人。

有一天夜里，是马伯乐失眠之夜，他看着墙上有一点小东西发亮，不但发亮而且还会浮浮游游的动，好像有风吹着似的，他忙去开灯看看，一开灯什么也没有。他又关了灯再睡，那小亮东西，又看见了。和先前一样，是浮浮游游地。他开了灯，到墙上去找了半天，没能找到什么，过后一想他知道那是萤火虫了，是没有什么关系的。但从那时起就永远开着灯睡觉。若关了灯，也不是不能睡，不过，觉得有点空洞，有点深远，而且夜里开灯房东又不加钱的，所以就开着睡。

所以马伯乐过的生活，一天二十四小时都是黑夜，但他自己不那么以为着，他以为一天二十四小时都是白昼，亮通通的，电灯好像小太阳似的照着他。

他以为这是应该的，应该如此的。

“逃难的时候，你若不俭省还行吗？”他没有一天忘记了这个念头。

他为了俭省，他不到外边去吃，饭馆的饭无论怎样便宜，也没有自己动手在家里做更便宜。

他买了炭炉、小铁锅、锅铲之类，就开了伙了，开初是在厨房里做，过几天，他发现油也有人偷着用；酱油摆在那里，头一天还是半瓶，第二于就剩小半瓶了；炭也似乎有人拿着用，不然用不了这么快。因为上海的厨房是公用的，公用的厨房人家多，自然靠不住。恰巧有一回他真正看见了，房东的娘姨倒了他的油，炒鸡蛋。

于是他就把炉子搬到自己屋里来了，就在床头上开了伙，油、盐、醋、酱油……桌子底下、床底下，都摆满了瓶子、瓶子，罐子、罐子。四五天之前炒的辣椒酱放茶杯中忘记了，马伯乐拿在手里一看，都生了绿茸茸的毛。拿到鼻子上一嗅，发着一种怪味。他想这实在可惜的，可吃又吃不得，他看了半天很可惜的，用筷子把它挖出来，挖出来，挖在一张破报纸上丢掉了。那个被挖出辣椒酱来的杯子，没有去洗，就装上辣椒油了。在灯光之下，也看不见这杯子是不大干静的的，因为是用揩布过了的。揩过了的，也就算了，将来逃起来，还不如现在呢！

所以马伯乐烧饭的小白锅，永久不用洗，午饭吃完了，把锅盖一盖，到晚上做饭的时候，把锅子拿过来，用锅铲嚓喳咔喳地刮了一阵，刮完了就倒上新米，又做饭去了。第二天晌午做饭时也是照样地刮。锅子外边，就省事了，他连刮也不刮，一任其自然。所以每次烧饭的白沫，越积越厚，致使锅子慢慢地大起来了。

马伯乐的筷子越用越细，他切菜的那块板越用越簿，因为他都不去洗，而一律刮之的缘故。小铁锅也是越刮越簿，不过里边簿，外边厚，看不出来就是了。而真正无增无减的要算吃饭的饭碗。虽然也每天同样地刮，可到底没能看出什么或大或小的现象来，仍和买来的时候没有什么差别，还在保持原状。

其余的，不但吃饭的用具，就连枕头、被子、鞋袜，也都变了样。因为不管什么他都不用水洗，一律用刮的办法。久了，不管什么东西都要脏的，脏了他就拿过来刮，锅、碗、筷子是用刀刮，衣裳、帽子是用指甲刮，袜子也是用指甲刮。鞋是用木片刮。天下了雨，进屋时他就拿小木片刮，就把鞋边上的泥刮干净了。天一晴，看着鞋子又不十分干净，于是用木片再刮一回。自然久不刷油，只是刮，黑皮鞋就有点像挂着白霜似的，一块块地在鞋上起了云彩。这个马伯乐并不以为然，没放在心上。他走在街上仍是堂堂正正的，大大方方的，并没有因此而生起一些些羞怯的感觉。却往往看了那些皮鞋湛亮的，头发闪着油光的而油然地生出一种蔑视之心。往往心里向他们说：

“都算些个干什么的呢？中国人若都像你们这样，国家没有好……中国非……非他妈的……”

马伯乐心里恨极了，他恨自己不是当前的官员，若是的话，他立刻下令是凡穿亮皮鞋的，都得抓到巡捕房。这是什么时候，小日本就要上来了，你们还他妈的，还一点也不觉得。

“我看你们麻木不仁了。”

马伯乐不大愿意上街，一上街看了他就生气。

有一天，他在街上走着走着，他的帽子忽然被人抓着跑了。他回头一看，不是别人，是开书店时的那个会计，也就是他在上海××大学旁听时的同学。

这个人，一个眼睛大，一个眼睛小，满脸青灰，好像一个吸鸦片的人。其实是由于胃病所致，那人是又瘦又干。

马伯乐既然看出来的是他，就想说：

“你拿去我的帽子干什么呢！”

他的脸都气红了，在大街上开玩笑也不好这样开的，让人看了什么样子。

等他和那人握了手之后。话就没有如此说而是：

“现在你住在哪里？我还没有去看你。你这一年干什么？胃病还没有好哇！”

那人也就和他说了一大套，临走才把帽子交给了马伯乐。

马伯乐一细看：

“唔！”

帽子上有一个洞洞。

“这是谁干的事？这是怎么来的！”

马伯乐正在研究着，他的朋友说一声：

“老马，你的帽子可以换一个了。你是不戴帽子的，一年不见，却戴起帽子来了。我看走路的样子是你，我就给你摘下帽子来瞧瞧。”

说完了，他就走。

马伯乐想，这小子，这不是和我开玩笑吗？他妈的！一路上他研究着帽子到底是怎么出的洞，没有研究出来，等到家里，才明白了。他生起火炉烧饭时，用扇子煽着火，火花往四边飞，飞到他自己的手上，把手给烧了一个小黑点。因为手是活的，烧得热辣辣地痛，他把手上的火星立刻打掉了，所以，没有烧了多大一片，而只是米粒那么大一点。马伯乐立刻明白了，帽子的洞是火烧的。他赶快去看看，枕头和被子烧着没有，因为在电灯底下，虽然说是很亮了，但到底看得不怎样清楚。似乎是并没有烧着，但是他很疑心，他想想那说不定。所以他把炉口转了一个方向，仍是用扇子煽着，使那火花撞到墙上去，再从墙上折回来落到别处去。这个马伯乐就看不见了，他很放心地用力煽着火。火星从墙上折回来，竟或落在他的头发上，落在他的脸上，但这个不要紧，这是从墙上折回来的了，不是直接的了。

马伯乐一天到晚都是很闲，惟有吃饭的时候最忙，他几乎脱了全身的衣裳，他非常卖力气，满身流着汗，从脚到头，从头到脚。他只穿着小短裤和背心，脚下拖着木头板鞋。

但他一天只忙这么两阵，其余的时间都是闲的。

闲下来他就修理着自己的袜子、鞋或是西服。袜底穿硬了，他就用指甲刮着，用手揉着，一直揉到发软的程度为止。西服裤子沾上了饭粒时，他也是用指甲去刮。只有鞋子不有指甲，而是用木片刮，其余多半都是用指甲的。吃饭的时候，牙缝里边塞了点什么，他也非用指甲刮出来不可。眼睛迷了眼毛进去，他也非用指甲刮出来不可，鼻子不通气，伸指甲去刮了一阵就通气了。头皮发痒时，马伯乐就用十个指甲，伸到发根里抱着乱搔刮一阵。若是耳朵发痒了，大概可没办法了，指甲伸又伸不进去，在外边刮又没有用处，他一着急，也到底在耳朵外边刮了一阵。

马伯乐很久没有洗澡了，到洗澡堂子去洗澡不十分卫生。在家里洗，这房子又没有这设备。反正省钱第一，用毛巾擦一擦也就算了。何况马伯乐又最容易出汗，一天烧饭两次，出大汗两次。汗不就是水吗？用毛巾把汗一擦不就等于洗了澡吗？

“洗澡不也是用水吗？汗不就是水变的吗？”

马伯乐擦完了觉得很凉爽，很舒适，无异于每天洗两次澡的人。

他就是闲着在床上躺着，他也不收拾屋子，满地蒜皮，一开门，大蒜的气味扑面而来。他很喜欢吃葱或是蒜，而且是生吃，吃完了也不放放空气。关起门来就上街了。那锁在屋子里的混饨饨的气味，是昼夜地伴着他的。

他多半是闻不到的，就是闻到了，也不足为奇，省钱第一，其余的都次之。他对他的环境都十分满意，就是偶尔不满意一点，一想也就满意了。

“这是逃难呀，这不是……”

他每次从街上回来，第一脚踏进屋去，必须踢倒了油瓶子或是盐罐子，因为他的瓶子、罐子、盆碗是满地扔着，又加上从外回来立刻进了这混饨饨的屋子，眼睛是什么也看不清楚的。但是马伯乐对于他自己踢倒了瓶子这件事，他并不烦躁。虽然不止一次，差不多常常踢倒的。踢倒了他就弯下腰去把它扶起来。扶起来他也不把它规整一下，仍是满地扔着。第二天，他又照样地踢倒，照样地扶。

一切他都说：

“逃难了，逃难了。”

他每天早晨提着筐子，像女人似的到小菜场去买菜，在那里讲价还价。买完了三个铜板的黄豆芽，他又向那卖黄豆芽的筐子里抓上了一把。这一抓没有抓得很多的，只抓上十几棵。他想多一棵就比少一棵强。

“这是什么时候了？这是逃难呀！”

买鱼的时候，过完了秤，讲好了价，他又非要换一条大的不可。其实大不了好多，他为着这条差不多大的鱼，打了一通官话，争讲了好半天，买菠菜，买葱子也要自己伸出手多抢几棵。只有买豆腐，是又不能抢，又不能说再换一块大的。因为豆腐是一律一般大，差不多和邮票一样，一排一排的都是一般大。马伯乐安然地等在那里，凭着卖豆腐的给哪一块就是哪一块。

他到油盐店去买油，他记得住上一次半斤油是装到瓶子的哪一段。因为那汽水瓶子上贴着一块商标，半斤油恰恰是齐到商标那里，若是多了，那就是白捡了，若是少了，那就证明不够分量。

“不够分量就应该去跟他争呀。”

本来马伯乐提着油瓶子回来了，他一边走着一边想着，越想越不对。

“真他妈的中国人，少了分量为什么不去找他？这是什么时候呵！这是逃难的时候。”

回到那店铺，吵嚷了半天没有什么结果。

马伯乐的眼睛是很聪明的，他一看若想加油那是办不到的，于是也就提着瓶子回来了。气得他两眼发青，两肩向前扣着，背驼着。开了锁，一进门就撞倒了几个瓶子。

他生起气来，脾气也是很大的，在某种场合让他牺牲了性命也是可以的。小的时候他和人家打架,因为他的左手上戴着一块手表,怕把手表打碎了,就单用右手打,而把左手高高地举起。结果鼻子被人家打流了血,哪怕是再比这更打到致命的地方,他都不在乎。

“流点血,不要紧。手表打碎了,父亲能再给买了吗?”

从小他就养成了这种习惯,他知道钱是中用的,从父亲那里拿到钱是多么困难,他是永久也不会忘记的。

马伯乐虽然在气头上,一看瓶子、罐子倒了,他过去心平气和地把它们扶起来。并且看看酱油或醋之类洒了没有。这是钱买来的呀!这不是闹笑话。看看没有洒,他放了心,又接着生他的气。

“这是什么时候,这是逃难呵!逃难不节省行吗?不节省,到那时候可怎么办!”

气了半天不对了,他哈哈大笑起来,他想起买的就不是半斤油,买的是五分钱的油。他骂一声:

“真他妈的中国人!”

马伯乐随时准备着再逃,处处准备着再逃,一事一物,他没有不为着“逃”而打算的,省钱第一,快逃第二。他的脑子里天天戒备着,好像消防队里边的人,夜里穿着衣裳睡觉,警笛一发,跳上了水车就跑。马伯乐虽然不能做到如此,但若一旦事变,大概总可逃在万人之先。也或者事未变,而他就先逃了也说不定。他从青岛来到上海,就是事未变而他先逃的。

马伯乐感到曲高和寡,他这个日本人必要打来的学说,没有人相信。他从家出来时要求他太太一同出来，太太没有同意，而且说他：

“笑话。”

近年来马伯乐更感到孤单了，简直没有和他同调的。

“日本人还会打到上海的吗？真是笑话。”

马伯乐到处听到这样的反应。他不提到逃难便罢，一提到，必要遭到反感，竟或人家不反感他，也就冷落着他。对于马伯乐所说的“就要逃难了”这句话，是毫不足奇的，好像并非听见；就是听见了，也像听一句普通的话那样，像过耳风那样，随便应付了几句，也就算了。绝对没有人打听，逃到哪里去，小日本什么时候打来。竟也没有一个人，真正地问马伯乐一次，问他是怎么晓得的日本人必打到上海？

马伯乐虽然天天说逃，但他也不知道将来要逃到什么地方去。小日本从什么地方打来，什么时候打来，他也不十分知道。不过他感觉着是快的。

他的家是在青岛。有一年夏天，青岛的海上来了八十多只日本军舰。马伯乐看了，那时候就害怕极了。在前海沿一直排列过来，八十多只军舰，有好几路的样子。全青岛的人没有不哄着这件事的。人们都知道，那次军舰来而不是来打中国，是日本的军舰出来玩的，或是出来演习的。可是把中国人都吓了一跳，尤其是对于那些没有知识的人，不认识字，不会看报，他们听着传说，把“演习”两个字读成“练习”。

所以传说着，日本海军不得了，到中国地方来练习来了。所以街街巷巷，这几天都谈论着青岛海上的八十多只军舰。

拉洋车的，卖豆腐的，开茶馆的……都指指画画地指着海上那大鲸鱼似的东西，他们说，日本人练习，为什么不在日本练习，为什么到中国地方来练习？

“这不是对着我们中国人，是对着谁？”

“看那大炮口，那不都笔直地对着我们的中山路吗？”

而且全青岛因为上来了很多海军而变了样。妓女们欢欢乐乐地看见那长得很小的海军，就加以招呼。安南妓女，法国妓女，高丽……说着各种语言的都有，而且她们穿了不同国度的衣裳，徘徊在海边上，欢笑的声音，使海水都翻了花了，海涨潮时，那探进海去的两里路长的栈桥，被浪水刮刮地冲洗上来了，妓女们高声地大笑着。她们说着各种言语，觉得十分好玩。那些长得很小的水兵，若是看一看她们，或是撞一撞她们，她们就更笑起来，笑得有点奇怪，好像谁的声音最大，谁就是最幸福的人似的。一直到她们之中有的被水兵带走了，她们才停下来。可是那被水兵带上了岸的，仍旧是要欢笑下去，将要使满街都充满了她们的笑声。

同时有些住宅的墙上，挂出牌子或是贴出了纸贴，上边写着欢迎他们的皇军到他家里去做客。是凡住在青岛的日本人家都贴的招贴，像是他家里有什么东西要拍卖的那样，这真是世界上顶伟大，顶特殊，顶新鲜的事情。

大概有许多人没有见过这样的事，马伯乐是见过了的，而且是亲眼所见。

数日之内，是凡日本人家里，都有帽子后边飘着两个黑带的水上英雄到他们家去做客。三个一串，两人一伙，也有四五个水兵一齐到一个家庭里去的。说也奇怪，本来客人与主人，在这之前是一次也未见过，可是他们相见之下却很融洽，和老友又重新会到了似的。主妇陪着吃酒。不管怎样年轻的主妇也要坐在一起陪着吃酒。其实是越年轻越好，因为水兵就是喜欢年轻的妇人的，像对于海边上那些说着各种言语的女子一样喜欢。越是年轻就越打闹的热闹。水兵盘着腿坐在日本式的小平桌前，主妇跪在旁边，毕恭毕敬的，像是她在奉陪着长辈的亲属似的。水兵们也像客人的样子，吃着菜，喝着酒，也许彼此谈上些家常，也许彼此询问着生活好否。

马伯乐的隔邻就是个日本家庭。因为马伯乐是站在远处看着，看着看着，里边那水兵就闹起来了，喝醉了似的，把陪着吃酒的主妇拉过去，横在他的怀里，而后用手撕着她的衣裳。

马伯乐一看，这太不成个样子了。

“真他妈的中国人！”他刚一骂出口来，他一想不对，他骂的不是中国人，于是他就改为：

“真他妈的，中国人没有这样的。”

他跑去把太太喊来，让太太看看，果然太太看了很生气，立刻就把窗帘放下了。

这真是出奇的事情，不但一天，第二天仍是照旧地办。

马伯乐在报纸上看过了的，日本招待他们的皇军是奉着国家的命令而招待的，并不是每个水兵自己选定要到某个家庭去，而是由上边派下来的。做主人的也同样没有自由，在客人到来之前一分钟，他也不晓得他的客人叫什么名字，是个什么样子。主人和客人，两边都是被天皇派的。

第二天，马伯乐又从窗子望着五六丈之外的日本人家。果然不一会水兵就来了。那位日本太太换了和昨天不同颜色的衣裳。本来平常马伯乐就常往那日本人家里看。那男主人也许是刚结了婚不久的，和太太打闹得非常热闹。马伯乐常常看到这景象的，而且又是隔着很远看的，有些模糊朦胧的感觉，好像看戏差不多，看戏若买了后排的票子，也是把台上的人看得很小的。马伯乐虽然愿意看，也不愿意看得大真切，看了太真切，往往觉得不好意思，所以五六丈之远是正好，再远也就看不见了。

这一天，当那水兵一进来的时候，马伯乐就心里说：

“等一会看吧，我看做丈夫的可怎么能够看得了。”

他这话是指着水兵和那女人打闹的时候而说的。说完了他就站在那儿，好像要看一台戏似的在那儿等着。看了好半天，都没有什么好看的，不外进菜进酒，没有什么特殊的，都是些极普通的姿势。好容易才看到开始有趣，马伯乐眼看那太太被水兵拉过去了。他觉得这回有希望了，可是水兵站起把窗帘也就撂下来了。

马伯乐没有看到尽头。

可是那八十多只军舰一走，马伯乐当时明白了，他说：

“日本能够不打中国吗？日本这八十多只军舰是干什么用的？不是给中国预备的是给谁预备的？”

马伯乐从那一回起。就坚信日本人必来打中国的。

可是在什么地方打，什么时候打，他是不知道的，总之，他坚信，日本人必来打中国，因为他不但看到日本军舰，而且看到了日本人的军民合作，日本家庭招待海军，他称之为军民合作。

“军民合作干什么？”

“打中国。”

他自己回答着。

现在，马伯乐来到上海。在上海准备着再逃。可是芦沟桥的事情，还是在北方闹，不但不能打到上海来，就连青岛也没打到呀！

他每逢到朋友地方去宣传，朋友就说：

“老马，你太神经质了，你快收拾收拾行李回青岛算了吧，你看你在这住那么黑的屋子，你不是活受罪吗？你说青岛危险，难道全青岛的人，人家的命都不算命了吗？只就你一个人怕，人家都不怕吗？你还是买个船票回去吧！”

马伯乐的眼睛直直地望过去，他的心里恨极了，不是恨那人跟他不同的调，而是恨那人连一点民族国家的思想都没有。

“这算完，中国人都像你这个样，中国非非……非他妈的……”

他虽然是没有说出来，他心里想中国是没有好了。

“中国尽这样的人还行吗？”

他想中国人是一点国家民族的思想也没有的呀！一点

也不知道做个准备呀！

马伯乐不常到朋友地方去，去了就要生气。有一次朋友太太从街上给孩子买了一个毛猴子来让他遇见了。他拿在手里边，他说：

“还买这玩艺儿做什么呢？逃起难来这是一点用处也没有的……没有用，没有用。”因为他心里十分憎恨，手下就没有留心，一下子把猴子的耳朵给拉掉一个。

那朋友的孩子，拿在手里一看，猴子剩了一个耳朵，就大哭起来。

马伯乐觉得不好了，非逃不可了，下楼就跑了，跑到街上心还是跳的，胸里边好像打着小鼓似的怦怦的。

所以他不大愿意到朋友的地方去，一去了就要生气。

马伯乐很孤独，很单调。屋子里又黑又热，又什么也看不见，又什么也听不见。到街上去走，街上那又繁华又太平的景象，对于日本人就要来的准备一点没有，他又实在看不惯，一到了街上，于是繁华的，太平的，一点什么事没有发生，像是永远也不会发生什么事的样子。这很使马伯乐生气。

大世界、永安公司、先施公司、大新公司……一到夜晚，那彩虹的灯，直到半天空去，辉煌地把天空都弄亮了。南京路、爱多亚路、四马路、霞飞路，都亮得和白昼似的。电影院门口的人拥来拥去，非常之多，街上跑着小汽车，公共汽车，电车，人力车，脚踏车，……各种车响着各种喇叭和铃子，走在街上使人昏头昏脑，若想过一条横道，就像射箭那样，得赶快地跑过去，若稍一慢了一点，就有被车子轧着的危险，尤其是南京路，人们就在电车和汽车的夹缝中穿来穿去，好像住在上海的人都练过马戏团似的，都非常灵敏，看了使人害怕，先施公司旁边那路口上的指挥巡捕，竟在马路的中央修起了台子。印度巡捕又黑又大，满脸都是胡子，他站在台子顶上往下指挥着，有一种居高临下的样子。无数的车，无数的人都听他的号令。那印度巡捕吹着口笛，开关着红绿灯，摆着手，他让那一方面的车子通过，绿灯一开即可通过。他让谁停下，他就把红灯一开，就必得停下的，千人百人在他的脚下经过，那印度人威武得和大将军似的。

南京路上的夜晚，人多到一个挤着一个，马伯乐吃过了晚饭偶尔到南京路去走一趟。他没有目的，他不打算买什么，也没有别的事情，也不过去闲逛了一趟，因为一个人整天呆着，也太寂寞了。

虽然马伯乐是抱着逃难的宗旨，也并不以为寂寞，但寂寞是很客观地在袭击着他。若只是为着逃难，马伯乐再比这吃了更大的苦，他也抱了决心去忍耐，他不会说一句叫苦的话的。

现在马伯乐所苦的只有他的思想不能够流传，只有他的主义没有人相信。这实在是最大的痛苦，人类的愚昧何时能止，每每马伯乐向人宣传日本人就要打来，没有人接受的时候，他就像救世主似的，自动地激发出一种悲悯的情怀。他的悲悯里边带着怒骂：

“真他妈的中国人，你们太太平平的过活吧！小日本就要打来了，我看你们到那时候可怎么办！你们将要手足无措，你们将要破马张飞地乱逃，你们这些湖涂人……”

马伯乐在南京路上一边走着一边骂着，他看什么都不顺眼，因为任何东西都还保持着常态，都还一点也没有要变的现象。

马伯乐气愤极了，本来觉得先施公司的衬衫很便宜，竟有八九角钱一件的，虽然不好，若买一件将来逃难穿，也还要得；但是一生气就没有买，他想：

“买这个做什么，逃起难来………还穿衣裳吗！

马伯乐的眼前飞了一阵金花，一半是气的，一半是电灯晃的。正这之间，旁边来了一个卖荸荠的，削了皮白生生的，用竹签穿着。马伯乐觉得喉里很干，三个铜元一串，他想买一串拿在手吃着，可是他一想，他是在逃难，逃难的时候，省钱第一，于是他没有买。卖荸荠的孩子仍在他的旁边站着不走，他竟用眼睛狠狠瞪了他一眼，并且说：

“真他妈的中国人！”

他想，既然是不买，你还站在这儿干什么？他看他是一个孩子，比他小得多，他就伸出脚来往一边踢着他。

这之间，走来一个外国人，马伯乐的鞋后跟让他踩了一下。他刚想开口骂：

“真他妈的中国人！”

回头一看，是个外国人，虽然是他的鞋子被人家踏掉了，而不是踏掉了人家的鞋子因为那是外国人，于是连忙就说：

"Sorry, sorry! "

那外国人直着脖子走过去了,连理也没有理他,马伯乐一看那外国人又比他高,又比他大,是没有什么办法的,于是让他去了。

马伯乐并不是看得起外国人,而是他没有办法。

最后马伯乐看到了一家卖航空奖券的店铺。

那店铺红堂堂的,简直像过年了。贴着红纸的招牌,挂着红纸的幌子。呵呀,好热闹呵!

马伯乐这次骂中国时,骂得尤其愤怒。他的眼睛几乎冒了火,他的手几乎是发了抖,原因是不但全个的上海一点将要逃难的现象没有,人们反而都在准备着发财,

"国家,民族都没有了,我看你们发财吧!"马伯乐一句话也没有再多说,就从南京路上回来了,

一进门,照旧是踢倒了几个瓶子、罐子,照旧地呼吸着满屋大蒜的气味睡了一夜。

第二天早晨六七点钟一醒来,觉得实在有点不妙了,遭殃了,坏事了。

日本人怎么还不打到青岛? 不打到青岛,太太是不会出来的,太太不来,不是没有人带钱来嘛,马伯乐从口袋里只能拿出十块钱来了,再多一块也没有了,把所有的零钱和铜板凑到一起,也不到一块。

马伯乐忧愁起来。

"日本人打中国是要打的, 愣想不到打得这样慢……"他很绝望地在地上走来走去,他想:

“假若日本人若再……若再……不用多，若再二十天再打不到青岛，可就完了。现在还有十块钱，到那时候可就完了。”

马伯乐从家里带来的钱，省吃俭用，也都用光了。

原来他的计划是芦沟桥事变后的一个礼拜之内，日本人打到青岛，三四个礼拜打到上海。前边说过，马伯乐是不能够知道日本人来打中国，在什么时候打，在什么地方打。自芦沟桥事变，他才微微有了点自信。也不能够说是自信，不过他偷偷地猜度着罢了。

到了现在，差不多快一个月了，青岛一点动静也没有，上海一点动静也没有。他相信他是猜错了。日本人或者是要从芦沟桥往北打下去，往西打下去，往中国的中原打下来，而偏偏不打青岛，也不打上海。这也是说不定的。

马伯乐在地上走着走着，又踢倒子几个瓶子、罐子。照例地把它们又扶了起来。

日本人若不打到青岛，太太是不能来上海的。太太不来上海，钱花完了可怎么办？马伯乐离开青岛时，在他看来，青岛也就是旦夕的事情，所以他预料着太太很快就来到上海的，太太一来，必是带着钱的。他就有办法了。

“到那时候可怎么办？又得回家了。”

他一想到回家，他的头脑里边像有小箭刺着似的那么疼痛。再回到家里将沦到更屈辱的地位。

父亲，太太、小雅格，都将对他什么样子，将要不可想象了。从此一生也就要完了，再不能翻身了。

马伯乐悲哀起来了。

从此马伯乐哀伤的常常想起过去他所读过的那些诗来，零零杂杂的在脑里翻腾着。

人生百年三万六千日，不如僧家半日闲……

白云深处老僧多……

少小离家老大回，乡音无改鬓毛衰。

儿童相见不相识，笑问客从何处来。

姑苏城外寒山寺，夜半钟声到客船……

南去北来休便休，白苹吹尽楚江秋，

道人不是悲秋客，也与晚风相对愁。

钓罢归来不系船……

一念忽回腔子里，依然瘦骨依匡床，……

举杯消愁愁更愁，抽刀断水水更流……

春花秋月何时了……

桃花依旧笑春风……

浮生若大梦……

万方多难此登临……

醉里乾坤大……

人生到处不称意，明朝散发弄扁舟。

马伯乐悲哀过甚时，竟躺在床上，饭也懒得烧了，对什么都没有兴趣。

他的袜子穿破了，他的头发长长了，他的衣裳穿脏了。要买的不能买，要洗的不能洗。洗了就没有穿的了，因为他只从家中穿出一件衬衣。所以马伯乐弄成个流落无家人的样子，好像个失业者，好像个大病初愈者。

他的脸是苍黄色的，他的头发养得很长，他的西装裤子煎蛋炒饭的时候弄了许多油点。他的衬衫不打领结，两个袖子卷得高高的，所以露出来了两只从来也没有用过力量的瘦骨伶仃的胳臂来。那衬衫已经好久没有洗过了，因为被汗水浸的，背后呈现着云翳似的花纹。马伯乐的衬衫，被汗水打湿之后，他脱下来搭在床上晾一会，还没有晾干，要出去时他就潮乎乎的又穿上了。马伯乐的鞋子也起着云翳，自从来到了上海，他的鞋子一次也没有上过鞋油。马伯乐简直像个落汤鸡似的了。

马伯乐的悲哀是有增无减的，他看见天阴了，就说：

“是个灰色的世界呵！”

他看见太阳出来了，他就说：

“太阳出来，天就晴了。”

天晴了，马路一会就干了。”

“马路一干，就像没有下过雨的一样。”

他照着这个格式普遍地想了下去：

“人生是没有什么意思的，若是没有钱。”

“逃难先逃是最好的方法。”

“小日本打来，是非来不可。”

“小日本打到青岛，太太是非逃到上海来不可。”

“太太一逃来，非带钱来不可。”

“有了钱，一切不成问题了。”

“小日本若不打到青岛，太太可就来不了。”

"太太来不了,又得回家了。"

一想到回家,他就开口唱了几句大戏:

杨延辉坐宫院,自思自叹……

想起了当年事,好不惨然……

马伯乐终归有一天高兴起来了。他的忧伤的情绪完全一扫而空。

那就是当他看见了北四川路络绎不绝地跑着搬家的车子了。

北四川路荒凉极了,一过了苏州河的大桥往北去,人就比较少。到了邮政总局,再往北去,电车都空了。街上站着不少的日本警察,店铺多半关了门,满街随着风飞着些乱纸。搬家的车子,成串地向着苏州河的方面跑来。卡车,手推车,人力车……上面载着锅碗瓢盆,猫、狗……每个车子都是浮压压的,载得满满的,都上了尖了。这车子没有向北跑的都一顺水向南跑。

马伯乐一看:

"好了,逃难了。"

他走上去问,果然一个女人抱着孩子向他说:

"不得了,日本人要打闸北……都逃空了,都逃空了。"那女人往北指着,跑过去了。马伯乐一听,确是真的了。他心里一高兴,他想:

"这还不好好看看吗?这样的机会不多呀!今天不看,明天就没有了。"

所以马伯乐沿着北四川路,便往北走去,看看逃难到底是怎么个逃法，于是他很勇敢地和许多逃难的车子相对着方向走去。

走了不一会，他看见了一大堆日本警察披着黑色的斗篷从北向南来了。在他看来，好像是向着他而来的。

“不好了，快逃吧？”

恰好有一辆公共汽车从他身边过，他跳上去就回来了。

这一天马伯乐兴奋极了。是凡他所宣传过的朋友的地方，他都去了一趟，一开口就问人家：

“北四川路逃难了，你们不知道吗？”

有三两家知道一点，其余的都不知道。马伯乐上赶着把实情向他们背述一遍，据他所见的，他还要偷偷地多少加多一点，他故意说得比他所看见的还要严重，他一连串地往下说着：

“北四川路都关门了，上了板了。北四川路逃空了，日本警察带着刺刀向人们摆来摆去……那些逃难的呀，破马张飞地乱跑，满车载着床板，锅碗瓢盆，男的女的，老的幼的。逃得惨，逃得惨……”

他说到最后还带着无限的悲悯，用眼睛偷偷地看着对方，是否人家全然信以为真了，若是不十分坚信，他打算再说一遍。若是信了，他好站起来立刻就走，好赶快再到另一个朋友的地方去。

时间实在是不够用，他报信到第七家的时候，已经是夜十一点钟了。

等他回到自己的住处，他是又疲乏，又饿，全身的力量全都用尽了。腿又酸又软的，头脑昏昏然有如火车的轮子在头里眶当眶当地响。他只把衬衫的钮扣解开，连脱去都没有来得及，就穿着衣裳和穿着鞋袜，睡了一夜。

这一夜睡得非常舒服，非常安适。好像他并不是睡觉，而是离开了这苦恼的世界一整夜。因为在这一夜中他什么感觉也没有，他什么都不记得了，他没有做梦，没有想到将来的事情，也没回忆到过去的事情。苍蝇在他的脸上爬过，他不知道。上海大得出奇的大蟑螂，在他裂开了衬衫的胸膛上乱跑一阵，他也不觉得。他疲乏到完全没有知觉了。他一夜没有翻身，没有动一动，仍是保持着他躺下去的那种原状，好像是他躺在那里休息一会，他的腿伸得很直的，他并非像是睡觉，而一站起来随时可以上街的样子。

这种安适的睡法，在一个人的一生中也不能有过几次。尤其是马伯乐，像他那样总愿意把生活想得很远很彻底的性格，每每要在夜里思索他的未来，虽不是常常失眠，睡得不大好的时候却很多。像今夜这种睡法，在马伯乐有记忆以来是第二次。

前一次是他和他太太恋爱成功举行了订婚仪式的那夜，他睡得和这夜一般一样的安适。那是由于他多喝了酒，同时也是对于人生获得了初步胜利的表示。

现在马伯乐睡得和他订婚之夜一般一样的安适。

早晨八点钟，太阳出来的多高的了，马伯乐还在睡着。弄堂里的孩子们，拿着小棍，拿着木块片从他屋外的墙上划过去，划得非常之响。这一点小小的声音，马伯乐是听不见的。其余别的声音,根本就传不进马伯乐的房子去。他的房子好像个小石洞似的和外边隔绝了。太阳不管出得多高,马伯乐的屋子是没有一个孔可以射进阳光来的。不但没有窗子,就连一道缝也没有。

马伯乐睡得完全离开了人间。

等他醒来,他将不知道这世界是个什么世界,他的脑子里边睡得空空的了,他的腿睡得麻木。他睁开眼睛一看,他不明白自己是在什么地方,他看了半天,只见电灯黄昏昏地包围着他。他合上了眼睛,似乎用力理解着什么,可是脑筋不听使唤。他仍是不能明白。又这样糊里糊涂地过了很久,他才站起来。站起来找他的皮鞋。一看皮鞋是穿在脚上,这才明白了昨天晚上是没有脱衣裳就睡着了。

接着,他第一个想起来的是北四川路逃难了。

"这还得了,现在可不知道逃得怎样的程度了!"

于是他赶忙用他昨天早晨洗过脸的脸水，马马虎虎地把脸洗了，没有刷牙就跑到弄堂口去视察了一番。果然不错,逃难是确确实实的了,他住的是法祖界福履理路一带。不得了啦,逃难的连这僻静的地方都逃来了。

马伯乐一看,那些搬着床的,提着马桶的,零零乱乱的样子,真是照他所预料的一点不差,于是他打着口哨,他得意洋洋地走回他的屋中。一进门照例地撞倒了几个瓶子、罐子。

他赶快把它们扶了起来。他赶快动手煎蛋炒饭,吃了饭他打算赶快跑到街上去查看一番，到底今天比昨天逃到怎样的程度了。

他一高兴吃了五个蛋炒饭。平常他只用一个蛋,而今天用了五个。他说:

“他妈的,吃罢,不吃白不吃,小日本就……就打来了。”

他吃了五个蛋炒饭还不觉得怎样饱,他才想起昨天晚上他还没有吃饭就睡着了。

马伯乐吃完了饭,把门关起来,把那些葱花油烟的气味都锁在屋里,他就上街去了。

在街上他瘦骨嶙峋的,却很欢快地走着,迈着大步。抬着头,嘴里边不时打着口哨。他是很有把握的,很自负的。

用了一种鉴赏的眼光,鉴赏着那些从北四川路逃来的难民。

到了傍晚,法祖界也更忙乱起来了。从南市逃来的难民经过辣斐德路,萨坡赛路……而到处搬着东西。街上的油店,盐店,米店,没有一家不是挤满了人的。大家抢着在买米。

说是战争一打了起来,将要什么东西也买不到的了。没有吃的,没有喝的。

马伯乐到街上去巡游了一天,快黑天了他才回来。他一走进弄堂来。第一眼看见的就是外国人也买了一大篮子日用品(奶油、面包之类……)。于是他更确信小日本一定要开火的。同时不但小日本要打,听说就是中国军人也非要打不可。而且传说得很厉害,说是中国这回已经有了准备,说是八十八师已经连夜赶到了,集在虹口边上。日本陆战队若一发动，中国军队这回将要丝毫不让的了。日本打，中国也必回打，也必抵抗，说是一两天就要开火的。

马伯乐前几天那悲哀的情绪都一扫而光了。现在他忙得很，他除了到街上去视察，到朋友的地方去报信，他也准备着他自己的食粮，酱油、醋、大米、咸盐都买妥了之后，以外又买了鸡蛋。因为马伯乐是长得很高的，当他买米的时候，虽然他是后来者，他却先买到了米。在他挤着接过米口袋时，女人们骂他的声音，他句句都听到了。可是他不管那一切，他挤着她们，他撞着她们，他把她们一拥，他就抢到最前边去了。他想：

“这是什么时候，我还管得了你们女人不女人！”

他自己背着米袋子就往住处跑。他好像背后有洪水猛兽追着他似的，他不顾了一切，他不怕人们笑话他。他一个人买了三斗米，大概一两个月可以够吃了。

他把米袋子放到屋里，他又出去了，向着卖面包的铺子跑去。这回他没有买米时那么爽快，他是站在一堆人的后边，他本也想往前抢上几步，但是他一看不可能。因为买面包的多半是外国人。外国人是最讨厌的，什么事都照规矩，一点也不可以乱七八糟。

马伯乐站在人们的后边站了十几分钟，眼看架子上的面包都将卖完了，卖到他这里恐怕要没有了，他一看不好了，赶快到第二家去吧。

到了第二个店铺，那里也满满的都是人，马伯乐站在那里挤了一会，看看又没有希望了。他想若是挨着次序，那得什么时候才能够轮到他。只有从后边抢到前边去是最好的方法。但买面包的人多半是些外国人，外国人是不准许抢的。于是他又跑到第三个面包店去。

这家面包店，名字叫“复兴”，是山东人开的，店面很小，只能容下三五个买主。马伯乐一开门就听那店铺掌柜的说的是山东黄县的话，马伯乐本非黄县人，而是青岛人，可是他立刻装成黄县的腔音。老板一听以为是一个同乡，照着他所指的就把一个大圆面包递给他了。

他自己幸喜他的舌头非常灵敏，黄县的话居然也能学得很像，这一点工夫也实在不容易。他抱起四五磅重的大面包，心里非常之痛快，所以也忘记了向那老板要一张纸包上，他就抱了赤裸裸的大面包在街上走。若不是上海在动乱中，若在平时，街上的人一定以为马伯乐的面包是偷来的，或是从什么地方拾来的。

马伯乐买完了面包，天就黑下来，这是北四川路开始搬家的第二天。

马伯乐虽然晚饭又吃了四五个蛋炒的饭，但心里又觉得有点空虚了，他想：

“逃难虽然已经开始了，但这只是上海，青岛怎么还没逃呢？”

这一天马伯乐走的路途也不比昨天少。就说是疲乏也不次于昨天，但是他睡觉没有昨夜睡的好，他差不多是失眠的样子，他终夜似乎没有睡什么。一夜他计划，计划他自己的个人的将来，他想：

“逃难虽然已经开始了，但是自己终归逃到什么地方去？就不用说终归，就说眼前第一步吧，第一步先逃到哪儿最安全呢？而且到了那新的地方，是否有认识人，是否可以找到一点职业，不然，家里若不给钱，到那时候可怎么办？太太若来，将来逃就一块逃。太太自己有一部分钱。同时太太的钱花完了也不要紧，只要有太太，有小雅格她们在一路，父亲是说不出不给钱的；就是不给我，他也必要给他的孙儿孙女的。现在就是这一个问题，就是怎样使太太马上出来，马上到上海来。”

马伯乐正想到紧要的地方，他似乎听到一种声响，听到一种异乎寻常的声响。这种声响不是平常的，而是很远很远的，十分像是大炮声，他想：

“是不是北四川路已经开炮了呢？”

对于这大炮声马伯乐虽然是早已预言了多少日子，早已用工夫宣传了多少人，使人相信早晚必有这么一天。人家以为马伯乐走然是很喜欢这大炮声。而今他似乎听到了，可是他并不喜欢，反而觉得有点害怕。他把耳朵离开了枕头，等着那种声音再来第二下，等了一会，终于没有第二下，马伯乐这才又接着想他自己的事情：

“……用什么方法，才能使太太早日出来呢？我就说我要投军去，去打日本。太太平常就知道我是很有国家观念的。从我做学生的时候起，是凡闹学潮的时候，没有一次没有我。太太是知道的，而且她很害怕，他看我很勇敢，和警察冲突的时候我站在最前边。那时候，太太也是小孩子，她在女校，我在男校，她是看见过我这种行为的。她既然知道我的国家观念是很深切的，现在我一说投军救国去了，她必然要害怕，而且父亲一听也不得了。那她必然要马上来上海的，就这么做，打个电报去，一打电报事情就更像的，立刻就要来的。”

马伯乐翻了一个身，他又仔细思索了一会，觉得不行，不怎样妥当，一看就会看出来，这是我瞎说。上海还并未开火，我可怎么去投的军？往哪里投，去投谁，这简直是笑话，说给小孩子，小孩子也不会信，何况太太都让我骗怕了。她一看，她就知道又是我想法要她的钱。他又想了第二个方法：

“这回说，我要去当共产党，父亲最怕这一手，太太也怕得不得了。他们都相信共产党是专门回家分他父母妻子的财产的。他们一听，就是太太未必来，也必寄钱给我的，一定寄钱给我的，给我钱让我买船票赶快回家。”

马伯乐虽然又想好了一条计策，但还不妙，太太不来终究不算妙计，父亲给那一点点钱，一花就完，完了还是没有办法。还是太太跟在旁边是最好，最把握，最稳当。

“那么以上两个计划都不用。用第三个，第三个是太太怀疑我……我若一说，在上海有了女朋友，看她着急不着急，她一定一夜气得睡不着觉，第二天买船票就来的。我不要说得太硬，说得太硬，她会恼羞成怒，一气便真的不来了。这就吞吞吐吐地一说，似有似无，使她不见着人面不能真信其有，不见人面又不能真信其无，惟有这样她才来得快，何况那年我不是在上海真有过一个女朋友吗？”

就这么办，马伯乐想定了计划，天也就快亮了。

他差不多一夜也没有睡。第二天起来是昏头昏脑的，好像太标记阳也大了，地球也有些旋转。有些脚轻头重，心里不耐烦。

从这一夜起，马伯乐又阴郁下来，觉得很没有意思，很空虚，-直到虹口开了大炮，他也没再兴奋起来。

北四川路开始搬家的第三天，“今晚定要开火”的传闻，全上海的人都相信了。

那夜北四川路搬家的最末的一班车子，是由英国巡捕押着逃出来的，那辆大卡车在夜里边是凄怆的很。什么车子也没有，只有它这一辆车子突突地跑了一条很长的空洞洞的大街，这是国际的逃难的车子，上边坐着白俄人，英国人，犹大人，也有一两个日本人。本来是英国捕房派的专车接他们的侨民的，别的国人也能坐到那车子上面，那是他们哀求的结果。

大炮就要响了，北四川路静得鸦雀无声，所有的房子都空了，街上一个人也看不见。平常时满街的车子都没有了。一切在等待着战争。一切都等候得很久了。街上因为搬家，满街飞着乱纸。假如市街空旷起来，比旷野更要空旷得多。旷野是无边的，敞亮的，什么障碍也没有：而市街则是黑漆漆的，鬼鬼祟祟的，房屋好像什么怪物似的，空旷得比旷野更加可怕。

所有的住在北四川路的日本人，当夜都跑到附近的日本小学堂里去了。也可以说所有住在上海的日本人都集中在日本小学堂。一方面他怕和中国冲突起来损害着他们的侨民,另一方面他们怕全心全意的侨民反对这个战争,也许要跑到中国方面来。所以预先加以统制,不管是什么人,只要是日本人,就都得听命集中在一起,开起仗来好把他们一齐派兵押着用军舰运回日本去。

所以北四川路没有入在呼吸了。偶尔有一小队一小队的日本警察,和几批主人逃走了,被主人抛下来的狗在街上走过。

北四川路完全准备好了,完全在等待着战争。英租界、法租界却热闹极了,家家户户都堆满了箱笼包裹,到处是街谈巷议。新搬来的避难的房客对于这新环境,一时不能够适应下来,所以吵吵闹闹的,闹得大家不得安定,而况夜又热,谣言又多,所以一直闹到天明。

天亮了,炮声人们还没有听到。

也许是第二天夜晚才发炮呢!人们都如此以为着。

于是照常地吃饭,洗衣裳,买米买柴。虽然是人们都带着未知的惊慌之色,但是在马伯乐看来,那真是平凡得很,好像什么事情也没有发生,人们仍是照旧生活的样子。

"这算得了什么呢,这是什么也算不了的。"

马伯乐对于真正战争的开始,他却一点兴趣也没有了。他看得再没有那么平凡的了。他不愿意看了,他不愿意听了,他也不再出去巡查去了。在他一切似乎都完了,都已经过去。

日本人打中国那好比是几年前的事情。中国人逃难也陈旧得像是几年前的事情。虽然天天在他心目中的日本大炮一直到今天尚未发响，可是在他感情上就像已经开始打了好几天或好几个月那般陈旧了。

所以马伯乐再要听到谣传，说是日本人今天晚上定要开火之类，他一听就要睡着的样子。他表示了毫不关心的态度，他的眉头皱着，他的两个本来就很悲哀的眼睛，到这时候更显得悲哀了。

他的心上反复地想着的，不是前些日子他所尽力宣传的日本人就要打来，而是日本人打来了应该逃到哪里去。“万事必要做退一步想。”

他之所谓退一步想，就是应该往什么地方逃。

“小日本打来必要有个准备。”

他之所谓准备，就是逃的意思。绝不是日本人打来的时要大家一齐拼上了去。那为什么他不说“逃”而说“准备”，因为“准备”这个字比“逃”这字说起来似乎顺耳一些。

马伯乐到现在连“准备”这个字也不说了。而只说：

“万事要做退一步想。”

他觉得准备的时期已经过去了，应该立刻行动起来了。不然，到那时候可怎么办哪？到人人都逃的时候可怎么办？车船将都要不够用了。一开起战来，交通将不够用的，运兵的运兵，载粮的载粮，还有工夫来运难民吗？逃难不早逃，逃晚了还行吗？

马伯乐只在计划着逃的第二步（固第一步是他从青岛

逃到上海来），所以对于日本人真正要打来这回事，他全然不感到兴趣了。当上海的大炮响起来的时候，马伯乐听了，那简直平凡极了。好像他从前就已经听过，并不是第一次才听过。全上海的人都哄哄嚷嚷的，只有马伯乐一个人是静静的，是一声不响的，他抽着烟卷，他躺在床上，把两只脚抬到床架上去，眼睛似睡非睡地看着那黄昏昏的电灯。大炮早已响起来了，是从黄昏的时候响起的。

“八一三”的第二天，日本飞机和中国飞机在黄浦江上大战，半面天空忽然来了一片云那样的，被飞机和火药的烟尘涂抹成灰色的了。好像世界上发现了奇异的大不可挡的旋风，带着声音卷来了，不顾一切地、呜呜地、轧轧地响着，因为飞机在天空里边开放机关枪，流弹不时地打到租界上来。飞机越飞越近，好像要到全上海的头顶上来打的样子。这时全上海的人没有一个不震惊的。

家家户户的人都站在外边来看，等飞机越飞越近了，把人的脸色都吓得发白。难道全个的上海都将成为战场吗？刚一开战，人们是不知道战争要闹到什么地步的。

“八一三”的第三天，上海落了雨了，而且刮着很大的风，所以满街落着树叶。法租界的医院通通住满了伤兵。这些受了伤的战士用大汽车载着，汽车上边满覆了树枝，一看就知道是从战场上来的。女救护员的胳膊上带着红十字，战士的身上染着红色的血渍。战士们为什么流了血？为了抵抗帝国主义的屠杀。伤兵的车子一到来，远近的人们都用了致敬的眼光站在那里庄严地看着。

只有马伯乐什么也不看，在街上他阴郁地走着。他踏着树叶，他低头不语，他细细地思量着。

“可是第二步到底逃到哪里呢？”

他想：

“南京吗？苏州吗？”

南京和苏州他都有朋友在那儿。虽然很久不通信了，若是逃难逃去的，未必不招待的。就是南京、苏州都去不成，汉口可总能去成的。汉口有他父亲的朋友在那里，那里万没有错的。就是青岛还没开火，这是很大问题。太太不来一切都将谈不到的，“穷在家里，富在路上”，中国这句古语一点也没有说错。“车、船、店、脚、衙，无罪也该杀。”的的确确这帮东西是坏得很。可是此后每天不都将在路上吗？

“这是逃难呵，这是……”

马伯乐想到出神的时候，几乎自己向自己喊了出来：

“逃难没有钱能成吗？

他看前边的街口上站着一群人。一群人围着一辆大卡车，似乎从车上往下抬着什么。马伯乐一看那街口上红十字的招牌，才知道是一个医院，临时收伤兵的。

他没有心思看这些，他转个弯到另一条街上去散步了。

走了没有几步，又是一辆伤兵的车子。伤兵何其多哉！他有些奇怪。他转过身又往回走，无奈太迟了，来不及了。终归那伤兵的车子赶过了他，且是从他的身边赶过的，所以那满车子染着血渍的光荣的中华民族的战士，不知不觉地让马伯乐深深地瞪了一眼。

他很奇怪,伤兵为什么这样多呢?难道说中国方面的战况不好吗?

中国方面的战况一不好,要逃难就更得快逃了。

他觉得街上是很恐怖的,很凄凉的,又加上阴天,落着毛毛小雨,实在有些阴森之感。清道夫这两天似乎也没扫街,人行道上也积着树叶。而且有些难民,一串一串地抱着孩子,提着些零碎东西在雨里边走着,蓬头散发的,赤腿裸脚的,还有大门洞里边也都挤满了难民,雨水流满了一大门洞,那些人就在湿水里边躺着,坐着。

马伯乐一看,这真悲惨,中华民族还要痛苦到怎样的地步!我们能够不抵抗吗?

“打呀!打呀!我们是非打不可。”

等他看见了第二个大门口、第三个大门口都满满地挤着难民,他想:

“太太若真的不来,自己将来逃难下去,不也将要成为这个样子吗?”

实在是可怕得很。马伯乐虽然不被父母十分疼爱,可是从小就吃得饱,穿得暖的。一个人会沦为这个样子,他从未想象过,所以他觉得很害怕,他就走回他的住处去了。

一进门他照例地踢倒了几个瓶子、罐子,他把它们扶起来之后就躺到床上去了,很疲乏,很无聊,一切没有意思。抽一支烟吧,抽完了一支还是再抽一支吧。一个人在烦闷的时候,就和生病了一样;尤其是马伯乐,他灰心的时候一到,他就软得和一滩泥似的了。比起生病来更甚,生了病他也不过多抽几支香烟就好了；可是他一无聊起来，香烟也没有用的。因为他始终相信，病不是怎样要紧的事情，最要紧的是当悲哀一侵入人体，那算是没有方法可以抵抗的了，那算是绝望了。

“这算完。”

马伯乐想：太太若是不来，一切都完了，一切谈不到。

他的香烟的火头是通红通红的，过不了两三秒钟他吹它一次，把烟灰吹满了一枕头。反正这逃难的时候，什么还能干净得了？所以他毫无小心地弯着腿，用皮鞋底踏床上的褥子。

“这算完，太太若不来一切都完了。”

一想到这里，他更不加小心地吹起烟灰来。一直吹到烟灰落下来迷了他的眼睛，他才停止的。

他把眼睛揉了一揉，用手指在眼边上刮了一刮。很奇怪的，迷进马伯乐眼睛里的沙子因此一刮也常常就会出来了。

马伯乐近来似乎不怎样睡眠，只是照常地吃饭，蛋炒饭照常地吃。睡眠是会间断了思想的，吃饭则不会，一边吃着一边思想着，且吃且想还很有意思。

马伯乐刮出来眼睛的烟灰后，就去燃起炭炉来烧饭去了。不一会工夫，炭火就冒着火星着起来了。

照例马伯乐是脱去了全身的衣裳，连袜子也脱去，穿着木头板鞋。全身流着汗，很紧张，好像铁匠炉里的打铁的。

锅里的油冒烟了，马伯乐把葱花和调好的鸡蛋哇啦一声倒在油里。

马伯乐是青岛人，很喜欢吃大葱大蒜之类。他就总嫌这上海的葱太小。因上海全是小葱，所以他切葱花的时候，也就特别多切上一些。在油里边这很多的葱，散发着无比的香气。

蛋炒饭这东西实在好吃，不单是吃起来是可口的香，就是一闻也就值得了。所以马伯乐吃起蛋炒饭来是永久没有厌的，他永久吃不厌的，而且越吃越能吃。若不是逃难的时候，他想他每顿应该吃五个蛋炒饭。而现在不能那样了，现在是省钱第一。

“这是什么时候？这是逃难的时候。”

每当他越吃越香很舍不得放下饭碗的时候，他就想了以上这句活。果然一想是在逃难，虽然吃不甚饱也就算了。何况将来逃起难来的时候说不定还要挨饿的。

“没看见那弄堂口里的难民吗？他们还吃蛋炒饭呢！他们是什么也没有吃的呀！”他想将来自己能够一定不挨饿的吗？所以少吃点也算不了什么，而且对于挨饿也应该提早练习着点，不然，到那时候可怎么办哪！到那时候对于饥饿毫无经验，可怎么能够忍受得了，应该提早饿一饿试试，到那时候也许就不怕了。

叫化子不是常常吃不饱的吗？为什么他受得住而别人受不住呢？就因为他是饿惯了。小孩子吃不饱，他要哭。大人吃不饱他会想法子再补充上点，到冠生园去买饼干啦，吃一点什么点心之类啦。只有叫化子，他吃不饱，他也不哭，他也不想法子再吃。有人看见过叫化子上冠生园去买点心的吗？可见受过训练的饥饿和没受过训练的饥饿是不同的。

马伯乐对于他自己没能够吃上五个蛋炒饭的理由有二，第一为着省钱；第二为着训练。

今天的蛋炒饭炒得也是非常之香，满屋子都是油炸葱花的气味，马伯乐在这香味中被引诱得仿佛全个的世界都是香的，任什么都可以吃，任什么都很好吃的样子。当他一端起饭碗来，他便觉得他是很幸福的。

他刚要尝到这第一口，外边有打门的了。马伯乐很少有朋友来拜访他，大概只有两三次，是很久以前。最近简直是没有过，一次也没有。

“这来的人是谁呢？”

马伯乐只这么想了一下，并没有动。蛋炒饭也仍抱在手里。

“老张吗？小陈吗？还是……”

马伯乐觉得很受惊。他的习惯与人不同，普通人若听到有人敲门，一定是立刻走过去开了门一看使知分晓了；可是他不同，因为他是很聪明的，很机警的，是凡什么事情在发生以前他大概就会猜到的。即或猜错了，他也是很喜欢猜的。比方哪位买了件新东西，他就愿意估一个价码，说这东西是三元买的，或是五元买的，若都不对，他便表示出很惊讶的样子说：

“很奇怪的，莫名其妙的，这东西就真的……真是很怪……”

他说了半天，不知他说了些什么。他仍是继续在猜着。

有的时候，人家看着他猜得很吃力就打算说了出来。而他则摆着手，不让人家说。他到底要试试自己的聪明如何。对于他自己的那份天才，他是十分想要加以磨练的。

现在他对于那门外站着的究竟什么人，他有些猜不准。

“张大耳朵，还是小陈？还是……”

张大耳朵前几天在街上碰到的，小陈可是多少日子不见了。大概是小陈，小陈敲门音总是慢吞吞的。张大耳朵很莽撞，若敲了这许多工夫他还不开门，就往里撞，他还会那么有耐心？

马伯乐想了这么许多，他才走过去慢慢地把身子遮掩在门扇的后边，把门只开了一道小缝。似乎那进来的人将是一个暴徒，他防备着当头要给他一棒。

他从门缝往外一看，果然是小陈。于是他大大地高兴起来：

“我猜就是你，一点也没有猜错。”

过了一些工夫，小陈和他讲了许多关于战争的情形，他都似乎没有听见。他还向小陈说：

“你猜我怎么知道一定是你，而不是张大耳朵？张大耳朵那小子是和你不同的，他非常没有耐性，若是他来，他用脚踢开门进来，而你则不同。你是和大姑娘似的，轻轻地，慢慢的……你不是这样吗？你自己想想，我说得对不对？

马伯乐说着就得意洋洋地拿起蛋炒饭开始吃。差不多要吃饱了他才想起问他的客人：

“小陈，可是你吃了饭吗？”

他不等小陈回答，他便接下去说：

“可是我这里也没有什么好吃的，只是每天吃蛋炒饭……一开起战来，你晓得鸡蛋多少钱一个，昨天是七分，今天我又一打听是八分。真是贵得吃不起了。我这所吃的还是打仗的前一天买的，是一角钱三个。可是现在也快吃完了。吃完也不打算买了。我们的肠胃并不是怎么十分高贵的，非吃什么鸡蛋不可。我说小陈，你没看见吗？满街都是难民，他们吃什么呢？他们是什么也怕没有吃。……我吃完了这几个蛋，我绝不再买了。可是小陈你到底吃过饭没？若没吃就自己动手，切上些葱花，打上两个蛋，就自己动手炒吧！蛋炒饭是很香的。难道你吃过了吗？你怎么不出声？”

小陈说吃过了，用不着了。并问马伯乐：

“黄浦江上大空战你看见了吗？”

小陈是马伯乐在大学里旁听时的同学，他和马很好，所以说话也就不大客气。他是马伯乐的穷朋友之一，同时也是马伯乐过去书店里的会计。那天马伯乐在街上走着，帽子被抓掉了，也就是他。他的眼睛很大，脸色很黄，因长期的胃病所致。他这个人的营养不良是无可否认的事实。脸色黄得透明，他的耳朵迎着太阳会透亮的，好像医药室里的用玻璃瓶子装着、浸在酒精里的胎儿的标本似的。马伯乐说不上和他怎样要好，而是他上赶着愿意和马伯乐做一个朋友。马伯乐也就没有拒绝他，反正穷朋友好对付，多几个少几个也没多大关系。马伯乐和他相谈也谈不出多大道理来，他们两个人之间没有什么思想，没有什么事业在中间联系着。也不过两方面都是个市民的资格，又加上两方面也都没有钱。小陈是没有钱的，马伯乐虽然有钱，可是都在父亲那里，他也拿不到的，所以也就等于没有钱。

可是小陈今天来到这里，打算向马伯乐借几块钱。他转了好几个弯而没有开口。他一看马伯乐生活这样子，怕是他也没有钱。可是又一想，马伯乐的脾气他是知道的，有钱和没有钱是看不大出来的，没有钱，他必是很颓丧的，有了钱，他也还是颓丧的，因为他想：

"钱有了，一花可不就是没有吗？"

小陈认识他很久了，对于他的心理过程很有研究。于是乎直截了当地就问马伯乐：

"老马，有钱没有？我要用两块？"

马伯乐一言未发，到床上去就拉自己的裤子来，当着小陈的面把裤袋里所有的钱一齐拿出来展览一遍，并且说着："老马我，不是说有钱不往外拿，是真的一点办法没有了。快成为难民了。"

他把零钱装到裤袋去，裤子往床上一丢时，裤袋里边的铜板叮当响着。马伯乐说："听吧，穷的叮当了，铜板在唱歌了。"

在外表上看来，马伯乐对于铜板是很鄙视的，很看不起的，那是他表示着他的出身是很高贵的，虽然现在穷了，也不过是偶尔的穷一穷，可并非出身就是穷的。

不过当他把小陈一送走了，他赶快拾起裤子来，数一数到底是多少铜板。马伯乐深知铜板虽然不值钱，可它到底是钱。就怕铜板太少，铜板多了，也一样可以成为富翁的。

他记得青岛有一位老绅士，当初就是讨铜板的叫化子，他一个月讨两千多铜板，讨了十几年，后来就发财了。现在就是当地的绅士。

“铜板没用吗？那玩艺要一多也不得了。”

马伯乐正在聚精会神的数着，门外又有人敲他的门。

马伯乐的住处从来不来朋友，今天一来就是两个，他觉得有点奇怪。

“这又是谁呢？”

他想。

他照着他的，完完全全地照着他的老规矩，慢慢地把身子掩在门后，仿佛他打算遭遇不测。只把门开了一个小小的小小的缝。

原来不是什么人，而是女房东来找他谈话，问他下月房子还住不住，房子是涨价的。

“找房子的人，交交关，交交关。”

女房东穿着发亮的黑拷绸的裤褂，拖着上海普遍的，老板娘所穿的油渍渍的，然而还绣着花的拖鞋。她哇啦哇啦他说了一大堆上海话。

马伯乐等房东太太上楼去了，关了门一想：“这算完！”

房子也涨了价了，吃的也都贵得不得了。这还不算。最可怕是战争还不知道演变到什么地步。

“这算完，这算完……”

马伯乐一连说了几个“这算完”之后，他便颓然地躺在床上去了。他一点力量也没有了。

大炮一连串的，好像大石头似的在地面上滚着，轰轰的。马伯乐的房子虽然是一点声音不透，但这大炮轰隆轰隆的声音是从地底下来的，一直来到马伯乐的床底下。

马伯乐也自然难免不听到这大炮的响声。这声音讨厌得很，仿佛有块大石头在他脑子中滚着似的。他头昏脑乱了，他烦躁得很。

“这算完，这算完。”

他越想越没有办法。

马伯乐几天前已给太太写了信去。虽然预测那信还未到，可是在马伯乐他已经觉得那算绝望了。

“太太不会来的，她不会来的，她那个人是一块死木头……她绝不能来。”他既然知道她绝不能来，那他还要写信给她？其实太太来与不来，马伯乐是把握不着的，他心上何曾以为她绝对不能来？不过都因为事情太关乎他自己了。越是单独的关乎他自己的事情，他就越容易往悲观方面去想。因为他爱自己甚于爱一切人。

他的小雅格，他是很喜欢的，可是若到了极高度的危险，有生命危险的时候，他也没有办法，也只得自己逃走了事。他以为那是他的能力所不及的，他并没有罪过。

假若马伯乐的手上在什么地方擦破了一块皮，他抹了红药水，他用布把它包上。而且皱着眉头很久很久地惋惜着他这已经受了伤的无辜的手。

受了伤，擦一点红药水，并不算是恶习，可是当他健康的脚，一脚出去踏了别人包着药布的患病的脚，他连对不起的话也不讲。他也不以为那是恶习。(只有外国人不在此例，他若是碰撞了人家，他连忙说 Sorry。并不是他怕外国人，因为外国人太厉害。)

总之，越是马伯乐自己的事情，他就越容易往悲观方面去想。也不管是真正乐观的，或有几分乐观的，这他都不管。哪怕一根鱼刺若一被横到他的喉咙里，那鱼刺也一定比横在别人喉咙里的要大，因为他实实在在地感着那鱼刺的确是横在他的喉咙了。一点也不差，的的确确的，每一呼吸那东西还会上下地刺痛着。

房东这一加房价，马伯乐立刻便暗无天日起来，一切算是完了。人生一点意思也没有，一天到晚的白活，白吃，白喝，白睡觉，实在是没有意思。这样一天一天地活下去，到什么时候算个了事。

马伯乐等房东太太上了楼，他就关了门，急急忙忙地躺到床上去，他的两个眼睛不住地看着电灯，一直看到眼睛冒了花。他想：

“电灯比太阳更黄，电灯不是太阳啊！”

“大炮毕竟是大炮，是与众不同的。”

“国家多难之期，人活着是要没有意思的。”

“人在悲哀的时候，是要悲哀的。”

马伯乐照着他的规程想了很多，他依然想下去：

“电灯一开，屋子就亮了。”

“国家一打仗，人民就要逃难的。”

"有了钱,逃难是舒服的。"

"日本人不打青岛,太太是不能来的。"

"太太不来,逃难是要受罪的。"

"没有钱,一切谈不到。"

"没有钱,就算完了。"

"没有钱,咫尺天涯。"

"没有钱,寸步难行。"

"没有钱,又得回家了。"

马伯乐一想到回家，他不敢再想了。那样的家怎么回得？冷酷的,无情的,从父亲、母亲、太太说起,一直到小雅格,没有一个人会给他一个好颜色。

哪怕是猫狗也怕受不了,何况是一个人呢!

马伯乐的眼睛里上下转了好几次眼泪。"人活着有什么意思！"

他的眼泪几乎就要流出来了。

马伯乐赶快地抽了几口烟,总算把眼泪压下去了。

经过这一番悲哀的高潮,他的内心似乎舒展了一些。他从床上起来,用冷水洗着脸,他打算到街上去散散步。

无奈他推门一看,天仍落着雨,雨虽然不很大,是讨厌得很。

马伯乐想,衣服脏了也没有人给他洗,要买新的又没有钱,还是不去吧。

马伯乐刚忘下了的没有钱的那回事,现在又想起来了。

"没有钱,就算完。"

“人若没有钱，就不算人了。”

马伯乐气得擂了一下桌子。桌面上立时跳起了许多饭粒。因为他从来不擦桌子，所以那饭粒之中有昨天的有前天的，也或许有好几天前就落在桌子上的。有许多饭粒本来是藏在桌子缝里边，经他打了这一拳，通通都跳出来了。好像活东西似的，和小虫似的。

马伯乐赶快伸出手掌来把它们扫到地上去了。他是扫得很快的，仿佛慢了一点，他怕那些饭粒就要跑掉似的。而后他用两只手掌拍着，他在打扫着自己的手掌，他想：

“这他妈的叫什么世界呵！满身枷锁，没有一个自由的人。这算完，现在又加上了小日本这一层枷锁。血腥的世界，野兽的世界，有强权，无公理，现在需要火山爆发，需要天崩地裂，世界的末日，他妈的快快来到吧！若完大家就一块完，快点完。别他妈的费事，别他妈的费事。这样的活着干什么，不死不活的，活受罪。”

马伯乐想了一大堆，结果又想到他自己的身上去了：

“这年头，真是大难的年头，父母妻子会变成不相识的人，奇怪的，变成不相干的了。还不如兽类，麻雀当它的小雀从房檐落到地上，被猫狗包围上来的时候，那大麻雀拼命地要保护它的小雀，它吱吱喳喳地要和狗开火，其实凭一只麻雀怎敢和狗挑战呢，不过因为它看它的小雀是在难中呵！猫也是一样，狗也是一样，它若是看到它的小猫或小狗被其余的兽类所包围，哪怕是一只大老虎，那做大狗的，做大猫的，也要上去和它战斗一番。这是什么道理呢？这就是它看它自己所亲生的小崽是在难中。可是人还不如猫狗。他眼看着他自己的儿子是在难中，可是做父亲的却没有丝毫的同情心，为什么他不爱他的儿子呢？为着钱哪！若是儿子有了钱，父亲就退到了儿子的地步，那时候将不是儿子怕父亲，将是父亲怕儿子了。父亲为什么要怕儿子呢？怕的是钱哪！若是儿子做了银行的行长，父亲做了银行的茶房，那时候父亲见了儿子，就要给儿子献上一杯茶去，父亲为什么要给他倒茶呢？因为儿子是行长呵！反过来说，父亲若是个百万的富翁，儿子见了父亲，必然要像宰相见了皇帝的样子，是要百顺百从的。因为你稍有不顺，他就不把钱给你。俗话说，公公有钱婆婆住大房；儿子有钱，婆婆做媳妇。钱哪！钱哪！一点也不错呵！这是什么世界，没有钱，父不父，子不子，妻不妻，夫不夫。人是比什么动物都残酷的呀！眼看着他的儿子在难中，他都不救……”

马伯乐想得非常激愤的时候，他又听到有人在敲他的门。他说：

“他妈的，今天的事特别的多。”

他一生气，他特别的直爽，这次他没有站到门后去，这次他没有做好像有人要逮捕他的样子。而他就直爽爽地问了出去。

“谁呀！他妈的！”

他正说着，那人就憧开门进来了。

是张大耳朵，也是马伯乐在大学里旁听时的同学，也在马伯乐的书店里服过务。他之服务，并没有什么名义，不过在一起白吃白住过一个时期，跟马伯乐很熟，也是马伯乐的穷朋友之一。

他说话的声音是很大的，摇摇摆摆的，而且摇得有一定的韵律，颤颤巍巍的，仿佛他的骨头里边谁给他装设上了弹簧。走路时，他脚尖在地上颠着。抽香烟擦火柴时，他把火柴盒拿在手里，那么一抖，很有规律性的火柴就着了。他一切动作的韵律，都是配合着体内的活动而出发的。一看上去就觉得这个人满身是弹簧。

他第一句问马伯乐的就是：

“黄浦江上大空战，你看见了吗？”

马伯乐一声没响。

张大耳朵又说：

“老马，你近来怎么消沉了？这样伟大的时代，你都不关心吗？对于这中华民族历史开始的最光荣的一页，你都不觉得吗？

马伯乐仍是一声没响，只不过微微地一笑，同时磕了磕烟灰。

张大耳朵是一个比较莽撞的人，他毫不客气地烦躁地向着马伯乐大加批判起来。

“我说，老马，你怎么着了？前些日子我在街上遇见你时，你并不是这个样子，那时候你是愤怒的，你是带着民族的情感很激愤地在街上走。因为那时候别人还看不见，还不怎样觉着，可以说一点也不觉着上海必要成为今天这样子。果然不错，不到一个月，上海就成为你所预言的今天这个样子了。”

马伯乐轻蔑地用他悲哀的眼睛做出痛苦的微笑来。

张大耳朵在地上用脚尖弹着自己的身体，很凄惨地，很诚恳地招呼着马伯乐：

“老马，难道你近来害了相思病吗？”

这一下子反把马伯乐气坏了。他说：

“真他妈的中国人！”

马伯乐想：

“这小子真混蛋，国家都到了什么时候，还来这一套。”不过他没有说出来。

张大耳朵说：

“我真不能理解，中国的青年若都像你这样就糟了。头一天是一盆通红的炭火，第二天是灰红的炭火，第三天就变成死灰了”

张大耳朵也不是个有认识的人，也不是一个理论家。有一个时候他在电影圈里跟着混了一个时期，他不是导演，也不是演员，他也不拿月薪，不过他跟那里边的人都是朋友。彼此抽抽香烟，荡荡马路，打打扑克，研究研究某个女演员的眼睛好看，某个的丈夫是干什么的，有钱没有钱，某个女演员和某个男演员正在讲恋爱之类。同时也不能够说张大耳朵在电影圈里没有一点进步，他学会了不可磨灭的永存的一种演戏的姿态，那就是他到今天他每一迈步把脚尖一颤的这一“颤”，就是那时候学来的。同时他也很丰富地学得银幕上和舞台上的难得的知识；也知道了一些乐器的名称，什么叫做“基答儿”,什么叫做“八拉来克”。但也不能说张大耳朵在电影圈里的那个时期就没有读书,书也是读的,不过都是关于电影方面的多,《电影画报》啦,或者《好莱坞》啦。女演员们很热心地读着那些画报，看一看好莱坞的女明星都穿了些什么样的衣服，好莱坞最新式的女游泳衣是个什么格式,到底比上海的摩登了多少。还有关于化妆部分的也最重要,眼睛该徐上什么颜色的眼圈,指甲应该涂上哪--种的亮油好呢,深粉色的还是浅粉色的?擦粉时用的粉底子最要紧,粉底子的质料不佳,会影响皮肤粗糙,皮肤一粗糙,人就显得岁数大。还有声音笑貌也都是跟着画报学习。男演员们也是读着和这差不多的书。

所以张大耳朵不能算是有学问的人。但是关于抗日他也同样和普通的市民一样的热烈，因为打日本在中国是每个人所要求的。

张大耳朵很激愤地向着马伯乐叫着:

“老马,你消沉得不像样子啦！中国的青年应该这个样子吗？ 你看不见你眼前的光明吗？日本人的大炮把你震聋了吗？”

马伯乐这回说话了,他气愤极了。

“我他妈的眼睛瞎,我看不见吗?我他妈的耳朵聋,我听不见吗?你以为就是你张大耳朵,你的耳朵比别人的耳朵大才听得见的呀！我比你听见的早,你还没有听见,我便听见了。可以说日本的大炮还没响,我就听见了。你小子好大勇气,跑这里来唬人。三天不见,你可就成了英雄！好像打日本这回事是由你领导着的样子。”

马伯乐一边说着，张大耳朵一边在旁边笑。马伯乐还是说：“你知道不知道，老马现在分文皆无了，还看黄浦江大空战！大空战不能当饭吃。老马要当难民去了，老马完了！”

马伯乐送走了张大耳朵，天也就黑了。马伯乐想：

“怎么今天来好几个人呢？大概还有人来！”

他等了一些时候，毕竟没有人再来敲门。于是他就睡觉了。

“八一三”后两个月的事情，马伯乐的太太从青岛到上海。

人还未到，是马伯乐预先接到了电报的。

在这两个月中，马怕乐穷得一塌糊涂，他的腿瘦得好像鹤腿那般长！他的脖颈和长颈鹿似的。老远地伸出去的。

他一向没有吃蛋炒饭了。他的房子早就退了。他搬到小陈那里，和小陈住在一起。小陈是个营养不良的蜡黄的面孔。而马伯乐的面孔则是青黝黝的，多半由于失眠所致。

他们两个共同住着一个亭子间，亭子间没有地板，是洋灰地。他们两个人的行李都摊在洋灰地上。

马伯乐行李脏得不成样子了，连枕头带被子全都是土灰灰的了，和洋灰地差不多了。可是小陈的比他的更甚，小陈的被单已经变成黑的了，小陈的枕头脏得闪着油光。

马伯乐的行李未经洗过的期间只不过两个多月，尚未到三个月。可是小陈的行李未经洗过却在半年以上了。

小陈的枕头看上去好像牛皮做的，又亮又硬，还特别结实。

马伯乐的枕头虽然已经脏得够受的了，可是比起小陈的来还强，总还没有失去枕头的原形。而小陈的枕头则完全变样了，说不上那是个什么东西，又亮又硬，和一个小猪皮鼓似的。

按理说这个小亭子间，是属于他们两个的，应该他们两个人共同管理。但事实上不然，他们两个人谁都不管。

白天两个都出去了，窗子是开着的，下起雨来，把他们的被子通通都给打湿了。而且打湿了之后就泡在水里边，泡了一个下半天。到晚上两个人回来一看：

“这可怎么办呢？将睡在什么地方呢？”

他们的房子和一个长方形的纸盒子似的，只能够铺得开两张行李，再多一点无论什么都放不下的。就是他们两个人一人脚上所穿的一双皮鞋，到了晚上脱下来的时候，都没有适当的放处。放在头顶上，那皮鞋有一种气味。放在一旁，睡觉翻身时怕压坏了。放在脚底下又伸不开脚。他们的屋子实在精致得太厉害，和一个精致的小纸匣似的。

这一天下了雨，满地和行李都是湿的。他们两个站在门外彼此观望着。（固为屋子大小，同时两个人都站起来是装不下的，只有在睡觉的时候两个人都各自躺在自己的行李上去才算容得下。）

“这怎么办呢？”

两个人都这么想，谁也不去动手，或是去拉行李，或是打算把“地板擦干了。”

两个人彼此也不抱怨，马伯乐也不说小陈不对，小陈也不埋怨马伯乐。仿佛这是老天爷下的雨，能够怪谁呢？是谁也不怪的。他们两个人彼此观望时，还笑盈盈的。仿佛摆在他们面前这糟糕的事情，是第三者的，而不是他们两个的。若照着马伯乐的性格，凡事若一关乎了他，那就很严重的；但是现在不，现在并不是关乎他的，而是他们两个人的。

当夜他们两个人就像两条虫子似的蜷曲在那湿漉漉的洋灰地上了。把行李推在一边，就在洋灰地上睡了一夜。

一夜，两个人都很安然的，彼此没有一点怪罪的心理。

有的时候睡到半夜下雨了。雨点从窗子淋进来，淋到马伯乐的脚上，马伯乐把脚钻到被单的下边去。淋到小陈的脚上，小陈也把脚钻到被单的下面去。马伯乐不起来关窗子，小陈也不起来关窗子。一任着雨点不住地打。奇怪得很，有人在行李上睡觉，行李竟会让雨打湿了，好像行李上面睡着的不是人一样。

所以说他们两个人的房子他们两个人谁也不加以管理。比方下雨时关窗子这件事，马伯乐若是起来关了，他心里一定很冤枉，因为这窗子并不是他一个人的窗子；若小陈关了，小陈也必冤枉，因为这窗子也不是小陈一个人的窗子。若说两个人共同地关着一个窗子，就像两个人共同地拿着一个茶杯似的，那是不可能的。于是就只好随它去，随它开着。

至于被打湿了行李，那也不是单独的谁的行李被打湿了，而是两个人一块被打湿的。只要两个人一块，那就并不冤枉。

小陈是穷得一钱不存。他从大学里旁听了两年之后，没有找到职业。第一年找不到职业，他还悔恨他没有真正读过大学。到后来他所见的多了，大学毕业的没有职业的也多得很。于是他也就不再幻想，而随随便便地在上海住下来。有的时候住到朋友的地方去，有的时候也自己租了房子。他虽然没有什么收入，可是他也吸着香烟，也打着领带，也穿着皮鞋，也天天吃饭，而且吃饱了也到公园里去散步。

这一些行为是危险的，在马伯乐看来是非常可怕，怎么一个人会过了今天就不想明天的呢？若到了明天没有饭吃，岂不饿死了。

所以小陈请他看电影的时候，他是十分地替他担心。

“今天你把钱用完了，明天到吃饭的时候可怎么办呢？”

小陈并不听这套，而很自信地买了票子。马伯乐虽然替小陈害怕，但也跟着走进戏院的座位去。

本来马伯乐比小陈有钱。小陈到朋友的地方去挖到了一块两块的，总是大高其兴，招呼着马伯乐就去吃包子，又是吃羊肉，他非把钱花完了他不能安定下来的。而马伯乐则不然。他在朋友的地方若借到了钱，就像没有借到的一样，别人是看不出来的，他把钱放在腰包里，他走起路来也一样，吃饭睡觉都一样，没有什么特别的表现。就是小陈也常看不出他来。

马伯乐自从搬到小陈一起来住，他没请过小陈看一次电影。他把钱通通都放了起来，一共放到现在已经有十几块钱了。现在马伯乐看完了太太的电报，从亭子间出来下楼就跑，跑到理发馆去了。

马伯乐坐在理发馆的大镜子的前边，他很威严地坐着，他从脖颈往下围着一条大白围裙。他想，明天与今天该要不同了，明天是一切不成问题了，而今天的工作是理了发，洗个澡，赶快去买一件新的衬衫穿上，袜子要换的，皮鞋要擦油的。

马伯乐闭了眼睛，头发是理完了。

在等着理发的人给他刮胡子。

他的满脸被抹上了肥皂沫，静静地过了五分钟，胡子也刮完了。

他睁开眼睛一看，漂亮是漂亮了，但是有些不认识自己了。

他一回想，才想起来自己是三个月没有理发了。

在这三个月中，过的是多么可怕的生活，白天自己在街上转着，晚上回来像狗似的一声不响地蜷在地板上睡了一觉。风吹雨打，没有人晓得。今天走在街上，明天若是死了，也没有人晓得。人活在世界上就是这个样的吗？有没有都是一样，存在不存在都是一样。若是死的消息传到了家里，父亲和母亲也不过大哭一场，难过几个月，过上一年两年就忘记了。

有人提起来才想起他原先是有过这样一个儿子。他们将要照常地吃饭睡觉，照常地生活，一年四季该穿什么样衣裳，该吃什么样的东西，一切都是照旧。世界上谁还记得有过这样一个人？

马伯乐一看大镜子里边的人又干净又漂亮，现在的马伯乐和昨天的简直不是一个人了。马伯乐因为内心的反感，他对于现在的自己非常之妒恨。他向自己说：

“你还没有饿死吗？你是一条亡家的狗，你昨天还是……你死在阴沟里，你死什么地方，没有人管你，随你的便。”

第二天他把太太接来了，是在旅馆里暂且定的房间。

太太一问他：

“保罗，你的面色怎么那么黄呵！”

马伯乐立刻就流下眼泪来，他咬着嘴唇，他是十分想抑止而抑止不住，他把脸转过去，向着旅馆挂在墙上的那个装着镜框的价目单。他并不是在看那价目单，而是想借此忘记了悲哀，可终久没有一点用处。那在黑房子里的生活；那吃蛋炒饭的生活；向人去借钱，人家不借给他的那种脸色；他给太太写了信去，而太太置之不理的那些日子，马伯乐一件一件地都想起来了。

一直到太太抚着他的肩膀说了许多安慰他的话，他这才好了。

到了晚上，他回到小陈那里把行李搬到旅馆去了。到了旅馆里，太太打开行李一看，说：“呀，保罗，你是在哪里住着来的，怎么弄成这个样子？”

马伯乐是一阵心酸，又差一点没有流下眼泪来。

这一夜马伯乐都是郁郁不乐的。

马伯乐盖上了太太新从家里带来的又松又软的被子。虽然住的是三等旅馆，但比起小陈那里不知要好了多少倍，是铁架的床，床上挂着帐子，床板是棕绷的，带着弹性，比起小陈那个洋灰地来，不知要软了多少倍。枕头也是太太新从家里带来的，又白又干净。

马伯乐把头往枕头上一放就长叹了一口气，好像那枕头给了他无限的伤心似的。他的手在被边上摸着，那洁白的被边是非常干爽的，似乎还带清香的气息。

太太告诉他关于家里的很多事情。马伯乐听了都是哼哼哈哈地答应着。他的眼睛随时都充满着眼泪，好像在深思着似的。一会他的眼睛去看着床架，一会把眼睛直直地看着帐子顶。他的手也似乎无处可放的样子，不是摸着被边，就是拉着床架，再不然就是用指甲磕着床架咚咚地响。

太太问他要茶吗？

他只轻轻地点了点头。

太太把茶拿给他，他接到手里。他拿到手上一些工夫没有放到嘴上去吃。他好像在想什么而想忘了。他与太太的相见，好像是破镜重圆似的，他是快乐的，他是悲哀的，他是感激的，他是痛苦的，他是寂寂寞寞的，他是又充实又空虚的。他的眼睛里边含满了眼泪，只要他自己稍一不加制止，那眼泪就要流下来的。

太太问他：

“你来上海的时候究竟带着多少钱的？”

马伯乐摇一摇头。

太太又说：

“父亲说你带着两百多块？”

马伯乐又摇一摇头，微微地笑了一笑。

太太又说：

“若知道你真的没有带着多少钱，就是父亲不给，我若想一想办法也总可以给你寄一些的。”

马伯乐又笑了笑，他的眼睛是亮晶晶的，含满了眼泪。

太太连忙问他：

“那么你到底是带着多少？”

“没带多少，我到了上海就剩了三十元。”

太太一听，连忙说：

“怪不得的，你一封信一封电报地催。那三十元，过了三个月，可难为你怎么过来的？”

马伯乐微微地笑了一笑，眼泪就从那笑着的眼睛里滚下来了。他连忙抓住了太太的手，而后把脸轻轻地压到枕头上去。那枕头上有一种芳香的气味，使他起了一种生疏的感觉，好像他离开了家已经几年了。人间的无限虐待，无限痛苦，好像他都已经尝遍了。

第二天早晨，马伯乐第一步先去的地方就是梵王渡，就是西站。到内地去的唯一的火车站。（上海通内地的火车，在抗战之后的两个月就只有西站了。因为南站、北站都已经沦为敌手了。）

马伯乐在卖票处问了票价，并问了五岁的孩子还是半票，还是不起票。

他打算先到南京，而后再从南京转汉口。汉口有他父亲的朋友在那里。不过这心事还没有和太太谈过，因为太太刚刚来到，好好让她在旅馆里休息两天，休息好了再谈也不晚。所以他还没有和太太说起。若是一谈，太太是没有不同意的。

马伯乐觉着太太这次地来，对待他比在家时好得多了，很温和的，而且也体贴得多。太太变得年青了，太太好像又回到了刚结婚的时候似的，是很温顺的，很有耐性的了，若一向太太提起去汉口，太太是不会不同意的。所以马伯乐先到车站上去打听一番。马伯乐想：

“万事要有个准备。”

他都打听好了，正在车站上徘徊着，打算仔细地看一看，将来上火车的时候，省得临时生疏。他要先把方向看清楚了，省得临时东撞西撞。

正在这时候，天空里就来了日本飞机。大家嚷着说日本飞机是来炸车站的。于是人们便往四下里跑。

马伯乐一听是真正的飞机的声音，他向着英租界的方向就 跑。他还没能跑开几步，飞机就来在头顶上了，人们都立刻蹲下了。是三架侦察机一齐过去了，并没有扔炸弹。

但是站在远处往站台上看，那车站那里真像是蚂蚁翻锅了，吵吵嚷嚷地一群一堆地，人山人海地在那里吵叫着。

马伯乐一直看到那些人们又都上了火车，一直看到车开。

他想不久他也将如此的，也将被这样拥挤的火车载到他没有去过的生疏的地方去的。在那里将要开始新的生活，将要顺应着新的环境。新的就是不可知的，新的就是把握不准的，新的就是困难的。

马伯乐看着那火车冒着烟走了，走得很慢，吭吭地响。似乎那车子载得过于满了，好像要拉不动的样子。说不定要把那些逃难的人们拉到半路，拉到旷野荒郊上就把他们丢到那里了，就丢到那里不管了。

马伯乐叹了一口气，转身便往回走了。他一想起太太或许在等他吃饭呢！于是立刻喊了个黄包车，二十多分钟之后，他跑上旅馆的楼梯了。

太太端着一个脸盆从房间里出来，两只手全都是肥皂沫子。她打算到晒台上清洗已经打过了肥皂的孩子们的小衣裳。一看丈夫回来了，她也就没有去，又端着满盆的肥皂沫子回到了房间里。

在房间里的三个孩子滚作一团。大孩子大卫，贫血的脸色，小小的眼睛，和两个枣核似的，他穿着鞋在床上跳着。第二个孩子约瑟是个圆圆的小脸，长得和他的母亲一样，惟鼻子上整天挂鼻涕。第三个孩子就是雅格了，雅格是很好的。母亲也爱她，父亲也爱她。她一天到晚不哭，她才三岁，她非常之胖，看来和约瑟一般大，虽然约瑟比她大两岁。约瑟是五岁了。大卫是九岁了，大卫这个孩子，在学堂里念书，专门被罚站。一回到家里，把书包一放就往厨房里跑，跑到厨房里先对妈妈说：

“妈，我今天没有罚站。”

妈妈赶忙就得说：

“好孩子真乖……要吃点什么呢？”

“要吃蛋炒饭！”

大卫和他的父亲一样，也是喜欢吃蛋炒饭的。

妈妈问着他：

“蛋炒饭里愿意加一点葱花呢，还是愿意加一点虾米？”

大卫说：

“妈，你说哪样好呢？葱花也要，虾米也要，好吗？”

“加虾米就不可以加葱花的。”妈妈说，“虾米是海里的，是海味。鸡蛋是鸡身上的，又是一种味道。鸡蛋和虾米就是两种味道了。若再加上葱花就是三种味道了。味道太多，就该荤气了。那是不好吃的。我看就只是鸡蛋炒虾米吧。”

大卫抱在妈妈的腿上闹起来，好像三岁的小孩子似的，嘴里边卿卿咕咕地叨叨着，他一定要三样一道吃，

他说他不嫌荤气。

妈妈把他轻轻地推开一点说：

“好孩子，不要闹，妈给你切上一点火腿下放上，大卫不就是喜欢火腿吗？”

妈妈在那被厨子已经切好了的、就上灶了的火腿丝上取出一撮来，用刀在菜墩上切着。大卫在妈妈旁边站着，还指挥着妈妈切得碎一点，让妈妈多切上一些。

就是在炒的时候，大卫也是在旁边看着，他说：

“妈，多加点猪油，猪油香啦！”

妈妈就拿铁勺子在猪油罐子里调上了半铁勺子。因为

猪油放的过多，那饭亮得和珍珠似的，一颗一颗的。

若是妈妈不在家里，大卫是不吃蛋炒饭的。厨子炒的饭不香，厨子并不像妈那样听话，让他加多少猪油他就加多少。厨子是不听大卫的话的，厨子炒起蛋炒饭来，油的多少，他是有他的定规的。大卫不敢到旁边去胡闹。厨子瞪着眼睛把铁勺子一刮拉，大卫是很害怕的。所以他只喜欢妈妈给他炒的饭。

大卫差不多连一点青菜也不吃，只吃蛋炒饭就够了。

蛋炒饭是很难消化的，有胃病的人绝对地吃不得。牙齿不好的人也绝对地吃不得。米饭本来就是难以消化的，又加上那么许多猪油，油是最障碍胃的。

当大卫六岁的时候，正是他脱换牙齿的时候。他的牙虽然任何东西都不能嚼了，但他仍是每顿吃蛋炒饭。饭粒吞到嘴里，不嚼是咽不下去的、母亲看他很可怜，就给他泡上一点汤，而后拿了一个调匙，一匙一匙的，妈妈帮着孩子把囫囵的饭粒整吞到大卫的肚子去。妈妈的嘴里还不住他说着：

“真可怜了我的大卫了。多泡一点汤吧，好不好？”

大卫的胃病，是很甚的了。妈妈常常偷着把泻盐给他吃。

为什么她要愉着给呢？就因为祖父是不信什么药的，祖父就信主耶稣，不管谁患了病，都不准吃药，专门让到上帝面前去祷告。同时也因为大卫的父亲也是不信药的，孩子们一生了病，就买饼干给他们吃。

所以每当大卫吃起药来的时候，就像小偷似的。

每次吃完了泻盐，那泻盐的盒子都是大卫自己放着，就是妈妈偶尔要用一点泻盐的时候也还得向大卫去讨。大卫是爱药的，这一点他并不像祖父那样只相信上帝，也不像父亲那样一病了就买饼干。

大卫因为胃病的关系，虽然今年是九岁了，仍和他弟弟差不多一般高。所以约瑟是看不起哥哥的，亲戚朋友见了，都赞美约瑟，都说约瑟赶上哥哥了。约瑟的腿比哥哥的腿还粗。因为约瑟在观念上不承认了哥哥，因此常常和大卫打仗，他把大卫按倒在地上，而后骑在他的身上，让大卫讨饶，他才放开他，让大卫叫他将军，他才肯放开他。

就是他们两个同时吃一样的饭，只要把饭从大锅里一装到饭碗里，约瑟就要先加以拣选的，他先选去了一碗，剩下的一碗才是他哥哥的。假若哥哥不听他的话，上去先动手拿了一碗，他会立刻过去把饭碗抢过来摔到地上，把饭碗摔得粉碎。

所以哥哥永远是让着他。

母亲看了也是招呼着大卫：

“大卫到妈这里来……”

而后小声地在大卫的耳朵上说：

“等一会妈给你做蛋炒饭吃，不给约瑟。”

所以大卫是跟妈妈最好的。

大卫在学堂，先生发下来的数学题目，都是拿到家里妈妈给作的。妈妈也总是可怜大卫的。大卫一天比一天的清瘦。妈妈怕他累着，常常帮他一点忙，就连每个礼拜六的那一点钟的手工课，大卫也都是先在空里让妈妈替他用颜色纸把先生说定的那几样塔、车子、莲花,都预先折好了的,然后放在书包里。等到在课堂上,真正的先生在眼前的时候,大卫就只得手下按着一张纸，假装着折来折去。先生一走远,他就停下来。先生一走到旁边,他就很忙碌地比划着。一直就这样挨到下课为止。一打了下课铃,大卫从椅子上跳起来,赶忙把妈妈做好的塔或车子送上去,送到先生的旁边。

这一点钟手工课,比一天都长,在大卫是非常难以忍受的。往往手工课一下来之后，把大卫困得连打呵欠带流眼泪。

先生站在讲台上粗粗地把学生交上来的成绩，看了一遍。

大卫这时候是非常惊心的，就怕先生看出来他的手工不是自己做的。

因此大卫在学堂里边养成了很胆小的习惯。先生在讲台上讲书,忽然声音打了一点,大卫就吓得脸色发白,以为先生又是在招呼他,又是罚他的站。就是在院子里散步,同学从后边来拍他一下肩膀,大卫也吓得一哆嗦,以为又是同学来打他。

大卫是很神经质的,聪明又机警。这一点他和他的父亲马伯乐一样。

大卫是很喜欢犯罪的，他守候在厨房里看着妈妈给他炒饭。那老厨子一出了厨房,大卫立刻伸出手去,在那洗得干干净净的黄瓜上摸了一会。老厨子转身就回来了,大卫吓得脸色发白。老厨子不在时，大卫伸手抓了一把白菜丝放在嘴里嚼着。别人或者以为大卫是最喜欢吃白菜。其实不然，等吃饭时，摆到桌子上来，大卫连那白菜是睬也不睬的。前面就说过，大卫只吃蛋炒饭，青菜他是一点也不喜欢的。

大卫一个人单独的时候，他总是要翻一翻别人的东西。在学堂里，他若来得最早，他总偷着打开别人的书桌看看，碎纸啦，花生皮啦，他也明知道那里边没有什么好看的，但不看却不成，只剩他一个人在，哪能不看呢！

在家里，妈妈、爸爸都不在家，约瑟也不在的时候，他就打开抽屉，开了挂衣箱，碰到刀子、剪子之类，拿在手里，往桌子边上，或椅子腿上削着。碰到了花丝线或者什么的，就拿在手里揉做一团。他也明知道衣箱里是没有他可以拿出来玩的东西，但是他不能不乱翻一阵，因为只有他一个人，他不翻做什么呢？等一会妈妈、爸爸回来，不就翻不着了吗？不就是不许翻了吗？

他若碰到了约瑟的书包，约瑟若不在旁边，他非给他打开不可。他要看看他当着约瑟的面而看不到的东西。其实他每次打开一看，也没有什么出奇的。但是不让他打开可不成，约瑟不是不在旁边吗？不在旁边偷着看看有什么要紧？

只有对付小雅格，大卫不用十分的费心思，他从来用不着偷着看她的东西，因为雅格太小，很容易上当。大卫把他自己的那份花生米吃完了时，他要小雅格的，他只说：

“雅格，雅格你看棚顶上飞着个蝴蝶。”

就趁着雅格往棚顶上一看这工夫，他就把她的花生米给抓去了一大半。

本来棚顶上是没有什么蝴蝶的,雅格上当了。

到后来,雅格稍微大了一点,她发现了哥哥欺负她的手法了,所以每当她吃东西的时候,只要大卫从她的旁边一过,她就赶快把东西按住,叫着:

“妈,大卫来啦!”

好像大卫是个猫似的,妹妹很怕他。

大卫在家里的地位是厨子恨他,妈妈可怜他,约瑟打他,妹妹怕他。

在学堂里,每天被罚站。

马伯乐的长子是如此的一个孩子。

马伯乐的第二个儿子约瑟,他的性格可与马怕乐没有丝毫相像的地方。他勇敢,好像个雄赳赳的武士,走起路来,拍着胸膛;说起话来,伸着大拇指;眼睛是往前直视的,好像小牛的眼睛。他长着焦黄的头发。祖父最喜欢他,说他的头发是外国孩子的头发,是金丝发。

《圣经》上描写着的金丝发是多么美丽,将来约瑟长大了该娶个什么样的太太呢?祖父常常说:

“我们约瑟将来得娶个外国太太。”

约瑟才五岁,并不懂这话是什么意思,他只看得出来祖父的眼光和声音都是很爱他的。于是他就点了点头。看了约瑟这样做,全家的人都笑了起来。

约瑟是幼稚园的学生,每天由梗妈陪着去,陪着回来。

就是在草地上玩的时候,梗妈也是一分钟不敢离开他,一离开他，他就动手打别的孩子，就像在家里边打大卫那个样子。有时他把别的孩按倒了，坐在人家的身上，就是比他大的他也不怕。总之，他不管是谁，他一不高兴，动手就打，有一天他打破了一个小女孩子的鼻子，流了不少的血。

回到家里，梗妈向祖母说，约瑟在学堂里打破了人家的鼻子。

祖父听到了，而很高兴他说：

“男孩子是要能打的呀！将来约瑟一定会当官的。”

到了晚上，被打破鼻子那个孩子的母亲来了，说她孩子的鼻子发炎了，有些肿起来了，来与他们商量一下，是否要上医院的。

约瑟的祖父一听，连忙说：

“不用，不用，用不着，用不着。上帝是能医好一切灾祸的神灵。”

于是祖父跪到上帝那儿，他虔诚地为那打破鼻子的孩子祷告了一阵。

而后站起来问那个母亲：

“你也是信奉上帝的人吗？”

她回说：“不是。”

“怪不得的，你的孩子的鼻子容易流血，那就是因为你不信奉上帝的缘故。不信奉上帝的人的灾祸就特别多。”

祖父向那母亲传了半天教，而后那母亲退出去了。

祖母看那女人很穷，想要向她布施一点什么，何况约瑟又打了人家，而祖父不许，就任着她下楼去了。

这时约瑟从妈妈那屋走来了，祖父见了约瑟，并没有问他一问，在学堂里为什么打破了人？只说：

“约瑟，这小英雄，你将来长大做什么呢？”

约瑟拉着祖父的胡子说：

“长大当官。”

一说之间，就把祖父的胡子给撕下来好几根。

祖父笑着，感叹着：

“这孩子真不得了，还没当官呢，就拔了爷爷的胡子；若真当了官，……还他妈的……”

约瑟已经爬到祖父的膝盖上来，坐在那里了，而且得意洋洋地在拍着手。

来了客人，祖父第一先把约瑟叫过去。第一句话就问他：

“约瑟长大了做什么？”

约瑟说：

“长大做官。”

所来的客人，都要赞美约瑟一番。说约瑟长的虎头虎脑，耳大眉直，一看这孩子就是富贵之相，非是一名武将不可。一定的，这孩子从小就不凡，看他有一身的劲，真是一个生龙活虎的孩子。看他的下额多么宽，脑盖多么鼓，眼睛多么亮。将来不是关公也是岳飞。

现在听到这五岁的孩子自己说长大了做官，大家都笑了。尤其是祖父笑得最得意，他自己用手理着胡子，好像很自信的，觉得别人对于约瑟的赞词并不过火。

其实约瑟如果单独地自己走在马路上，别人绝对看不出来这个名叫约瑟的孩子将来必得当官不可。不但在马路上，没有人过来赞美他，就是在幼稚园里面，也没有受到特别的夸赞，不但没有人特别的赞许他，有时竟或遭到特别评判。说马约瑟这孩子野蛮，说这孩子凶横，说他很难教育，说他娇惯成性，将来是很危险的。

现在把对于约瑟好的评语和坏的评语来对照一下，真是相差太远，不伦不类。

约瑟在祖父面前，本是一位高官大员；一离开了祖父，人家就要说他是流氓无赖了。

约瑟之所以了不起，现在来证明，完全是祖父的关系。

祖父并没有逼着那些所来的客人，必得人人赞美他的孙儿，祖父并没有这么做，而是那些人们自己甘心愿意这么做。好像那些来的客人都是相面专家，一看就看出来马老先生的孙儿是与众不同的。好像来到马家的客人，都在某一个时期在街上摆过相面的摊子的，似乎他们做过那种生意。不但相法高明，口头上也非常熟练，使马老先生听了非常之舒服。

但其中也有相术不佳的。大卫在中国人普遍的眼光里，长得并不算是福相。可是也有一位朋友，他早年在德国留过学，现在是教友会的董事。他是依据着科学的方法来推算的，他推算将来大卫也是一个官。

这个多少使马老先生有些不高兴，并不是自己的孙儿都当了官马伯乐的父亲就不高兴的，而是那个教友会的董事说的不对。

大卫长的本来是枣核眼睛，那人硬说枣核眼睛是富贵之相。这显然不对，若枣核眼睛也是富贵之相，那么龙眼、虎眼，像约瑟的大眼睛该是什么之相了呢？这显然不对。

总之马老先生不大喜欢他这科学的推算方法。

所以那个人白费了一片苦心，上了一个当，本来他是打算讨马老先生的欢心的，设一个科学推算法，说他的孙儿个个都当官。没想到，马老先生并不怎样起劲。于是他也随着大流，和别人一样回过头来说约瑟是真正出人头地的面相。他说：

“约瑟好比希特拉手下的戈林，而大卫则是戈倍尔，一文一武，将来都是了不起的，不过，文官总不如武官。大卫长得细小，将来定是个文官。而约瑟将来不是希特拉就是莫索里尼。”

说着顺手在约瑟的头上抚摸了一下。约瑟是不喜欢别人捉弄他的，他向那人踢了一脚。那人又说：

“看约瑟这英雄气概，真是不可一世，还是约瑟顶了不起，约瑟真是比大卫有气派。约瑟将来是最大的大官，可惜现在没有了皇帝，不然，约瑟非做皇帝不可。看约瑟这眼睛就是龙眼，长的是真龙天子的相貌。”

约瑟的祖父听了这一番话，脸上露出来了喜色。那个人一看，这话是说对了，于是才放下心来，端起茶杯来吃了一口茶。

他说话说的太多了，觉得喉咙干得很，这一口茶吃下去，才觉得舒服一些。关于约瑟，也就这样简单的介绍了一番。

雅格不打算在这里介绍了。因为她一生下来就是很好的孩子，没有什么特性，不像她的二位哥哥那样，一个是胆小的，一个是凶横的；一个强的，一个弱的。而雅格则不然，她既不像大卫那样胆小，又不像约瑟那样无法无天。她的性格是站在她的二位哥哥的中间。她不十分像她的母亲，因为母亲的性格和约瑟是属于一个系统的。她也不十分像她的父亲，因为父亲的脾气是和大卫最相像的。

以上所写的关于约瑟、大卫的生活，那都是在青岛家里边的情形。现在约瑟、大卫和雅格都随着妈妈来到上海了。

马伯乐只有三个孩子，这三个孩子现在都聚在这旅馆的房间里。

前边说过，马伯乐是从西车站回来。他一上楼第一个看见的就是他的太太。太太弄得满手肥皂沫，同时她手里端着的那个脸盆，也满盆都是漂漂涨涨的肥皂沫。

等他一进了旅馆的房间，他第一眼就看见他的三个孩子滚在一起。是在床上翻着，好像要把床闹翻了的样子，铁床吱吱地响，床帐哆哆嗦嗦地在发抖。枕头、被子都撕满了一床，三个孩子正在吱吱咯咯地连嚷带叫地笑着，你把我打倒了，我又把你压过去，真是好像发疯的一样。马伯乐大声地招呼了一下：

“你们是在干什么？”

大卫第一个从床上跑下来，畏畏缩缩地跑到椅子上坐下来了。而雅格虽然仍是坐在床上，也已经停止了呼叫和翻滚。

惟有约瑟，他是一点也没有理会爸爸的号令，他仍是举起枕头来，用枕头打着雅格的头。

雅格逃下床去了，没有被打着。

于是约瑟又拿了另外的一只枕头向坐在椅子上的大卫打去。约瑟这孩子也太不成样子了。马伯乐于是用了更大的声音招呼了他一声：

“约瑟，你这东西，你是干什么！”

马伯乐的声音非常之高大，把坐在椅子上的大卫吓得一哆嗦。

可是约瑟这孩子真是顽皮到顶了，他不但对于父亲没恐惧，反而耍闹起来。他从床上跑下来，抱住了父亲的大腿不放。马伯乐从腿上往下推他，可是推不下去。

约瑟和猴子似的挂住了马伯乐的腿不放。约瑟仿佛喝醉了似的，和小酒疯子似的，他把背脊反躬着，同时哈哈地笑着。

马伯乐讨厌极了，从腿上推又推不掉他，又不敢真的打他，因为约瑟的母亲是站在旁边的，马伯乐多少有一点怕他的太太。马伯乐没有办法，想抬起腿来就走，而约瑟正抱着他的腿，使他迈不开步。

太太看了他觉得非常可笑，就在一边格格地笑。

约瑟看见妈妈也在旁边笑，就更得意起来了，用鞋底登着马伯乐的裤子。

这使马伯乐更不能忍耐了，他大声地说：

“真他妈的……”

他差一点没有说出来“真他妈的中国人”。他说了半句，他勉强地收住了。

这使太太更加大笑起来。这若是在平常，马伯乐因此又要和太太吵起来的。而现在没有，现在是在难中。在难中大家彼此就要原谅的，于是马伯乐自己也笑了起来，就像他也在笑着别人似的，笑得非常开心。

到了晚上，马伯乐才和太太细细地谈起来。今后将走哪条路呢？据马伯乐想，在上海蹲着是不可以的，将来早晚外国是要把租界交给日本人的，到那时候可怎么办呢？到那时候再逃怕要来不及了。是先到南京再转汉口呢？还是一下子就到西安去？西安有朋友，是做中学校长的，到了他那里，可以找到一个教员的职位。不然就到汉口去，汉口有父亲的朋友在，他不能不帮忙的。

其实也用不着帮什么忙，现在太太已经带来了钱，有了钱朋友也不会看不起的。事情也就都好办，不成问题。

不过太太主张去西安，主张能够找到一位教员来做最好，一个月能有百八十块钱的进款最好。而马伯乐则主张去汉口，因为他想，汉口将来必有很多熟人，大家一起多热闹，现在已经有许多人到汉口去了，还有不少的正在打算去。而去西安的，则没有听说过，所以马伯乐是不愿意去西安的。

因为这一点，他跟太太微微有一点争吵。也算不了什么争吵，不过两人辩论了几句。

没有什么结果，把这问题也就放下了。马伯乐想，不要十分地和太太认真，固为大太究竟带来了多少钱，还没有拿出来。钱没拿出来之前，先不要和大大的意见太相差。若那么一来，怕是她的钱就不拿出来了。所以马伯乐说：

“去西安也好的，好好地划算一下，不要忙，做事要沉着，沉着才不能够出乱子。今天晚上好好地睡觉吧！明天再谈。”

马伯乐说完了，又问了太太在青岛的时候看电影没有。

上海的影戏院以大光明为最好，在离开上海以前，要带太太去看一看的。又问太太今天累着没有，并且用手拉着被边给太太盖了一盖。

这一天晚上，马伯乐和太太没有再说什么就都睡去了。

第二天，一早起，这问题又继续着开始谈论。因为不能不紧接着谈论，眼看着上海有许多人走的，而且一天一天地走的人越来越多。马伯乐本想使太太安静几天，怕太太在路上的劳苦一直没有休息过来，若再接着用一些问题烦乱她，或是接着就让她再坐火车，怕是她脾气发躁，而要把事情弄坏了。但事实上不快及早决定是不行的了，慢慢地怕是火车要断了。等小日本切断了火车线，到那时候可怎么办哪！于是早晨一起来就和太太开始谈起来。

太太仍是坚持着昨天的意见，主张到西安去。太太并且有一大套理论，到西安去，这样好，那样好的，好像只有西安是可以去的，别的地方用不着考虑，简直是去不得的样子。

马伯乐一提去汉口，太太连言也不搭，像是没有听见的样子，她的嘴里还是说：

“去西安，西安。”

马伯乐心里十分后悔，为什么当初自己偏说出西安能够找到教员做呢？太太本来是最喜欢钱的，一看到了钱就非伸手去拿不可，一拿到手的钱就不用想从她的手里痛痛快快地拿出来。当初若不提“西安”这两字有多么好，这不是自己给自己上的当嘛！这是什么？

马伯乐气着向自己的内心说：

“简直发昏了，简直发昏了。真他妈的！”

马伯乐在旅馆的房间里走了三圈。他越想越倒霉，若不提“西安”这两个字该多好！收拾东西，买了车票直到南京，从南京坐船就到汉口了。现在这不是无事找事吗？他说：

“看吧，到那时候可怎么办？”

现在，他之所谓“到那时候”是指的到太太和他打吵起来的时候，或者太太和他吵翻了的时候，也或者太太因为不同意他，而要带着孩子再回青岛去也说不定的时候。

太太不把钱交出来始终是靠不住的。

马伯乐在房间里又走了三圈，急得眼睛都快发了火的，他不知道要用什么方法来对付太太。并且要走也就该走了，再这么拖下去，有什么意思呢？早走一天，早利索一天。迟早不是也得走吗？早走早完事。

可是怎样对太太谈起呢？太太不是已经生气了吗？不是已经在那儿不出声了吗？

马伯乐用眼梢偷偷地看了一下，她果然生了气的，她的小嘴好像个樱桃似的，她的两腮鼓得好像个小馒头似的。她一声不出的，手里折着孩子们的衣裳。马伯乐一看不好了，太太果然生了气了。马伯乐下楼就跑了。

跑出旅馆来，在大街上站着。

满街都是人，电车，汽车，黄包车。因为他们住的这旅馆差不多和住在四马路上的旅馆一样，这条街吵闹得不得了。还有些搬家的，从战争一起，差不多两个月了，还没有搬完的，现在还在搬来搬去。箱笼包裹，孩子女人，有的从英租界搬到法租界，有的从法租界搬到英租界。还有的从亲戚的地方搬到朋友的地方，再从朋友的地方搬回亲戚的地方。还有的从这条街上搬到另一条街上，过了没有多久再从另一条街上搬回来。好像他们搬来搬去也总搬不到一个适当的地方。

马伯乐站在街上一看，他说：

“你们搬来搬去地乱搬一阵，你们总舍不得离开这上海。看着吧，有一天日本人打到租界上来，我看到那时候你们可怎么办！到那时候，你们又要手足无措你们又要号陶大叫，你们又要发疯地乱跑。可是跑了半天，你们是万万跑不出去的，你们将要妻离子散地死在日本人的刀枪下边。你们这些愚人，你们万事没有个准备，我看到那时候你们可怎么办？”

马伯乐不但看见别人到那时候可怎么办，就连他自己现在也是正没有办法的时候。

马伯乐想：

“太太说是去西安，说不定这也是假话，怕是她哪里也不去，而仍是要回青岛的吧！不然她带来的钱怎么不拿出来？就是不拿出来，怎么连个数目也不说！她到底是带来钱没有呢？难道说她并没有带钱吗？”

马伯乐越想越有点危险：

“难道一个太太和三个孩子，今后都让我养活着她们吗？

马伯乐一想到这里觉得很恐怖：

“这可办不到，这可办不到。”

若打算让他养活她们，那是绝对办不到的事情。世界上不会有的事情，万万不可能的事情，一点可能性也没有的事情，马伯乐自己是绝对做不到的。

马伯乐在街上徘徊着，越徘徊越觉得不好。让事情这样拖延下去是不好的，是不能再拖的了。他走回旅馆里，他想一上楼，直接了当地就和太太说：

“你到底是带来了多少钱，把钱拿出来，我们立刻规划一下，该走就走吧，上海是不好多住的。”

可是当他一走进房间去，太太那冷森森的脸色，使他一看了就觉得不大好。他想要说的话，几次来到嘴边上都没敢说。马伯乐在地板上绕着圈，绕了三四个圈，到底也没敢说。

他看样子说了是不大好的，一说太太一定要发脾气。因为太太是爱钱如命的，如果一问她究竟带来了多少钱，似乎他要把钱拿过来的样子。太太一听就非发脾气不可的。

太太就有一个脾气，这个脾气最不好，就是无论她跟谁怎样好,若一动钱,那就没事。马泊乐深深理解太太这一点。所以他千思百虑,不敢开口就问。虽然他恨不能立刻离开上海，好像有洪水猛兽在后边追着似的，好像有火烧着他似的。

但到底他不敢说,他想还是再等一两天吧。马伯乐把他满心事情就这样压着。夜里睡觉的时候,马伯乐打着咳声，长出着气,表现得非常感伤。

他的太太是见惯了他这个样子的，以为也没有什么大不了的。马伯乐的善于悲哀,太太是全然晓得的。太太和他共同生活了十年。马伯乐的一举一动太太都明白他这举动是为的什么。甚至于他的一句话还没有说出来,只在那里刚一张嘴,她就晓得他将要说什么,或是向她要钱,或是做什么。是凡马伯乐的一举一动,太太都完全吃透了。比方他要出去看朋友,要换一套新衣裳,新衣裳是折在箱子里,压出了褶子来,要熨一熨。可是他不说让太太熨衣裳,他先说:

“穿西装就是麻烦,没有穿中国衣裳好,中国衣裳出了点褶子不要紧,可是西装就不行了。”

他这话若不是让他太太听了,若让别人听了,别人定要以为马伯乐是要穿中国衣裳而不穿西装了。其实这样以为是不对的。

他的太太一听他的话就明白了,是要她去给他熨西装。

他的太太赶快取出电熨斗来,给他把西装熨好了。

还有马伯乐要穿皮鞋的时候，一看皮鞋好久没有擦鞋油了。就说:

“黄皮鞋，没有黑皮鞋好，黄皮鞋太久不擦油就会变色的。而 黑皮鞋则不然，黑皮鞋永久是黑的。”

他这话，使人听来以为马伯乐从此不再买黄皮鞋，而专门买黑皮鞋来穿似的。其实不然，他是让他太太来擦皮鞋。

还有马伯乐夏天里从街上回来，一进屋总是大喊着：

“这天真热，热的人上喘，热的人口干舌燥。”

接着说话的一般规律，就该说，口干舌燥，往下再说，就该说要喝点水了。而马伯乐不然，他的说话法，与众不同。他说：

“热的口干舌燥，真他妈的夏天真热。

太太一听他这话就得赶快给他一杯水，不然他就要大大地把夏天大骂一顿。（并不是太太对马伯乐很殷勤，而是听起他那一套罗里罗唆的话很讨厌。）太太若再不给他倒水，他就要骂起来没有完。这几天的夜里，马伯乐和太太睡在旅馆的房间里，马伯乐一翻身就从鼻子哼着长气。马伯乐是很擅长悲哀的，太太是很晓得的，太太也就不足为奇，以为又是他在外边看见了什么风景，或是看见了什么可怜的使他悲哀的事情。

比方马伯乐在街上看见了妈妈抱着自己的儿子在卖，他对于那穷妇人就是非常怜借的，他回到家里和太太说：“人怎么会弄到这个样子！穷得卖起孩子来了，就像卖小羊、小猪、小狗一个样。真是……人穷了，没有办法了。”

还有马伯乐在秋天里边，一看到树叶落，他就反复地说：

"树叶落了,来到秋天了。秋天了,树叶是要落的……"马伯乐一生下来就是悲哀的。他满面愁容,他的笑也不是愉快的,是悲哀的笑是无可奈何的笑。他的笑让人家看了,又感到痛苦,又感到酸楚,好像他整个的生活,都在逆来顺受之中过去了。

太太对于马伯乐的悲哀是已经看惯了, 因为他一向是那么个样子。太太对于他的悲哀,已经不去留心了,不去感觉它了。她对他的躺在床上的叹气,已经感觉不到什么了,就仿佛白天里听见大卫哭哭唧唧地在那里叨叨些个什么一样。又仿佛白天里听见约瑟唱着的歌一样,听是听到了,可是没有什么印象。

所以马伯乐的烦恼,太太不但没有安慰他,反而连问也没有问他。

马伯乐除了白天叹气,夜里也叹气之外,他在旅馆里陪着太太住了三天三夜是什么也没有做。

每当他想要直截了当地问一问太太到底是带来了多少钱,但到要问的时候,他就不敢啦,因为他看出来了太太的脸色不对。

"我们……应该……"

马伯乐刚一说了三四个字,就被太太的脸色吓住了。

"我们不能这样,我们……"

他又勉强他说出了几个不着边际的字来, 他一看太太的脸色非常之不对,说不定太太要骂他一顿的,他很害怕。他打开旅馆房间的门,下楼就逃了。

而且一边下着楼梯，他一边招呼着正从楼梯往上走的约瑟：

“约瑟,约瑟,快上街去走走吧！”

好像那旅馆的房间里边已经发生了不幸，不但马伯乐他自己要赶快地躲开,就是别人他也要把他招呼住的。

到了第四天,马伯乐这回可下了决心了。他想:世界上不能有这样的事情，世界上不能容许有这佯的事情……带着孩子从青岛来,来到上海,来到上海做什么……简直是混蛋,真他妈的中国人！来到上海就要住到上海吗？上海不是他妈中国人的老家呀！早晚还不是他妈的倒霉。

马伯乐越想越生气,太太简直是混蛋,你到底带来了多少钱？你把钱拿出来,咱们看,照着咱们的钱数,咱们好打算逃到什么地方去。难道还非等着我来问你,你到底是带来多少钱？你就不会自动地把钱拿出来吗？真是爱钱让钱迷了心窍了。马伯乐这回已经下了决心了,这回他可不管这一套,要问,开口就问的,用不着拐弯抹角。就问她到底是从家里带来了多少钱。马伯乐的决心已经定了。

他找了不少的理论根据之外还说了不少的警句：

“做人要果断。当断不断必受其乱。”

“大丈夫,做起事来要直截了当。”

“真英雄要敢做敢为。”

“大人物要有气派。”

马伯乐气冲冲地从街上走进旅馆来了。又气冲冲地走上旅馆的楼梯了。他看了三十二号是他的房间,他勇猛得和一条鲨鱼似的向着三十二号就冲去了。

“做人若没有点气派还行吗？”

他一边向前冲着，一边用这句话鼓动着自己的勇气。

他走到三十二号的门前了，他好像强盗似的，把门一脚踢开了。非常之勇敢，好像要行凶的样子。

他走进房间去一看，太太不在。

他想：太太大概是在凉台上晒衣裳。

于是他飞一般地快，就追到楼顶晒台上去了。

他想：若不是趁着这股子劲，若过了一会怕是就要冷下来，怕是要消沉下来，怕是把勇气消散了。勇气一消散，一切就完了。

马伯乐是很晓得自己的体性的。他防范着他自己也是很周密的。

他知道他自己是不能持久的，于是他就赶快往楼顶上冲。

等他冲到了楼顶，他的勇气果然消散了。

他开口和太太说了一句很温和的话，而且和他在几分钟之前所想要解决的那件严重的事情毫无关系，他向太太说：

“晴天里洗衣裳，一会就干了。”

好像中国人的习惯，彼此一见了先说“天气哈哈哈”一样。马伯乐说完了，还很驯顺地站在太太的一旁。好像他来到晒台上就是为的和太太说这句闲话才来的。在前一分钟他满身的血气消散尽了，是一点也不差，照着他自己所预料的完全消散尽了。

这之后，又是好几天，马伯乐都是过着痛苦的生活，这回的痛苦更甚了，他擦手捶胸的，他撕着自己的头发，他瞪着他悲哀的眼睛。

他把眼睛瞪得很大，瞪得很亮，和两盏小灯似的。

但是这都是当太太不在屋里的时候，他才这么做，因为他不打算瞪他的太太，其实他也不敢瞪他的太太。他之所以瞪眼睛不过是一种享受，是一种过瘾。因为已经成了一种习惯，每当他受到了压迫，使他受不住的时候，他就瞪着眼睛自己出气。一直等到他自己认为把气出完全了，他才停止了瞪眼睛。

怎样才算气出完了呢？这个他自己也摸不清楚。不过，大概是那样了，总算把气平了一平，平到使人受得住的程度，最低限度他感觉是那样。

所以马伯乐每当他生气的时候，他就勇敢起来了。平常他绝对不敢说的，在他气头上，他就说了。平常他不敢做的，在他气头上，他就绝对地敢做。

可是每当他做了之后，或是把话一说出了之后，他立刻就害怕起来。

他每次和太太吵架，都是这样的。太太一说他几句，他就来了脾气了，他理直气壮地用了很会刺伤人的话，使人一听无论什么人都不能忍耐的话，好像咒骂着似的对着太太说了出去。果然太太一听就不能忍耐了，或是大声地哭起，或是大声地和他吵起。一到这种时候，马伯乐就害怕了。

他一害怕,可怎么办呢?

他下楼就逃了。

马伯乐如果是在气头上,不但对太太是勇敢的,就是他对他自己也是不顾一切的,非常之勇敢的,有的时候他竟伸出手来打着自己的嘴巴,而且打得叭叭地响。使别人一听了就知道马伯乐是真的自己在打自己的嘴巴,可并非打着玩的。

现在马伯乐是在旅馆里,同时又正是他在气头上。为什么这次他只瞪眼睛而没有打嘴巴呢?这是因为旅馆的房间里除了他自己再没有第二个人了,假如打嘴巴,不也是白打吗?不也是没有人看见吗?所以现在他只拼命地瞪着眼睛。他把眼睛瞪得很厉害,他咬矛切齿地在瞪着,瞪得眼珠子像两盏小油灯似的发亮。仿佛什么他讨厌的东西,让他这一瞪就会瞪瘫了似的。

瞪一瞪眼睛,不是把人不会瞪坏的吗?何况同时又可以出气的呢!所以马伯乐一直地继续着,继续了两个多钟头。

两三个钟头之后,太太带着孩子们从街上回来了,在过道上闹嚷嚷地由远而近。等走到他们自己的房间的门前,是约瑟一脚把门踢开,踢得门上的玻璃哗哗啦啦地,抖抖擞擞地响着。

约瑟是第一个冲进屋来的,后边就跟着大卫、雅格和他们的妈妈。

喧闹立刻就震满了房间。太太不住他讲着街上她所见的那些逃难的,讨饭的,受伤的。她说,伤兵一大卡车,一大卡车地载呵！她说那女救护员每个伤兵车上都有，她们还打着红十字旗。还有难民也是一车一车地载，老的，小的，刚出生的孩子也有。说着说着，她就得意起来了，她像想起来什么稀奇古怪的事似的，她举着手，她把声音放低一点，她说：

“这年头女人可是遭难了，女人算是没有做好事，……就在大门洞子，就在弄堂口还有女人生了孩子咧！听得到小孩子呱呱地哭咧。大门洞子聚着一堆人围着……”

太太还没有说完，马伯乐正在静静地听着的时候，约瑟跳过来了，跳到父亲的膝盖上去，捏着父亲的耳朵就不放。马伯乐问他要做什么，他也不说，只是捏住了耳朵不放。

马伯乐的脾气又来了，本想一下子把他从身上摔下去。但是他因为太太的关系，他没有那么做。他说：

“约瑟，你下去玩去吧……去跟雅格去玩。”

马伯乐一点也没有显出发脾气的样子来。所以约瑟就更无法无天起来，用手挖着他父亲的鼻子，张着嘴去咬他父亲的耳朵，像一条小疯狗似的逞凶起来。

马伯乐本想借着这机会和太太谈一谈关于他们自己的今后逃难的方针……可是因为孩子这一闹，把机会闹完了。太太已经把那从街上得来的兴奋的感情闹光了，太太躺到床上去了，而且有些疲倦的样子，把眼睛合了起来了。

太太就要睡着了。

等约瑟闹够了，从他身上跳下去，去和大卫玩了好些时候了，马伯乐仍是用眼睛瞪着约瑟，不但瞪约瑟，就连大卫一起瞪。

不过终归大卫和约瑟还是小孩子，他们一点也不觉得，他们还是欢天喜地地玩。马伯乐往床上看一看，太太也睡着了。孩子们一个个地在爬着椅子，登着桌子，你翻我打地欢天喜地地闹着。马伯乐瞪了他们一会，觉得把气已经出了，就不再瞪他们了。

他点起一只纸烟来，他坐在一只已经掉落了油漆的木椅上。那木头椅子是中国旧式的所谓太师椅子，又方又大而且很结实，大概二十多斤重的重量。大概中国古时候的人不常搬家，才用了质地过于密的木料做着一切家具。不但椅子，就是桌子，茶几，也都是用硬木做的。

偏偏马伯乐所住的旅馆是一个纯粹为中国人所预备的。在这旅馆里住着的人物，是小商人，是从外埠来到上海，而后住了几天就到别的地方去的。而多半是因为初到上海来，一切都很生疏，就马马虎虎地在这旅馆里边住上三两天，三两天过后走了也就算了，反正房价便宜。至于茶房招待得好坏，也就没有人追究。

这旅馆里的茶房是穿着拖鞋的，不穿袜子，全个的脚都是泥泥污污的。走起路来把肚子向前凸着，两只脚尖向外。住在这旅馆里的客人，若喊一声“茶房”，必得等到五分钟之后，或八分钟之后，那似乎没有睡足的茶房才能够来到。

竟或有些性急的住客，不止喊一声茶房，而要连串喊好几声。但是那都完全没有用，也同样得等到五分钟之后或八分钟之后茶房才能够来到。而来到住客房间门外的是个大胖子，睡眼模糊的，好像猪肉铺里边的老板。客人说：“买一包香烟,刀牌的。”

客人把钱交给了这个大胖子，大胖子也就把钱接过来了。

接过钱来之后，他迟钝地似乎是还在做梦似的转不过身来,仍在那儿迷迷糊糊地站了一会,而后用手揉着眼睛,打着哈欠,才慢慢地,一步一步地把肚子向前用力地突出着下楼去了。

这一下了楼去,必得半点钟过后,才能够回来。

也许因为这茶房是个大胖子,走路特别慢,是要特别加以原谅的。其实不见得,比方住客招呼打脸水,五分钟之后来了一个瘦茶房端着脸盆去打水了。照理这瘦茶房应该特别灵便,瘦得好像个大蚂蚱似的,腿特别长,好像他一步能够跳在楼下,再一步能够从楼下跳到楼上。其实不然,他也不怎样卖力气。

他拿着空脸盆下去,走在过道上,看见楼栏杆上蹲着一个小黑猫,他看这小黑猫静静地蹲在那里很好玩,他举起脸盆就把那小黑猫扣住了。小猫在脸盆里喵喵地叫着,他在脸盆外用指甲敲着盆底。他一敲,那小猫一害怕,就更叫了起来。叫得真好听,叫得真可怜,而且用脚爪呱呱地挠着脸盆发响。在瘦茶房听来,仿佛那小猫连唱带奏着乐器在给他开着音乐会似的。

因此把在旅馆里专门洗衣裳的娘姨也招引来了，把一个专门烧开水的小茶房也招引来了。他们三个人,又加上那个小猫,就说说笑笑地在玩了起来。

住客等着这盆脸水，可是也不拿来，就出门来，扶着楼栏往楼下一看，那茶房在楼下玩了起来了，他就喊了一声：

“茶房，打脸水，快点！”

茶房这才拿着脸盆去装满了水。等茶房端着脸盆，上了楼梯，在楼梯口上他又站下了。原来那洗衣裳的，穿着满身黑云纱的娘姨在勾引他。他端着脸盆就跟着娘姨去了，又上一段楼梯，走上凉台去了。

在凉台上，这穿着很小的小背心的瘦茶房，和娘姨连撕带闹地闹了半天工夫。原来凉台上除了他们两个人之外，什么人也没有。

茶房端着的那盆脸水，现在是放在地上，差一点没有被他们两个踏翻了。那盆里的水很危险地东荡西荡了半天才平静下来。

“茶房！茶房！”

那等着脸水洗脸的住客，走出门来，向楼下喊着。这次他喊的时候，连那个瘦茶房也不见了。他的脸水不知道被端到什么地方去了！

这个旅馆就是这样的，住客并不多，楼上楼下，一共四十多间房子，住客平均起来还不到二十个房间。其余的房间就都空着。这旅馆里边的臭虫很多，旅客们虽然没有怎样有钱的，大富大贵或是做官的，但是搬到这旅馆里来的时候总都是身体完整的；可是当搬出这旅馆去的时候就不然了，轻的少流一点血，重的则遍体鳞伤，因为他们都被臭虫咬过了。

这家旅馆在楼下一进门，迎面摆着一张大镜子，是一张四五尺高的大镜子。好像普通人家的客堂间一样，东边摆着一排太师椅，西边排着一排太师椅，而墙上则挂满了对联和字画，用红纸写的，用白纸写的，看起来非常风雅。只是那些陈列在两边的太师椅子稍微旧了一点。也许不怎么旧，只是在感觉上有些不合潮流，阴森森的，毫无生气地在陈列着。像走进古物陈列馆去的祥子。

通过了这客堂间，走进后边的小院里才能够上楼。是个小小的圈楼，四周的游廊都倒垂着雕花的廊牙。看上去，非常之古雅，虽然那廊牙好久没有油漆过。但是越被风雨的摧残而显得苍白，则越是显得古朴。

院子里边有两条楼梯，东边一条，西边一条。

楼梯口旁边，一旁摆着一盆洋绣球。那洋绣球已经不能够开花了，叶子黄了，干死了。不过还没有拿开，还摆在那里就是了。

一上了楼，更是凄清万状，窗上的玻璃，黑洞洞的，挂满了煤烟和尘土，几年没有擦过的样子。要想从玻璃窗子外往里边看，是什么也看不见的，旅馆的老板因此也就用不着给窗子挂窗帘了。即使从前，刚一开旅馆时所挂的窗帘，到了今天也一张一张地拿下去了。拿下去撕了做茶房们手里的揩布。就是没有拿掉的，仍在挂着的，也只是虚挂着，歪歪裂裂地扯在窗子一旁的窗框上，帘子不扯起来，房间里就已经暗无天日了。从外边往里边看，就像上面所说的那样子。若从里边往外边看，把太阳也看成古铜色的了，好像戴着太阳镜去看太阳一样。而且还有些窗子竟没有了玻璃，用报纸糊着，用中国写信的红格信纸糊着。还有些竟没有糊纸，大概那样的房间永远也不出租的，任凭着灰尘和沙上自由地从破洞飞了进去。

楼栏是动摇摇的。游廊的地板不但掉了油漆，而且一处高，一处低的，还有些地方，那钉着板的钉子竟突出来了，偶一不加小心，就会把人的鞋底挂住，而无缘无故地使人跌倒了。

一打开房间----哪怕就是空着的房间，那里边也一定有一种特别的气味，而是特别难闻的气味。有的房间发散着酸味，有的是胡焦焦的味，有的是辣味，有的还甜丝丝的，和水果腐了之后所散发出来的那气味一样。因为这旅馆所有的房间，都是一面有窗子的缘故。其余的三面都是墙壁了。空气很不流通。

还有电灯泡子，无论大小房间一律是十五烛光的。灯泡子没有灯伞，只是有一条电线系着它挂在那里，好像在棚顶上挂着个小黄梨子似的。

这个旅馆冷清极了，有时竟住着三五家旅客。楼上楼下都是很静的，所以特别觉得街上的车，和街上的闹声特别厉害。整个旅馆时常是在哆唆着，那是因为有一辆载重大卡车跑过去了。

而且下午，旅客们都出街的时候，这旅馆的茶房就都一齐睡起午觉来了。那从鼻子发出来的鼾声，非常响亮地从楼下传到楼上，而后那鼾声好像大甲虫的成串的哨鸣在旅馆的院心里吵起来了，吵得非常热闹，胖茶房，瘦茶房，还有小茶房等等……他们彼此呼应着，那边呼噜，这边呜噜，呼噜，呜噜，好像一问一答似的。

以上是说的在“八一三”以前的情形。

等上海一开了炮，这旅馆可就不是这情形了，热闹极了，各种各样的人都搬来了，满院子都是破床乱桌子的。楼上的游廊上也烧起煤炉来，就在走廊上一家一家地烧起饭来。廊子上几乎走不开了人，都摆满了东西。锅碗瓢盆，油瓶子、酱罐子……洗衣裳盆里坐着马桶，脸盆里边装着破鞋，乱七八糟的，一塌糊涂了。孩子哭，大人闹，哭天吵地，好像这旅馆变成难民营了。呼叫茶房的声音连耳不绝。吵的骂的，有的客人竟跑到老板的钱柜上去闹，说

茶房太不周到。老板竟不听这套，摇着大团扇子，笑盈盈地，对于这些逃难而来的他的同胞，一点也没有帮忙的地方，反正他想：

“你住一天房子，你不就得交一天的房钱吗？你若觉得不好，你别住好啦。”

旅馆里的房子完全满了。不但他这家旅馆，全上海的旅馆在“八一三”之后全都满了。而那些源源不绝地从杨树浦，从浦东，从南市逃来的人们，有亲的投亲，有友的投友，亲友皆无的就得在马路边，或弄堂里睡下了。旅馆是完全客满，想要找房间是没有了。

马伯乐住在这个旅馆，刚一打起仗来，就客满了，也有很少数的随时搬走的。但还没有搬，往往房客就把房转让给

他自己的亲戚或朋友了。要想凭自己的运气去找房子，管保不会有的。

马伯乐来到这旅馆里，上海已经开仗很久了。有的纷纷搬到中国内地去，有的眼光远大的竟打算往四川逃。有的家在湖北、湖南的，那自然是回家去了。家在陕西、山西的也打算回家去。就是很近的在离上海不远的苏州、杭州之类的地方，也有人向那边逃着。有家的回家，没有家的，投亲戚，或者是靠朋友。总之，大家都不愿意在上海，看上海有如孤岛。先离开上海的对后离开上海的，存着无限的关切；后离开的对那已经离开的，存着无限羡慕的心情。好像说：

"你们走了呵，你们算是逃出上海去了。"

逃出上海大家都是赞同的。不过其中主张逃到四川去的，暗中大家对他有点瞧不起。

"为什么逃得那么远呢，真是可笑。打仗还会打到四川的吗？"

大家对于主张逃到四川去的，表面上虽然赞成，内心未免都有点对他瞧不起，未免胆子太小了，未免打算得太早了，打算得太远了。

马伯乐关于逃难，虽然他发起得最早，但是真逃起难来，他怕是要在最后了。

马伯乐现在住在旅馆里，正是为着这个事情而愁眉苦脸地在思虑着。

他的太太，从街上回来，报告了他几件关于难民的现象和伤兵现象之后，躺在床上去，过了没有多大工夫就睡着了。

约瑟和大卫在屋子里打闹了一会，也就跑到楼下小院子里去了。雅格和哥哥们闹了一会之后，跑到床上去，现在也睡在妈妈的旁边了。

马伯乐坐在古老的太师椅上，手里拿着香烟。关于逃难，他已经想尽了，不能再想了。再想也想不出什么好的办法来，也只能够做到如此了。

“反正听太太的便吧，太太主张到西安去，那就得到西安去……唉！太太不是有钱吗！有钱就有权力。还有什么可想的呢？多想也是没有用的。大洋钱不在手里，什么也不用说了。若有大洋钱在手里，太太，太太算个什么，让她到哪里去，她就得到哪里去，……还什么呢？若有大洋钱在手里，我还要她吗？这年头，谁有钱谁就是主子，谁没有钱谁就是奴才；谁有钱谁就是老爷，谁没有钱谁就是瘪三。

马伯乐想到激愤的时候，把脚往地板上一跺，哐啷一声，差一点没有把太太震醒。

太太一伸腿，用她胖胖的手揉一揉鼻尖，仍旧睡去了。

有钱的就是大爷，没有钱的就是三孙子，这是什么社会，他妈的……真他妈的中国人！”

马伯乐几乎又要拍桌子，又要跺脚的，等他一想起来太太是在他的旁边，他就不那么做了。他怕把太太惹生了气，太太会带着孩子回青岛的。他想太太虽然不好，也总比没有还强。太太的钱虽说不爽爽快快地拿出来，但总还有一个靠山。有一个靠山就比悬空好。

“太太一定主张到西安去，也就去了就算了。西安我虽然不愿意去，但总比留在上海好。”

“但是太太为什么这两天就连去西安的话也不提了呢？这之中可有鬼……”

马伯乐连西安也将去不成了，他就害怕起来。

“这上海多呆一天就多危险一天呵！”

马伯乐于是自己觉得面红耳热起来，于是连头发也像往起竖着。他赶快站起来，他设法把自己平静下去。他开开门，打算走到游廊上去。

但是一出门就踢倒了坐在栏杆旁边的洋铁壶。那洋铁壶呱啦啦地响起来了。

太太立刻醒了，站起来了，而且向游廊上看着。一看是马伯乐在那里，就瞪着很圆的眼睛说：

“没见过，那么大的人喧天撞地的……”

马伯乐一看太太起来了，就赶快说着：

“是我没有加小心……这旅馆也实在闹得不像样。”

太太说：

“不像样怎么着？有大洋钱搬到好的旅馆去？”

马伯乐说这旅馆不好，本来是向太太赔罪的口吻，想不到太太反而生了气。

太太这一生气，马伯乐就更不知道说什么好了。恭顺也不对，强硬也不对。于是满脸笑容，而内心充满了无限痛苦，他从嘴上也到底说出来一句不加可否的话：

“逃难了，就不比在家里了。”

他说了之后，他看看太太到底还是气不平。恰巧大卫从楼下跑上来，一进屋就让他母亲没头没脑地骂了一句：

“该死的，你们疯吧，这回你们可得了机会啦……”

大卫没有听清他母亲说的是什么，从房子里绕个圈就出去了。

而马伯乐十分地受不住，他知道骂的就是他。沉闷地过了半天，太太没有讲话，马伯乐也没有讲话。

小雅格睡醒了，马伯乐要去抱雅格。太太大声说：

“你放她在那里，用不着你殷勤！”马伯乐放下孩子就下楼去了，眼圈里饱满的眼泪，几乎就要流下来了。

“人生是多么没有意思，为什么一个人要接受像待猫狗那般待遇！”马伯乐终于到街上去，在街上散步了两三个钟头。

马伯乐在快乐的时候，他多半不上街的；他一闷起气来，他就非上街不可了。街上有什么可以安慰他的吗？并没有。他看见电线杆子也生气，看见汽车也生气，看见女人也生气。等他已经回旅馆了，他的气还没有消，他一边上着楼梯，一边还在想着刚才在街上所看到的那些女人，他对她们十分瞧不起，他想：“真他妈的，把头发烫成飞机式！真他妈的中国人……”

他一把推开房门，见旅馆中的晚饭已经开上来了。照常地开在地中间的紫檀木的方桌上。约瑟和大卫都在那儿，一个跪在太师椅上，一个站在太师椅上，小雅格就干脆坐到桌面上去了。他们抢着夺着吃，把菜饭弄满了一桌子。

马伯乐很恐怖地，觉得太太为什么不在？莫不是她打了主意，而是自己出去办理回青岛的吗？

马伯乐就立刻问孩子们说：

“你妈呢？”

马伯乐的第二个小少爷，约瑟就满嘴往外喷着饭粒说：“妈去给我炒蛋饭去了。”

马伯乐想：可到哪里去炒呢？这又不是在家里。他觉得太太真的没有生气，不是去打主意而是去炒饭去了，才放心下来，坐在桌子旁边去，打算跟孩子们一起吃饭。

这时候太太从游廊上回来了，端着一大海碗热腾腾的饭，而且一边走着一边嚷叫着：

“烫手呵！好烫手呵！”

这真奇怪，怎么蛋炒饭还会烫手的呢？

马伯乐抬头一看，太太左手里端着蛋炒饭，右手里还端着一碗汤。他忙着站起来，把汤先接过来。在这一转手间，把汤反而弄洒了。马伯乐被烫得咬着牙，瞪着眼睛，但他没敢叫出来，他是想要趁这个机会向太太买一点好，他换了一副和颜悦色的姿态赶快拿出自己的手帕来，把手擦了。

太太说：

“我看看，怕是烫坏了，赶快擦刀伤水吧，我从家里带来的。”

太太忙着开箱子，去拿药瓶子。

马怕乐说：

“用不着，用不着……没多大关系。”

他还跑去，想把太太扯回来，可是太太很坚决。

等找到了药瓶子，一看马伯乐的手，他的手已经起着透明的圆溜溜的水泡了。

很奇怪的，马伯乐的手虽然被烫坏了，但他不觉得疼。反而因此觉得很安慰，尤其是当太太很小心地给他擦着药的时候，使他心里充满了万分的感激，充满了万分的忏悔，他差一点没有流下眼泪来。他想：

“太太多好呵！并没有想要带着孩子口青岛的意思，错猜了她了。她是想要跟着我走的呀，看着吧！她把刀伤水、海碘酒，阿司匹林药片都带来了，她是打算跟着我走的呀……”

并且在太太开箱子找药瓶的时候，他还看见了那箱子里还有不少毛线呢！这是秋天哪，可是她把冬天的事情也准备了。可见她是想要跟着他走的。马伯乐向自己说：

“她是绝对想要跟我走的。”

马伯乐一想到这里，感激的眼泪又来了。他想：

“人生是多么危险的呀！只差一点点，就只差这一点点，就要走到不幸的路上去的呀……人生实在是危险的，误会，只因为一点误会，就会把两个人永久分开的，而彼此相背得越去越远，一生从此就不能够再相见了。人生真是危险的呀！比如太太哪有一点带着孩子想要回青岛的意思，可是我就一心猜想她是要回青岛的。我猜她要回青岛，那是毫无根据的，就凭着她的脸色不对，或是她说话的声音不对，其实是可笑得很，世界上的事情若都凭着看脸色，那可就糟糕了,真是可笑……真是可笑……”

马伯乐好像从大险里边脱逃出来似的，又感激，又危险,心情完全是跳动的,悲喜交流的,好像有些飘忽忽地不可捉摸地在风里边的白云似的东西,遮在他的眼前。他不知道心里为什么起着悲哀,他不知为什么他很伤心,他觉得他的眼睛不由自主的,时时往上涌着眼泪,他的喉咙不知为什么有些胀痛。

马伯乐连饭也没有吃就躺在床上去了。

太太问他头痛吗?

他说:“不。”

问为什么不吃饭呢?

他说:“没有什么。”

往下太太也就不再问了，太太坐在桌边跟孩子们一齐吃饭。她还喝了几口汤,也分吃一点蛋炒饭。

他给悲哀下个定义说:

“悲哀是软弱的,是无力的,是静的,是没有反抗性的……”

所以当他哭起来的时候就照着这个原则实行。

马伯乐现在就正哭得很悲哀,把腿弯着,把腰弓着。

太太问他什么,他什么也不说。一直哭到夜深,好在太太白天里睡了一觉,精神也很不坏,所以就陪着他。再加上自从来到了上海他们还没正式吵过架，假若这也算是闹别扭的话,也总算是第一次,给太太的感觉,或者还算新鲜,所以还很有耐性地陪着他。不然,太太早就睡着了。

太太问他：

“要买什么东西吗？”

“不”

“要请朋友的客吗？”

“不。”

“要跳舞去吗？”

“不”

“要做西装吗？”

“不。”

太太照着他过去哭的老例子，问他要什么，而今天他什么都不要。太太想，虽然她把他的全部的西装都从青岛给他带来了，而且连白鞋，黄皮鞋，还有一双在青岛“拔佳”买的漆皮鞋也都带来了。西装当他出门的时候也常穿。西装倒还好，不过这几双皮鞋都太旧了。大概他哭的是因为他的皮鞋双双都太旧，觉得穿不出去了吧？还有他的领带也都太旧了，去年他一年里简直就没有买过一条领带，所打着的都是旧领带……太太忽然想起来了：去年他不就是为着一条领带哭了半夜吗？太太差一点没笑出来，赶快忍着，装做平静的态度问着：

“你可是要买领带吗？”

出乎意料之外的，他冷淡他说：“不。”

太太觉得这回可猜不着了。于是就不加寻思地随便又问了他几样，似乎并不希望间对了似的：

“你要买皮鞋吗？”

“你的帽子太旧了吗？”

“你要抽好烟卷吗？”

“你要抽前门烟吗？”

马伯乐一律说“不。”

太太说：“你要钱吗？”

马伯乐一听提到钱了，他就全身颤抖起来，他感动得不得了，他几乎要爆炸了的样子。他觉得他的心脏里边，好像中了个炸弹似的，他觉得他的心脏里边拥塞得不得了，说不定一个好好的人，就要立刻破碎了。

马伯乐在这种半昏迷的状态之下，他才敢说：

“我要去汉口呀……”

太太就笑起来了，把那烫得很细的波浪的长头发，好像大菌子伞似的，伏在马伯乐的身上，说：

“这很容易，我以为什么了不起的事呢，就是去汉口！那么咱们就一齐去汉口吧。”说着太太就从床上跳到地上去，她跳得那么灵便而轻快，就像她长着蚂蚱腿似的。

而且从床底下就把小箱子拉出来了。从箱子里就拿出来一个通红的上边闪着金字的银行的存款折。

太太把这存款折就扔给马伯乐了。

马伯乐并不像普通人那样立刻就高兴得跳起来，或是立刻抓过那存折来。他生怕有人会看到了这存折，他向太太使着眼神说：“你把那窗帘子遮起来。”

那被烟熏的乌洞洞的玻璃窗，本来从外边往里是什么也看不见的，太太为着满足他这种愿望，也为着可怜他，就听了他的话把窗帘遮好了。

等太太转身，一看那床铺的时候，那床上的帐子已经拉得非常严密了。仿佛存款折这一类的东西，太太看见了也不大好似的。

太太听到马伯乐在那帐子里边自己读着：

“一千二百三十……”

三天以后，他们就收拾了东西，离开上海了。

1940 年